HEYNE <

Das Buch

Für eine Stadtneurotikerin wie Paprika kann Berlin die Hölle sein. Zum Glück erlauben ihr die vielen EUROS, die sie als Chefin einer Werbeagentur verdient, ein Leben mit Handy, Fernseher und Bildzeitung, das fast völlig ohne soziale Kontakte auskommt. Und muss sie doch einmal ihr exklusives Apartment in Daimler-City verlassen, hat sie immer Desinfektionsspray und ihre Walther dabei. Dietrich meint, Paprika solle mal wieder »unter Leute gehen, sonst würde das böse mit ihr enden«. Aber »unter Leute« klingt schon so eklig, findet Paprika, und außerdem dringen in letzter Zeit mehr Menschen in ihre hermetische Welt ein, als ihr lieb sind: Kitty, eine alte Freundin und unerträglich normale Frau, die sich in einer Talkshow als Männerschreck outet. Maik und Mändy, ihre neuen »Broiler«-Nachbarn, Betreiber eines »Bärschenglubbs« und Symbol für den Niedergang der abendländischen Kultur – und der geheimnisvolle Valmont, mit dem Paprika eine gefährliche Liebschaft eingeht, die keine Tabus kennt und die sie fast in den Wahnsinn treibt.

»Ohne sie würde die Großstadtwelt im Chaos von Handys, Computern, Euros, Autos, Asphalt, Straßenkot, Lieferpizzas, Keimphobie, neurotischen Pinschern und Fress-Brech-Orgien hoffnungslos untergehen.«
Neue Luzerner Zeitung

Die Autorin

Else Buschheuer wurde 1965 in Eilenburg bei Leipzig geboren, war Thälmann-Pionier, Mitglied des Rundfunk-Kinderchores Leipzig, FDJlerin, Punk, Ehefrau, Kartenabreißerin, Marktverkäuferin, Bibliothekarin, Buchhändlerin, Patientin, Klatschkolumnistin, Reporterin, Redakteurin, freie Autorin, Fernsehansagerin, Kinofan, Kolumnistin (u. a. Tagesspiegel), Homepage-Aktivistin (www.else-buschheuer.de), Dauer-Fernseherin, Bücherschreiberin und wohnt in Berlin (gern), München (ungern), und New York (bald). Im Diana Verlag erschien im Frühjahr 2001 ihr zweiter Roman *Masserberg*.

ELSE BUSCHHEUER

RUF! MICH! AN!

Roman

WILHELM HEYNE VERLAG
MÜNCHEN

HEYNE ALLGEMEINE REIHE
Nr. 01/12481

Umwelthinweis:
Dieses Buch wurde auf
chlor- und säurefreiem Papier gedruckt.

Taschenbuchausgabe 04/2003

Der Wilhelm Heyne Verlag ist ein Verlag der
Ullstein Heyne List GmbH & Co. KG
Printed in Germany 2003
Umschlaggestaltung: Hauptmann und Kampa
Werbeagentur, München – Zürich
Druck und Bindung: Elsnerdruck, Berlin

ISBN: 3-453-86194-9

http://www.heyne.de

Lieber Leser!

Ich würde dieses Buch gern mit Soundtrack ausliefern lassen, weil der Soundtrack ja oft das Schönste ist – zumindest beim Film. Aus produktions- oder kostentechnischen oder was-weiß-ich-für Gründen war es jedoch nicht möglich, dem Buch eine CD beizulegen.

Läge dem Buch eine CD bei, dann wäre sie folgenden Inhalts:

Largo Opus 9, Concerto 9, Antonio Vivaldi *(Gefährliche Liebschaften)*

Arie aus »Xerxes« von Georg Friedrich Händel *(Gefährliche Liebschaften)*

»My Rifle, my Pony and Me«, Dean Martin, Ricky Nelson *(Rio Bravo)*

»Wie ein Stern«, Frank Schöbel

»Love Cats«, The Cure

»Ich weiß nicht, zu wem ich gehöre«, gesungen von Marlene Dietrich oder Meret Becker

»That's amore«, Dean Martin

»Bück dich«, Rammstein

»Bestrafe mich«, Rammstein

»The Old Rugged Cross«, Treme Brass Band

»From the Dark into the Light«, Gary Floyd

»Zug nach Nirgendwo«, Christian Anders

»Get off«, Prince

»Innocent when You Dream«, Tom Waits

»Ich bin von Kopf bis Fuß auf Liebe eingestellt«, Meret Becker

»Masked Ball«, Jocelyn Pook *(Eyes Wide Shut)*

»Migrations«, Jocelyn Pook and the Jocelyn Pook Ensemble

»Ö la paloma blanca«, Die Ölapaloma Boys

Hochachtungsvoll

Berlin, Oktober 1999

»Was tun?, sprach Zeus. Die Götter sind besoffen, der Olymp ist vollgekotzt …«

Thomas Gottschalk, Die Supernasen

1. Invasion der Körperfresser

Ich bin eine stinknormale Großstädterin. Ich wohne in einem dieser anonymen Apartmenthäuser in Daimler-City. Man kann dort vollkommen ungestört leben. Niemand nimmt Notiz, keiner regt sich auf, lauter Autisten, Wand an Wand. Meine Nachbarn kennen mich nicht. Ich kenne meine Nachbarn nicht. Wir wollen uns auch ums Verrecken nicht kennen lernen. Ein ungeschriebenes Gesetz, sich untereinander weder ein Ei noch Mehl zu borgen. Wenn es hinter den naturnahen Terracottafassaden unseres Apartmentkomplexes an der Wohnungstür klingelt, ist es mit Sicherheit kein Nachbar, sondern ein Briefbote, ein Vertreter oder der Hausmeister. Schlimm genug, dass man sich ab und zu im Lift begegnet. In stiller Übereinkunft grüßt man dann nur knapp, ohne direkten Augenkontakt – oder überhaupt nicht. Ja kein Gespräch! Bloß keine Namen!

Deswegen muss ich ein überaus erstauntes Gesicht gemacht haben, als es am vergangenen Montag klingelte, mittags, eben als ich aus der Wanne stieg. Ich lief zur Tür, Turban um den Kopf, Frottiertuch um den Rest, und öffnete einen Spaltbreit.

Zwei Hände streckten sich mir entgegen. »Gudn Dog«, sagte ein Mann im schönsten Broiler-Deutsch. »Wior sinn Maik mit ›ai‹ …« Und eine Frau piepste: »… unn Mändy!« Dann beide zweistimmig: »Die Neuen!« Unsinniges Kichern. »… gomm jetzt öftors …«

Wie erstarrt stand ich im Türrahmen. Ein Traum? Ein Höllenspuk meines nervösen Gehirns? Aus meinem Turban hatte sich eine Haarsträhne gelöst und tropfte zielgenau in Maiks und Mändys Sprechpausen: Plop. Ärscht. Plop. Gestorn. Plop. Eingezogen.

Es gibt viele Möglichkeiten, einem Händedruck auszuweichen. Das Wie hängt davon ab, mit welcher Vehemenz sich der Grüßwillige nähert. Streckt er die Hand schon von weitem aus? Textet er sein Vorhaben hörbar Dritten gegenüber an (Ich muss mal rasch XY die Hand schütteln)? Ist er gar stadtweit als notorischer Händeschüttler bekannt?

Als unhöflich gilt, die Arme trotzig vor der Brust zu verschränken. Verbreitet ist die Schutzvariante »Ich habe nasse / schmutzige Hände.« Leider nutzt der haptisch veranlagte Grüßer diese Warnung oft dafür, sein Nichtvorhandensein von Ekel unter Beweis zu stellen. Er schüttelt trotzdem und ruft gönnerhaft: Aber das macht doch nichts!

Etwas wirkungsvoller ist die Begrüßungsformel »Bin total erkältet«, begleitet von einem raschen Wegziehen oder Auf-den-Rücken-Legen der potentiellen Grüßhand. Nur besonders aufdringliche Zeitgenossen zeigen, wie furchtlos sie selbst Bazillen und Viren gegenüberstehen und schütteln trotzdem – oder erst recht.

Angetäuschtes Winken sowie ein hingeworfenes »Nachher!« und »Ich muss erst noch schnell …« schieben die leidige Angelegenheit nur auf. Trifft man den so Vertrösteten wenig später wieder, dann sagt er todsicher mit demonstrativ hingestreckter Hand: Jetzt erst mal richtig Guten Tag!

Ein reiner Akt der Verzweiflung ist es, sich mit einem endogenen Ekzem, Hepatitis A oder Aids rauszureden. Das hieße, mit Kanonen auf Spatzen zu schießen. Außerdem führt es erfahrungsgemäß zu kompletter gesellschaftlicher Isolation, einem zwar reizvollen, aber der Karriere einer Geschäftsfrau eher abträglichen Zustand.

Räumlichen Schutz bietet es, spontan eine Mauer aufzubauen. So kann man etwa einen sperrigen Gegenstand – Schuhkarton, Papierkorb, Blumentopf – in die Hand nehmen. Leider gibt es immer Hardliner, die einen durch unbeirrtes Hinstrecken des Grüßarms zwingen, besagten Gegenstand wieder abzulegen.

Ein geschickter Winkelzug ist das als besonders herzlich geltende seitliche Klopfen beider Oberarme des Grüßwilligen. So schlägt man zwei Fliegen mit einer Klappe. Zum einen beugt man dem hochinfektiösen Händedruck vor, zum anderen kann man die Ellenbogen fest durchdrücken, um es nicht zum Äußersten kommen zu lassen, zur Umarmung, dem Supergau für uns Sozialphobiker. Wer hat diesen Satz nicht schon gehört und lebenslang mit in seine Albträume genommen: Lass dich erst mal richtig knuddeln, du!

Was Maik und Mändy betraf, so ließ ich in dieser speziellen Situation alle Etikette außer Betracht. Offen gestanden war ich einfach überrumpelt. Also murmelte ich irgendetwas, das alles und nichts heißen konnte: »Es zieht!« oder »Keine Zeit!« oder »Guten Appetit!« oder »Fick dich ins Knie!«, ignorierte ihre immer noch hingestreckten Hände und knallte die Tür ins Schloss.

War das ein schlechter Film? Ein B-Movie? Die Invasion der Körperfresser? Ich hatte nur noch einen Gedanken im Kopf: Broiler! Meine neuen Nachbarn sind Broiler!

2. Schöntachnoch

Der Zuzug von Broilern kann meine Vorfreude nicht dauerhaft trüben. Ich habe Geburtstag. Von jeher lasse ich nichts unversucht, das vor anderen zu verbergen – ein fortlebender Ehrenkodex aus meiner Jugendzeit. Es geht weniger um das Älterwerden (noch bin ich ein Thirty-Something), es geht ums Prinzip. Weder habe ich einen Anteil an der Tatsache, geboren worden zu sein, noch fühle ich mich zu irgendeiner Form von Geselligkeit verpflichtet. Ich verbitte mir Gratulationen, Geschenke, Händedrücke und Umarmungen – jegliche Form von demonstrativer Zuneigung. Was nicht bedeutet, dass ich meinen Geburtstag nicht feiere.

Nur eben im engsten Kreise. Schön, dass ich da bin, sage ich mittags nach dem Aufstehen und begrüße auf diese Weise traditionell meinen einzigen Geburtstagsgast: mich. Und dann singe ich »Happy Birthday to Me«. Ich habe allen Grund zur Egozentrik, denn ich kenne niemanden, der meine Aufmerksamkeit mehr verdient hätte als ich. Ich bin die Königin meines Schlosses, die Herrscherin meines Kontinents.

Diesmal wird die Torte vom Kranzler geliefert. Ich trage sie vorsichtig ins Zimmer und stelle sie auf den Tisch neben drei Dutzend blassgelbe Rosen, die ich gestern Nacht einem verfrorenen Tamilen abhandeln konnte. Ein Postbote bringt mir das klingende Telegramm, das ich vorhin telefonisch an mich aufgegeben habe. Ich packe das neue Parfüm von Vivian Westwood aus, das man mir vor einigen Tagen bei Douglas als Geschenk verpackt hat. Dann reiße ich wie ein hungriger Tiger mein seidenes Geschenkpapier auf, bin überrascht, hoch erfreut, verlegen, die ganze Skala.

Jahrelang habe ich nach diesem Rot gesucht, viele Morgenmäntel in die engere Wahl gezogen, aber nie den einen gefunden, der dem aufs Haar ähnelt, den Angie Dickinson in *Rio Bravo* trägt, als sie John Wayne rumkriegt. Erst in der vergangenen Woche entdeckte ich in der Stoffabteilung des KaDeWe einen samtweichen, leicht changierenden Samtfrottee von genau jenem Rot. Blutrot wäre zutreffend. Herzblutrot, wenn es nicht so widerlich kitschig klänge.

Den Morgenmantel habe ich sofort bei meinem Schneider Wong in Auftrag gegeben. Wong ist ein Meister seines Fachs, aber auch ein Penibelchen. Er zickt wie ein menstruierendes Weib, wenn seine künstlerische Vorstellung mit meiner kollidiert. Was praktisch jedes Mal der Fall ist. So musste ich mir den Morgenmantel mit seinem Schalkragen und den runden Schultern mit Hilfe von Videoprints aus dem Film Stück für Stück hart erkämpfen. In der Knopffrage war Wongs freundliches flaches Pfannkuchengesicht (»Knopfe mussen sein! Lund und gloss«) den Tränen nahe. Schließlich war der Mantel doch noch rechtzeitig fertig geworden. Ohne Knöpfe, nur mit Bindegürtel, genau wie im Film. Und wenn ich mal sterbe, ganz egal wie, würde ich gern diesen roten Morgenmantel tragen. Aus rein ästhetischen Gründen.

Anziehen kann ich ihn noch nicht, denn heute ist Sonntag. Sonntags gehe ich immer zum Zeitungsladen am Bahnhof Zoo: *all you can read*. Dort arbeiten zwei so nette Jungs aus Ghana, die stört das nicht, wenn ich da stehe und lese und mir Schlagzeilen abschreibe (MANN SCHNITT SICH BEI KARSTADT DIE HODEN AB, RHESUSAFFE ÜBERFIEL FRAU – FESTGENOMMEN). Die Ghanesen oder Ghanaer sprechen besser Pidgin-Englisch als Deutsch. Wenn also einer reinkommt und fragt: Wie geht's?, dann lächeln sie und rufen unisono »Mussja!«. Das finde ich großartig. Die sind praktisch Freiwild für jeden, der ihnen ein bisschen Deutsch beibringt. Und sie denken, es gehört sich, dass man »Mussja« sagt. Ich habe das mal gezählt, und als ich zwei Stunden im Laden gewesen war, hatten sie beide insgesamt 47-mal »Mussja« gesagt. Hätten sie die 50 vollgekriegt, dann hätte ich ihnen zur Belohnung das Spiegel-Extra-Heft »Moloch Großstadt« abgekauft.

Heute ist ihr Wortschatz um eine Vokabel gewachsen, die ziemlich weit oben auf meiner Hassliste steht: »Schöntachnoch.« Ausländer soll man nicht beschimpfen und schon gar nicht solche netten. Aber der nächste, der zu mir »Schöntachnoch« sagt, Neger oder nicht, kriegt was auf die Mütze! Ich weiß nicht, wann wer diese widerliche Parole ausgegeben hat, aber jeder Wursttheken-Fritze, jede bräsige Kassiererin, jeder Obdachlosenzeitungs-Verkäufer ruft zum Abschied launig »Schöntachnoch« und es klingt ein bisschen wie »Heilhitler« oder »Mahlzeit« – Grußformel mit Antwortschein.

Ich hab ja eine Antwort: »Dito.« Dito passt immer. Aber

man kann genauso gut »Schnauze« sagen. Merkt sowieso keiner. Ich will das gleich mal nebenan im Knack & Back-Shop testen.

»Tachschön«, knurrt die Verkäuferin abgetörnt. Ihre Frisur, eine Ruhrpott-Palme, steht himmelwärts wie eine Fontäne.

»Guten Tag. Ich hätte gern zwei Brötchen.«

»Drei wat?«

»Ähm … Schrippen. Zwei.«

»Noch wat außa Schrüppm?«

»Danke. Das ist alles.«

»Macht sechzig Pfennje. Schöntachnoch!«

»Schnauze!«

»Dankeschön! Wiedasehn!«

3. Dietrich oder die Banalität der Mösen

Kurz vor Mitternacht auf dem Weg zu Dietrich kaufe ich die Zeitung von morgen – neben der Erfindung der Polaroid und des halterlosen Strumpfes ein Mysterium, das mich immer wieder zum Staunen bringt: Heute schon die Zeitung von morgen lesen!

Dietrich steht jeden Abend mit verächtlichem Gesicht hinterm Tresen einer Kudamm-Bar. Eine sterile Touri-Bar, die allein seinetwegen meine Stammkneipe geworden ist. Er begrüßt mich mit Dabistduja! Egal, ob wir uns erst gestern oder schon drei Jahre nicht gesehen haben. Egal, ob ich Geburtstag habe oder nicht. Dietrich ist das lebende Beispiel dafür, dass zu viel Intelligenz ein Gesicht genauso zerstören kann wie zu viel Dummheit. Er sieht aus wie eine Mischung aus Woody Allen, Max Schautzer und dem Buchbinder Wanninger, was er natürlich bestreitet. Seit ich ihn kenne, liest er sich in Bibliotheken das Weltwissen an.

Das hat ihn hart gemacht. Er mustert ausgiebig meinen Anzug, meinen Borsalino und die Hermès-Krawatte.

»Du siehst fast aus wie ein Mann«, stellt er fest.

Ich grinse: »Du auch!«

Er zieht sich mit einem Flunsch in die Schmollecke zurück. Nach angemessenen fünf Minuten frage ich ihn, ob er mich auf meine Aids-Gala begleiten wolle. Er wirft das Geschirrtuch über die Schulter und kratzt sich am Kopf. Ganz Opfer seiner intellektuellen Überheblichkeit findet er fast alles, was in der Welt vorgeht, würdelos. Außer Sex. Seit er über Sade promoviert, den er stets ehrfürchtig den »Göttlichen Marquis« nennt, hat sein Liebesleben bizarre Formen angenommen.

»Aids-Gala? Is da was Fickbares?«

Es ist mir wirklich schleierhaft, wie man sich so fürs Rammeln begeistern kann! Ich halte es da eher mit Woody Allen: Masturbation ist wenigstens Sex mit jemandem, den man mag.

Ein Gast mit Prinz-Heinrich-Mütze winkt ungeduldig von der anderen Seite des Tresens.

»Mooment mal!«, ruft Dietrich unwirsch. Das kann er ja nun gar nicht leiden, wenn ein Gast stört.

Ich versuche, ihn zu ködern. »Du weißt doch: Unter dem Firnis der Gesellschaftsregeln brodelt es gewaltig. Außerdem gibt es ein Büfett …«

»Büffeeeh? Ach nö! Da geh ich lieber in den Puff.«

Er weist mit dem Kopf auf eine hübsche Kellnerin, die eben vorbeigeht. »Wie findest du diesen Arsch?«

Der Restaurantchef nähert sich: »Herr von Müller«, sagt er, sieht Dietrich scharf an und betont das »von«, als sei ihm eben zu Ohren gekommen, dass es durch Adoption erschlichen ist. »Würden Sie sich bütte um Ihre Gäste kümmern?« Er nickt in Prinz Heinrichs Richtung.

Das macht mich irgendwie wütend. »Mal schön den Ball flach halten, Sie Komiker«, rufe ich dem Restaurantchef zu, »ich gebe eben eine Bestellung auf!« Er sieht mich jetzt erst und errötet. Immerhin gelte ich als Garant für pompöse Geschäftsessen. Sogar mein Schirm wird hier extra gestellt. »Oh! Verzeihen Sie, Frau Kramer, ich habe … ich bin …« Und zieht Leine.

»Warum rennst du eigentlich dauernd in den Puff?«

Dietrich macht große Nasenlöcher: »Sade sagt: Wenn man keine Moral besitzt, frisst sich die Verderbtheit wie Wundbrand ins Herz.«

»Ja, der! Und du?«

»Vielleicht studiere ich die Banalität der Mösen?«

»Du bist ein Idiot!«

»Das hat doch damit nichts zu tun!«

Dietrich schnaubt wie ein Pferd und zuckelt gen Tresenende. Jetzt ist erst mal Prinz Heinrich dran. Der will ein Schultheiss vom Fass. Ich überlege, ob ich die Wohnungstür abgeschlossen und die Kaffeemaschine ausgemacht habe.

»Waren die beiden Sachsen noch mal bei dir? Die … wie hießen die noch?«, ruft Dietrich vom Zapfhahn aus.

»Maik mit ›ai‹ und Mändy mit ›ä‹. Gott bewahre! Die sind erst mal gewarnt.«

Ich rufe einige SMS-Nachrichten von meinem Handy ab. SMS – short message service – ist meine liebste Kommunikationsform. Man kann sich unterhalten, ohne sprechen zu müssen.

Leider nicht, ohne gestört zu werden: »Hallo! Sie!« Ein dicker Mann mit Herren-Handgelenktasche tippt mich an und zeigt auf den Barhocker neben mir: »Sitzt hier jemand?«

Das ist nun wirklich eine saudämliche Frage! Sitzt hier jemand? Die ist fast noch dämlicher als: Ist hier noch frei? Das sieht er doch, dieser rollende Arsch, dass da keiner sitzt!

Ehe ich antworten kann, hat er sich schon draufgeastet und bestellt einen Dschuß = Juice = Saft. Ein Broiler also! Wie alle Adipösen riecht er leicht ranzig. Erst kürzlich habe ich gelesen, dass Fette nicht lange sitzen können. Sonst reiben sich die Schwarten wund. Mein Magen drückt von unten gegen mein Zäpfchen, aber ich bleibe höflich und frage, ob er nicht einen Stuhl weiter nach rechts rücken könne.

»Warum?«

»Ich brauche etwas mehr Platz!«

»Aber hier war doch frei!«

»Aber ich erwarte noch jemanden!«

»Ach so! Na, sagen Sie das doch gleich, Jungefrau!«

»Selber dumme Sau!«

Schnaufend wechselt der Fette den Platz.

Dietrich, der gerade ein Glas mit einem Geschirrtuch bearbeitet, wirft mir einen Blick zu.

»Ich bin eben feinnervig«, flüstere ich entschuldigend.

Dietrich lacht nicht. »Feun-Nervüg! Unfreundlich bist du! Vergraulst mir die Kundschaft! Das ist ein Geschäftsmann aus Rostock. Sehr solvent!«

Wenn's weiter nichts ist! Ich muss zwar jede Million zweimal umdrehen, aber solvent bin ich auch! Um Dietrich zu beschämen und weil ich eh schon lange kein Kleingeld mehr habe, schiebe ich ihm einen knisternden Hunderter hin. »Stimmt so!«, sage ich leutselig.

»Hau bloß ab, doooh!«, ruft er mir nach, starrt den Schein an und murmelt: »Die Rückseite der Banknoten sollte man als Werbeflächen vermieten. Das entmystifiziert.«

4. Alles Schlampen außer Mutti

Wochentags schlafe ich aus, rufe dann Fred an und bitte ihn, alle Termine abzusagen und die wichtigen Anrufe zu mir nach Hause umzuleiten. Es ist oft schon Mittag, wenn ich mit einem großen Topf schwarzen Kaffees und einem Headset in die Badewanne steige. Ich ziehe das Baden dem Duschen vor. Wie Winston Churchill schon sagte: Warum stehen, wenn man auch sitzen kann? Unter anderthalb Stunden fange ich gar nicht erst an. Das Headset, ein Kopfhörer mit angeschlossenem Mikrofon, ermöglicht das Telefonieren ohne Hände. Das ist der Kick: nackt im Badeschaum sitzen, bis man verschrumpelt – und Millionendeals machen!

Heute klingelt das Telefon ausnahmsweise nicht. Stattdessen erweist sich die Lektüre der *Bild*zeitung als sehr erbaulich: SACHSE IN LOS ANGELES ERSCHOSSEN – ER KONNTE KEIN ENGLISCH. Selber schuld, der Broiler! Warum fährt er nicht nach Limbach-Oberfrohna! Ich frottiere mich schlampig ab, schmeiße mich in meinen neuen Morgenmantel, reiße die Zeile raus und pinne sie an meine Kaminzimmerwand. Genau zwischen: ZU LAUT GESUNGEN – IMBISSBESUCHER MIT KEULE ERSCHLAGEN und DU SOLLST NICHT STINKEN IN DER S-BAHN: DAS 6. GEBOT SPALTET BERLIN. Dann aufs Bett und Fernseher an. Am liebsten bin ich zu Hause. Schließlich muss ja auch die 4000-Euro-Miete abgewohnt werden! Dann ist *Seinfeld*-Zeit. *Seinfeld* ist ein absolutes Muss. Ich bin hardcore addicted. Jerry Seinfeld findet ein Fungizid im Apothekenschrank seiner neuen Flamme und biegt im letzten Moment den Geschlechtsverkehr ab. Thema bei *Bärbel Schäfer*: »Hausfrauen fragen – Schwule antworten.« Ich verschlinge zirka 50 in Salzwasser gekochte Hühnerherzen aus dem Kühlregal von Meyer Beck. Dann schicke ich Fred ein SMS, dass ich später ins Büro komme.

Höchstwahrscheinlich werde ich überhaupt nicht hingehen.

Von der Straße dringt monströser Lärm nach oben. Berlin-Marathon oder so. Dietrich, der vor hundert Jahren zwei Semester Psychologie studiert hat, sagt, ich sei asozial, ich solle mal wieder unter Leute, »sonst wird das böse enden«. Ich habe mal drei Semester Medizin studiert und seither eine Keimphobie, die sich gewaschen hat. Unter! Leute! Das klingt schon so eklig! Misstrauisch werfe ich einen

Blick vom Balkon. Unten herrschen bürgerkriegsähnliche Zustände. Menschenmassen, Lautsprecher, überall Absperrungen. Polizei. Egal! Was soll's! Ich lebe in einer großen Stadt. Und Ereignisse wie dieses gehören einfach dazu! Sicherheitshalber greife ich nach meinem Sagrotan-Spray und stecke es in die rechte Jackentasche. In der linken ist das Handy, denn ich gehe nie ohne Handy, nicht mal zum Briefkasten. Im Holster baumelt die Walther, zur Sicherheit. Derart gerüstet betrete ich den Lift.

Für die Ouvertüre jedenfalls hat das Schicksal, die Sau, schon gesorgt. Als die Tür bereits beginnt, sich zu schließen, schießt jemand mit gellendem Schrei um die Ecke. »Haldn auf!«

Rums! Eine Sandale mit weißer Frotteesocke setzt hart auf. Ich weiche zurück, mit dem Rücken an die Wand, und sehe Mändy, meine neue Nachbarin, feindselig an. Inzwischen ist auch Maik zugestiegen. »Ogidogi«, japst er – eine Redewendung, die schon auf Hochdeutsch eine Aufforderung zur Gewalt ist. Maik sieht aus wie Homer Simpson: Stirnglatze, Überbiss, große Nasenlöcher, fliehende Stirn, kein Hinterkopf, schielt nach außen. Mändy schielt nach innen, praktisch als Korrektiv. Eine graue Ostmaus, erschlagen von ihren grellbunten Klamotten. Frisur wie Rudi Völler. Das Haar sehr blond. Das Gesicht sehr braun. Sieht aus wie ein Farbnegativ.

»Geschafft«, keucht Maik und fügt unnötigerweise in meine Richtung hinzu: »Lieb von dir!«

Ich bleibe stumm und starre. Duzt mich der Arsch?

Die Sprache ist die höchste Form des sozialen Umgangs. Sie beinhaltet im Deutschen die Möglichkeit, zwischen »Sie« und »Du« zu unterscheiden. Der Klassiker »Ich kann mich nicht erinnern, Ihnen das Du angeboten zu haben« ist langweilig und aus der Mode …

»Na, auch zum Maradon?«, fragt Maik aufgeräumt, wackelt mit dem Kopf und tippt mit dem Zeigefinger auf eine Olympus, die an einer schwarzen Kordel vor der Aufschrift ALLES SCHLAMPEN AUSSER MUTTI hin und her baumelt. Er hat eine Broiler-Physiognomie, derentwegen man umgehend den Klageweg beschreiten sollte. Fehlt nur noch, dass er sagt: Gudn Dog! Isch hätte gärne mein Begrüßungsgeld!

Eine besonders gelungene Replik auf die Frage »Wollen wir Du sagen oder Sie?« fiel mir neulich ein: »Ganz wie Sie wollen!« Diese Antwort ist sowohl höflich als auch unmissverständlich. Denkt man. Aber der Broiler braucht es deutlicher. Ich könnte es versuchen mit »Ich würde Ihnen ganz gern das Sie anbieten!« Oder, um ganz sicher zu gehen: »Noch ein Du und ich reiß Ihnen die Eier ab und steck sie Ihnen in die Ohren …«

»Ärschtma hallo«, mümmelt Mändy und streckt mir fünf Wurstfinger mit langen falschen Nägeln hin. Mir ist übel von den Hühnerherzen. Ich muss mal. Und wenn ich noch länger lächle, kriege ich einen Kaumuskelkrampf. Was sagt der Etagen-Anzeiger? Vierter Stock! Nach meinen Berechnungen müsste der Lift, wenn keiner zusteigt, in siebzehn Sekunden im Erdgeschoss sein. Ein-und-zwanzig. Zwei-und-zwan-zig. Drei-und-zwan-zig. Ich verschränke die Arme auf dem Rücken und knacke mit den Daumengelenken.

»Ganz schön gald gewordn die letzten Tage«, treibt Maik forsch die Konversation voran. »Tja«, sage ich heiser, krame angestrengt in meinem Phrasenschatz, finde aber nur eine, die nicht wirklich passt. »Da beißt die Maus kein Faden ab«, sage ich und entwische durch die sich eben öffnende Tür. »Bis die Tage«, rufe ich tolldreist im Weglaufen und: »Man sieht sich!«

Mein Übermut ist schnell verflogen. Direkt vor meiner Tür, dort wo Touri-Bälger sonst immer über die Steinquader des Bassins am Debis-Haus hüpfen, falle ich in einen Sumpf aus Currywurst mampfenden, majonäseverklebten Menschenleibern. Sehe nichts als Gesichter. Kann keins von ihnen ertragen.

»Sie gestatten?«, murmele ich, versuche mir eine Schneise zu bahnen und springe im allerletzten Moment über einen Kotzhaufen.

»Mutti, kiek mal!«, ruft ein Broiler-Kind mit Igelfrisur und einem langen dünnen Haarschwänzchen im Nacken, zeigt Richtung Straße und schubst mich dabei.

Unsere Welt ist so gewalttätig geworden, denke ich, stelle meinen Pfennigabsatz auf seine Zehen und drehe.

Das Kind fängt an zu brüllen und Rotzblasen quellen aus seiner Nase.

Enttäuschenderweise erfüllt mich das nicht im Geringsten mit Befriedigung. Ich überlege, wann mich überhaupt zum letzten Mal irgendetwas mit Befriedigung erfüllt hat. Ich kann mich nicht erinnern. Ein Mann mit Halbglasbrille vom Hertie-Ständer stört meine Überlegungen. Drängeln, ja, det kann er ooch! Mein Mundwinkel sticht. Ich kriege Herpes!

»Ich muss dringend ins Büro«, stammle ich und trete ins Weiche. Ein Pinscher jault auf.

»Entschuldigung«, fragt einer und zupft mich am Ärmel. »Sind Sie nicht Iris Berben?«

»Nee, wirklich nicht! Provozieren Sie mich nicht! Ich beiße! Fassen Sie mich nicht an! Ich warne Sie! Ich habe eine Nahkampfausbildung gemacht! Gehen Sie weg! Weckweckweck!«

Es riecht zum Übelwerden indezent. Ein Cocktail aus Achselschweiß, Zuckerwatte, Gebissgeruch, Babykacke, Senf und Tosca. Ich sprühe taumelnd mit Sagrotan-Spray um mich. Gemurmel. Vor meinen Augen flattern graue Gardinen. Ich verteile wahllos Kopfnüsse und Nasenstüber, treffe stark behaarte Polinnen, ein Basecap (verkehrtrum), ballonseidene Jogginghosen, lilaschwarzgrün. Lautstarker Protest. Die sind doch alle verrückt! Ich möchte töten, komme aber nicht an meine Walther ran. Ich hocke mich hin, das Gesicht gen Himmel, und schütze meinen Kopf mit den Händen. Ich muss mal! Ganz dringend! Mein

Handy! Wo verdammt ist mein Handy? Da greifen Arme nach mir, orangefarbene Arme, Sanitäterarme, die mich packen und rausziehen, obwohl ich auf sie einschlage.

5. Man steckt nicht drin

Wenn ich was nicht leiden kann, dann sind es Leute, die fragen, ob ich okay bin. Und ob ich sicher bin, dass ich okay bin. Und ob ich drüber reden will. Und ob ich sicher bin, dass ich nicht drüber reden will. Ich bin privatversichert! Einzelzimmer. Chefarztbehandlung. Muss ich mir das antun? Um mich von dem Verhör in der Rotkreuzstelle zu erholen und ein wenig hofieren zu lassen, gehe ich in meine Kommandozentrale.

The Wild Bunch. Ich habe meine Firma nach dem großen Film von Sam Peckinpah benannt. Wir sind *die* Werbeagentur in Berlin, inzwischen die innovativste in Deutschland. Seit unserer bahnbrechenden Kampagne für die städtische Müllabfuhr »We kehr for you« ist Berlin in den Vereinigten Staaten bekannter als Heidelberg. Selbst, wenn wir ab sofort nur noch Scheiße bauen – wir würden weiter mehrstellige Millionenumsätze machen, allein unseres legendären Rufes wegen. Das beruhigt ungemein.

Liz Taylor, dieser Pansen, hat Recht: Das beste Parfüm ist Erfolg. Gibt es irgendetwas, das mehr Prestige bringt? Ich bin kein Workaholic! Ich lebe nicht, um zu arbeiten. Mein Laden läuft praktisch von allein. Fred hat alles im Griff. Fred ist ein Narziss erster Sorte. Selten habe ich jemanden getroffen, der eine so hohe Meinung von sich hat. Früher war er Sockenmodell für den Otto-Katalog. Seit über fünf Jahren ist er mein persönlicher Assistent. Ich verfüge über ein gut funktionierendes Informationssystem und bin über sein Verhalten während meiner Abwesenheit bestens unterrichtet. Er thront in meinem Büro in der unteren Kuppelhälfte des Fernsehturms am Alexanderplatz wie eine Bienenkönigin. Wenn ich nicht da bin, was meistens der Fall ist, sitzt er auf meinem Stuhl, die Füße auf meinem Schreibtisch, und triezt die Angestellten. Überliefert ist eine seiner Lieblingsbemerkungen den Kollegen gegenüber: Sie sind gefeuert! War nur ein Scherz! Das alles stört mich nicht, schließlich sollen die Biester ja arbeiten, und einer muss ihnen halt auf die Finger gucken. Mir gegenüber ist Fred absolut loyal. Wenn er sagt, ich sei die gütigste aller Chefinnen und es sei ein Privileg, für mich zu arbeiten, dann meint er es auch so. Er liebt mich abgöttisch und hat keinerlei Ambitionen, aufzusteigen. Der einzige wirkliche Kündigungsgrund ist, dass er beim Atmen aus der Nase pfeift. Das stört schon enorm. Aber seine Vorteile überwiegen.

Im Lift des Fernsehturms läuft ein Broiler-Schlager:

Wie ein Stern in einer Sommernacht
ist die Liebe, wenn sie stra-halend erwacht.

Der Liftführer trällert mit. Vermutlich ist er ein ehemaliger Stasi-Offizier, oder, wie er es nennt: »gelernter DDR-Bürger«. Mich begrüßt er immer relativ mürrisch. Für ihn bin ich die Inkarnation des westdeutschen Besatzers. Womit er auch Recht hat. Zwischen uns verläuft die Berliner Mauer. Mitten durch den Lift. Sein missionarischer Eifer, mir den Broiler als solchen nahe zu bringen (»Bei uns war nicht alles schlecht«), ist manchmal unterhaltsam, meist jedoch recht anstrengend. Er schafft es, die 40 Sekunden, die der Lift nach oben braucht – 240 Meter, 6 Meter pro Sekunde – komplett zuzutexten. Er war es, der mich mit ostdeutschen Resignationsstandards wie »Uns kannte ja keiner«, »zwischen den Zeilen lesen« und »nach der Wende fiel ich in ein tiefes Loch« vertraut gemacht hat. Von ihm erfuhr ich auch, dass es in der DDR keinen Führerschein gab, sondern eine »Fahrerlaubnis«, wegen Hitler. Geschichten, die die Welt nicht braucht. Alle Themen, egal ob soziale Ungerechtigkeit, grüner Pfeil oder Leipziger Allerlei, pflegt er abzuschließen mit dem sibyllinischen Satz: »Man steckt nicht drin.«

»Na, ihr Hühner, alles im Lot?«, rufe ich eine Spur zu aufgeräumt, den Marathon-Schock noch in den Knochen, und betrete die Agentur.

Mein weibliches Personal, die Chicken-Combo, läuft wispernd auseinander. Fred macht Stretching-Übungen auf meinem Schreibtisch. Ich werfe den Aktenkoffer daneben.

»Grüß Gott!«

»Wenndn triffst!« Ein Brüller! Fred trägt Dockers von Levi Strauss, ein Button-down-Hemd von Eddie Bauer und College-Schuhe, 99 Euro bei Karstadt. Seine Augenbrauen sind keilförmig gezupft wie die des frühen Sean Connery. Sein Gesicht langweilt durch die vollkommen uninteressante Zusammenstellung von Augen, Mund und Nase. Sein Haupthaar ist so akkurat auf Volumen geföhnt, dass unser Runner ihm den Spitznamen Königspudel gegeben hat. Zudem schmückt ihn ein Mösenbart, aber diese Umschreibung der Handvoll Bart um den Mund kommt nicht vom Runner, sondern von Dietrich.

Als Fred bemerkt, dass ich seine Replik nicht lustig finde, springt er wie von der Tarantel gestochen von meinem Stuhl auf und sagt diensteifrig »Guten Morgen, Frau Kramer«, obwohl schon längst Nachmittag ist. Dann sieht er schelmisch auf seine Armbanduhr. Besser: Er sieht dahin, wo eine wäre, wenn er eine hätte, und ergänzt: »Je später der Morgen, desto schöner die Gäste.«

Er braucht einen Dämpfer. »Schmeicheleien langweilen mich. Entweder Sie überzeugen mich mit Ihrer Arbeit oder gar nicht.«

Fred lächelt. Er ist wie immer widerlich gut drauf: naturstoned. Und seine Scherze bewegen sich wie immer auf dem Niveau von Furzkissen.

Um dem nächsten Kalauer zuvorzukommen, erzähle ich ihm rasch einen Witz aus der Harald-Schmidt-Show.

Fred ist ein zuverlässiger Lacher. Allerdings lacht er meist leicht über seinem Niveau und weit unter meinem. »Was sagt Charles zu Camilla, wenn im Radio ›Candle in the Wind‹ kommt?«, frage ich. Er macht ein gespanntes Gesicht, nimmt einen Bleistift vom Tisch und klopft damit an seine Zähne. Ich löse: »Er sagt: Hör mal! Sie spielen unser Lied!«

Fred wartet.

»Das war's!«, sage ich. »Können Sie mir folgen, Fred, oder denke ich zu rasch?«

Nun fällt er in eine Art Ganzkörperkrampf, weil er die Pointe allzu gern verstünde, aber vergebens.

»Das Lied, Fred!«, mahne ich geduldig. »Elton John hat es nach Dianas Tod geschrieben! Ein Totenlied! Unser Lied!!«

Über sein vom Selbstbräuner leicht gelbliches Gesicht huscht Verstehen. Aber sein Lachen klingt irgendwie bedrückt. Da fällt mir ein, dass er ein bekennender Di-Fan ist und erst kürzlich nach Paris zur Todesstätte der Prinzessin pilgerte. Was soll's! Lieber einen guten Assistenten verlieren als einen guten Witz.

6. Fangfrische Ömchen

Robert und ich auf dem Weg ins Kino. »The Killer« von John Woo. »Die nächste rechts«, rufe ich, während ich ein SMS an einen Kunden schicke, und Robert fährt links, weil er inzwischen weiß, dass ich links meine, wenn ich rechts sage. Natürlich schleppt mich dieser bekloppte Cineast in die Originalfassung, kantonesisch mit englischen Untertiteln. Nebenan schiebt sich ein Hyundai mit Potsdamer Nummer auf unsere Höhe. Hinterm Steuer eine Frau, graue Schüttelfrisur, Busen weggebuckelt, packt das Lenkrad an, als wolle sie es mit der Wurzel ausreißen. Plötzlich schwenkt der Hyundai auf unsere Spur, ohne zu blinken. »Der hamse wohl ins Hirn jeschissen!«, brüllt Robert und haut auf die Hupe. »Los!«, sage ich. »Fahr den Broiler platt!«

»Broiler! Hmmm!« Roberts Adamsapfel hüpft. »Du liebe Güte! Du bist ja dermaßen krass mit deiner Meinung unterwegs!«

Jetzt erst fällt mir ein, dass Robert selbst ein Broiler ist, allerdings ein ausgewanderter, ein nach fast 20 Jahren in der westlichen Welt einigermaßen brauchbar gewordener Mensch. Er selbst hat es mal euphemistisch formuliert, als er sagte, er sei »noch nicht hundertprozentig in dieser Gesellschaft angekommen«. An seiner Frisur kann man es noch sehen, an diesem pelzmützenartigen Haarbesatz mit Seitenscheitel, der im Zusammenspiel mit der dicken 70er-Jahre-Hornbrille an den frühen Wim Wenders erinnert. Und an seinem pastell gemusterten Hemd. Und daran, dass er wie ein Bekloppter an jeder roten Ampel die Handbremse hochreißt. Und dass er bei Gelb immer erst bremst und dann doch noch mal anzieht und rüberfährt. Kein Wunder, dass er außerstande ist, meine bahnbrechenden Studien zu honorieren.

»Guck doch mal, wie die hinterm Steuer sitzt!« Ich beuge mich nach vorn und fotografiere die Hyundai-Fahrerin. Sie sieht tatsächlich aus wie eines dieser eingeschnurrten ostdeutschen Grillhähnchen und guckt fies in meine Richtung. Man steckt nicht drin. »Der Broiler, Robert, das ist das Sinnbild für den Verfall der zeitgenössischen Kultur.«

Robert schüttelt den Kopf und findet das »unzulässig verkürzt«. Er ist eben ein Fatzke. Festgefahren in seinen Gewohnheiten und vollkommen humorlos. Witze prallen an ihm ab wie an Supermans Cape. Frauen übrigens auch. In seine Wohnung lässt er mich nie rein, auch sonst keinen, und ich habe mit Dietrich zusammen schon oft gerätselt, warum. Irgendwo muss sie ja hin, Roberts Libido. Dietrich und ich haben die Theorie, dass Robert Krawollke, Konzertmeister der Berliner Philharmoniker, nach Feierabend ein gefährlicher Killer ist. Schon des Namens wegen, der sich prima machen würde in einer Reihe mit Haarmann, dem Kopf-ab-Mörder und der Bestie von Beelitz. Ein Killer, der heimlich auf Friedhöfen alte Frauen fängt, Ömchen. Solche mit adrettem weißem Dutt oder flauschiger Strickmütze, die dort mit ihren Gießkannen rumwuseln und Vatis Grab harken. Er betäubt die Ömchen, bringt sie nach Hause, schlachtet und filetiert sie. Ein Teil wird eingeweckt oder eingefroren, der Rest geräuchert. Dietrich malte in den schönsten Farben aus, wie Robert immer freitags auf dem Wochenmarkt am Wittenbergplatz steht, mit einem eigenen Stand und »Fangfrische Ömchen« ruft oder »Heute wieder Ömchen süßsauer«. Das ganze natürlich mindestens so laut wie Aale-Dieter vom Hamburger Fischmarkt.

Dann geht plötzlich alles sehr schnell. Ich brülle: »Breeems!« Es quietscht, und mein Kopf ruckt heftig nach vorn.

»Was is denn nuuu los!«, ruft Robert, nimmt den Fuß von der Bremse und tastet mit dem Zeigefinger, ob seine Lippe blutet.

»Da! Siehst du? Da drüben! Ein Parkplatz!«

»Du liebe Güte! Was soll denn das jetzt schon wieder?« Robert guckt wie jemand, der fest entschlossen ist, diesmal nicht nachzugeben. Er hat schon verschiedentlich Bekanntschaft mit meinem Parkzwang gemacht. »Bis zum Kino sind es noch mindestens zwei Kilometer!«

»Park ein, sag ich!« Ich schreie und trample mit den Füßen. Robert fängt an, vor sich hin zu summen. Das macht er immer in Stunden der Not. Ich schüttele ihn so heftig, dass seine Brille auf der Nase tanzt. Der soll die Eier von einem Watussi abgebissen kriegen! Einen Augenblick kämpfe ich gegen den Impuls, das Kokosnuss-Wunderbäumchen vom Spiegel zu reißen und ihm in die Nase zu stopfen.

»Weißt du was?«, ruft Robert und hält schützend die

Hand vors Gesicht. »Du hast 'n Knall!« Er legt den Rückwärtsgang ein, fährt zurück und parkt ein.

Ich bin plötzlich milde gestimmt. Ein Parkplatz! Meiner!

7. Tschüssi

Der Abzug von der Hyundai-Fahrerin wird mir am nächsten Tag zusammen mit der *Bild*zeitung und einer frisch gegrillten Ente vom Wienerwald per Boten geliefert. Ich zerre den toten Vogel noch im Flur aus dem Papier, reiße mit den Zähnen große Fleischstücke von den Knochen und verschlinge sie, hastig, bis zur Atemnot. Danach stopfe ich mir vier hart gekochte Ostereier von Meyer Beck rein. Das Foto pinne ich an meine Kaminzimmerwand. Die *Bild*zeitung berichtet: SEX MIT DEM ADOPTIVSOHN – NOBELPREISTRÄGER VERURTEILT. Dann *Seinfeld* gucken. Eine Bekannte sieht George nach dem Schwimmen nackt und jetzt hat er Angst, dass sie ihrer Freundin, für die George heimlich schwärmt, erzählt, wie klein sein Schwanz ist. Das sah doch nur so aus, sagt George ängstlich zu Elaine, wegen des Schrumpfungsfaktors vom kalten Wasser, weiß doch jeder.

Apropos kleine Schwänze. Ich rufe Dietrich an.

»Was is jetzt mit Aids-Gala?«

»Ach die! Wann denn?«

»Morgen Abend.«

Dann piept es im Hörer. Jemand klopft an. Eigentlich sollte jedem bekannt sein, dass ich um diese Zeit nicht rangehe. Jetzt kommt doch *Bärbel Schäfer*. Thema: »Ich kann schneller schmutzen als meine Putzfrau putzen.« Die Mehrheit der Menschheit kommt ohne Klopapier aus, und die Hälfte hat noch nie ein Telefonat geführt. Ich gehöre zur anderen Hälfte. Das Telefonieren ist ein unverzichtbarer Bestandteil meiner Arbeit. Die meisten Telefone bieten heute die Möglichkeit, anhand des Displays spontan zu entscheiden. Die Nummern der schlimmsten Nervensägen habe ich eingespeichert. Dann erscheint ein rot blinkendes *Danger*. Aber ich kann schließlich nicht für jeden Idioten einen Speicherplatz opfern. Für den Fall, dass ich also versehentlich rangehe, verfüge ich über einen Ausreden-Katalog. Die Stress-Variante: Genervt rufen: Wo bist du jetzt? Kann ich zurückrufen? Zack – auflegen! Das kann man höchstens dreimal hintereinander mit demselben machen. Die Fax-Variante: Erwarte auf eben dieser Nummer ein wichtiges Vertragsformular. Die Saft-Variante: Mein Akku ist gleich alle. Die Polit-Variante: Bundeskanzleramt an der anderen Leitung. Die Besuchs-Variante: Bin nicht allein. Ganz selten rede ich mich mit der Weibermasche raus, etwa: Hab was auf dem Herd oder: Meine Haare tropfen. Lieber klingele ich an meiner eigenen Wohnungstür und täusche Besuch vor. Oder ich rufe mich selbst mit dem Handy auf meiner zweiten Leitung an. Die Reise-Variante: Das Taxi wartet. Der Flieger geht in einer Stunde. Oder Jetlag.

Abends gehe ich gar nicht mehr ran, sondern warte, bis sich der Anrufbeantworter anschaltet. Meine Ansage ist knapp und neutral gehalten.

Es gibt nur eins, was schlimmer ist als eine zu lange Ansage: eine originelle Ansage. Mit Musik unterlegt, mit verteilten Rollen oder mit Politiker-Imitatoren-Stimmen besprochen. Originelle Ansagen sollten verboten werden! Solchen Leuten hinterlasse ich aus Prinzip keine Nachricht. Unter keinen Umständen!

Sollte also doch mal ein wichtiger Anruf kommen, dann kann man immer noch vorbereitend hecheln, dann abgehetzt rangehen und behaupten, man sei eben nach Hause oder aus dem Bad gekommen.

Leider schaltet sich aus irgendeinem Grund mein Anrufbeantworter heute nicht ein. Ich bin zu neugierig, um das Klingeln zu ignorieren. Undenkbar, niemals zu erfahren, wer dran gewesen ist! Das würde mir endgültig den Tag versauen. Höchstwahrscheinlich würde ich sogar alle in Frage kommenden Anrufer durchtelefonieren und abfragen. Das ist fast genauso schlimm, wie wenn mir ein Schauspielername nicht einfällt. Dann nistet sich dieser Suchauftrag fest im Kopf ein und man kann rein gar nix mehr genießen. Manchmal wünschte ich, ich wäre selbst der Anrufbeantworter. Dann könnte ich selbst bei Bedarf sagen, dass ich nicht da bin. Bitte sprechen Sie nach dem Pfeifton! Also, wer stört?

»Warte mal, Dietrich, ich habe noch jemand in der Leitung.«

Klick.

»Ich bin's!«, sagt eine weibliche Stimme am anderen Ende.

Ich bin's! Das ist ja überhaupt die hinterfotzigste Art, sich zu melden! Abgelegte Lover haben das auch drauf: Ich bin's! Als ich noch sensibel war, habe ich immer vorsichtig zurückgefragt: »Wo bist du jetzt?«, um herauszukriegen, wer verdammt noch mal derjenige sei. Aber was, wenn er dann sagt »zu Hause«? Dann hat man auch nicht viel gekonnt! Inzwischen bin ich nicht mehr sensibel: »Was soll das sein?«, rufe ich streng in die Muschel und fummele mit der freien Hand eine Leerkassette in den Videorecorder, um den Rest von *Bärbel* aufzunehmen. »Heiteres Stimmenraten?«

»Hallo, Paprika! Ich bin's doch, Kitty!«

»Kitty wer?«

»Na, Kitty! Vom Studium! Weißt schon!«

Was will *die* denn! Das ist auch schon zehn Jahre her! Selbst wenn ich jemals eine Freundin wollte, dann ganz bestimmt nicht die! Früher haben wir uns manchmal geschrieben. Aber doch nie telefoniert! Ich dachte, das sei klar.

»Bleib mal dran. Ich spreche grade mit der finnischen Botschaft.«

Klick.

»Dietrich? Noch dran? Gut! Kommst du jetzt mit zur Aids-Gala?«

»Uiuiui, mein Daumen juckt! Ich glaub, es gibt Geld!«

»Och nö! Nich schon wieder!«

»No cash, no deal!«

»Mann, wirklich also … Bleib mal dran!«

Klick.

»Kitty? Sag schnell: Was gibt's?«

»Ich bin am Montag in Berlin!«

»Ah – ja! Toll! Aber Montag sieht schlecht aus.«

Für einige Sekunden entsteht das, was Mia Wallace in *Pulp Fiction* »ungemütliches Schweigen« nennt. Kitty merkt das nicht. Sie steuert brutal auf ihr Ziel zu.

»Kann ich bei dir übernachten?«

Ich hab mich wohl verhört! Das kann man doch nicht einfach so fragen! Da kann ja jeder kommen! Das wäre ja noch schöner! Ich muss mal. Ich setze das Headset auf und gehe pinkeln.

»Weißt du … ähm … Kitty … ich habe nur ein Bett!«

»Macht nichts! Wäscht du grade ab?«

»Jaja. Und außerdem weiß ich noch nicht, ob ich Montag überhaupt da bin. Da ist diese Tagung in London …«

»Auch gut! Wenn du nicht da bist, dann habe ich das Bett ja sogar für mich allein. Du hinterlegst einfach den Schlüssel beim Nachbarn!«

Nachbarn! Vor meinem inneren Auge tauchen kurz die Wurstgesichter von Mändy und Maik auf. Dann Kitty allein in meiner Wohnung, wie sie meine Zahnbürste benutzt und den Finger tief in mein Nutellaglas steckt. Ich bin verdammt in Schwierigkeiten!

»Bleib mal kurz dran, ja?«

Klick.

»Dietrich? Wie viel willst du? Zweihundert?«

»Nasagmal! Warum lässt du mich denn so lange warten? Bis vor zwei Minuten wären es noch zweihundert gewesen. Jetzt sind es dreihundert. Dreihundert Eier für den ganzen Abend. In kleinen Scheinen, nicht nummeriert. Und was Fickbares!«

»Okay, Schmarotzer, aber bloß nich die braunen Schuhe. Keine braunen Schuhe nach 18 Uhr, hörst du?«

Klick.

»Kitty?«

»Ja, Paprika. Ich würde dich sooo gern mal wiedersehen!«

»Hm, ich dich auch!«

Bin ich bescheuert? Ich glaube einfach nicht, dass ich das sage! Ich hab ja nichts gegen Raucher, aber wenn eine aus jeder Pore nach Nikotin … Und dann immer der anklagende Blick, wenn man zum Rauchen auf den Balkon muss. Und wie der Mülleimer stinkt, wenn Kippen drin sind! Und überhaupt: Was soll man mit der reden?

»Also dann«, ruft Kitty vergnügt. »Tschüssi!«

Leider kann man bei schnurlosen Telefonen den Hörer nicht aufknallen. Auch das noch! Ich hab's immer geahnt, dass sie eine Tschüssi ist. Ich hasse Tschüssis. Sie sind fast genauso schlimm wie Tschautschaus oder Tschö-mit-ös. Menschen, die sich so verabschieden, provozieren ein Nimmerwiedersehen. Der Gruß ist schon Programm. Mein absoluter Hassgruß ist Hallöchen. Ich werte Hallöchen als einen verbalen Angriff auf mein Wohlbefinden. Das gilt auch für Abwandlungen wie Hallihallo und Hallöle. Ich halte mich instinktiv fern von Leuten, die mich mit Heihei begrüßen. Menschen, die sich mit Tach auch oder Tachschön einführen, werden von mir grundsätzlich mit Ingrimm bestraft. Dietrich nennt solche Sprache schlicht eine »Bankrotterklärung«. Mit solchen Leuten will man wirklich nichts zu tun haben. Mit denen habe ich nichts zu besprechen. Übernachten schon gar nicht.

Ich bin ein freier Mensch. Schreibe mit einem dicken schwarzen Marker an die Tür: Montag keinesfalls öffnen! So steht es geschrieben – so wird es geschehen!

8. Sogar die Queen trägt ihre Handtasche selber

Fassbinder und ich, wir wissen genau, warum Herr R. Amok läuft. Er kann das alles nicht mehr ertragen. Sein Chef will ihn nicht befördern, seine Frau meckert rum, der Sohn ist debil – da nimmt er eben den Kerzenleuchter und haut alle platt. In solche und ähnliche Überlegungen bin ich vertieft, als ich aus dem Taxi steige. Dietrich wartet schon. Dabistduja, sagt er. Ich drücke ihm wortlos mein Kellybag in die Hand und ziehe meine Lippen nach. Dietrich, dieser Partypuper, steht steif wie ein Stock und murrt: »So was! Sogar die Queen trägt ihre Handtasche selber!«

Der Blödmann von Türsteher im Adlon begrüßt mich mit »Guten Abend, Frau Berben!« Ich trage ein sehr kleines sehr Schwarzes und habe meine langen Satinhandschuhe angezogen, der Händeschüttelei wegen. Und einen Hut, der mich vor der küsswütigen Schicki-Bande schützen soll, aber erfahrungsgemäß nicht schützen wird. Seitlich an der Hutkrempe, leicht unterm Tüll versteckt, hängt diese potthässliche trivialrote Aids-Schleife, die so was von überhaupt nicht zu meinem edelroten Lippenstift passt. Ich hätte nicht schlecht Lust, stattdessen einen Button zu tragen, auf dem steht: »Ich lasse mich auch ohne Kondom in den Arsch ficken.«

In Dietrichs Augen glimmt die vage Hoffnung auf etwas Fickbares. Er zeigt auf seinen Dreiteiler.

»Ich habe mir extra einen Anzug von Hugo gekauft.«

»Von Hugo, ja? Kennt ihr euch beim Vornamen?«

»Quatsch! Hugo ist die junge Linie von Boss, die mit dem roten Label.«

Er hält die Hand auf. Ich schiebe ihm vier Fünfziger zu und sage: »Soso!« Er hält aber immer noch die Hand auf. Ich reiche murrend einen Hunderter nach. Wie immer produziert mein Erscheinen ein Maximum an Neid und Verdruss.

Ich muss mal. Gleich an der Tür fängt mich ein grau gelockter Mann mit getönter Designerbrille ab. »Grüß Sie Gott, Frau Kramer!«, ruft er. »Wir sind ja sooo froh, dass Sie in diesem Jahr wieder die Aids-Gala ...«

Wer zum Teufel könnte das sein? Sieht aus wie ein Lufthansa-Pilot! So viele Leute mit Schleifmaschinenschutzbrille gibt es doch gar nicht! Götz George? Negerkalle Schwensen? Dieter Wedel? Ich hau die Biester immer alle durcheinander! Er greift meine Hand und schmatzt kräftig drauf. Wedel also!

»Willkommen in unserem Hotel, Gnädigste!« Doch nicht Wedel! Der Hotel-Direktor!

»Das Büfett ist heute wieder super lecker.«

Super. Lecker. Auch zwei Wörter von meiner Hassliste. Aber wie heißt der denn noch? Bodo Adlon? Jetzt kommt Dietrich näher. Bloß nicht! Ich kann die doch nicht vorstellen, wenn ich nicht weiß, wie der Typ heißt! »Ihr kennt euch ja sicher, Kinder«, sage ich lässig und laufe erst mal weiter.

»Wie geht es Ihnen, Paprika?«, ruft mir eine madamige Alte mit Federboa zu.

Ich rufe zurück: »Super! Ich habe Krebs im Endstadium!«

»Das freut mich aber! Wir sehn uns bestimmt später noch«, flötet Federboa und rauscht vorbei. Rolf Eden zerrt altersstarrsinnig einem Mädchen das Feuerzeug aus der Hand, um ihm Feuer zu geben.

»Meine Lieeebe«, brüllt Romy Haag, spitzt den Mund und macht schon von weitem dieses bedrohliche »Mmm«, mit dem sich Party-Küsschen ankündigen, um dann in einem hohlen Plop auf jedermanns Wange zu enden. In diesem Fall auf meiner. »Vorsicht, mein Hut!«, sage ich.

»Riesenparty«, sagt Romy.

»Nur nichts Fickbares«, sagt Dietrich.

Der Reihe nach! Ich muss jetzt erst mal nach vorn und diese blöde Rede halten. Man kann sagen, was man will. Hört sowieso keiner zu. Der Trick: forsch gucken, forsch fuchteln, laut und präzise sprechen, aber nur Quark, wie Hitler. Also, Mikrotest, räuspern, los: Fünfte Aids-Gala. Es geht den Menschen wie den Leuten! Soundso viel Tote jährlich. Was weg ist, brummt nicht mehr! Spenden. Man gönnt sich ja sonst nichts. Sponsoren. Firma dankt! Künstler treten ohne Honorar auf, Verona Feldbusch sogar ohne Schlüpfer. Erlaubt ist, was gefällt. Das wissen die wenigsten. Ein froher Gast ist keine Last. Das Auge isst mit. Büfett eröffnet, jetzt singt Max Raabe – gibt gleich 'n Satz heiße Ohren! Rauschender Beifall.

Mitternacht. Dass Dietrich nach der Gala ausgerechnet mit mir ins »Sunny side up« wollte, ist kein Zeichen von persönlicher Wertschätzung. Vielmehr weiß er, dass ich für diesen verkoksten Touri-Schuppen eine VIP-Card mit dem Vermerk »Champagner ohne Ende« besitze.

Jetzt stehen wir völlig overdressed im blauen Licht, das tödlich ist für Jacketkronen und Falschgeld. Ein hypermoderner Tanzschuppen auf drei Ebenen, 1400 Quadratmeter groß.

Ich verliere schnell den Überblick und rufe gähnend meine SMSen ab. Dietrich nimmt eine Blume aus der Tischvase, schnuppert daran und sagt versonnen: »So roch der Sommer, als ich noch ein Kind war.«

»Die ist aus Plastik, Einstein! Such lieber!«

»Heiliger Strohsack!«, murmelt Dietrich plötzlich, deutet eine Bekreuzigung an und zeigt nach vorn. »Schließt die Tore, verdoppelt die Wachen ...«

Wir starren auf das reizende Kind, ein Reh mit dunklen Locken, und machen High Five. Sie trägt Jeans mit SSL – sichtbarer Sliplinie – und einen weißen ärmellosen Rolli. Dietrich grinst, ich grinse, sie grinst zurück. Vielleicht hält sie uns ja für Scouts.

»Sie ist zu jung, Paprika«, sagt Dietrich und kratzt sich

ratlos am Kopf: »Ich bin ja nun wirklich kein Kind von Traurigkeit, aber man muss doch die Kirche im Dorf lassen!«

Eine halbe Stunde lang höre ich mir Dietrichs dusselige Ausflüchte an. Wie die meisten Intellektuellen geht er, was Frauen betrifft, ausgesprochen stupide vor. Am nächsten Morgen komme immer das böse Erwachen, sagt er. Ihm sei das Hemd näher als die Hose. Er sei auch nicht päpstlicher als der Papst. Und dass sie bestimmt Slipeinlagen trägt. Oder Wochentage-Unterwäsche. Und wahrscheinlich einen Kringel über das »i« macht.

Ich muss mal. Ich habe Kopfschmerzen. Ich brauche Aspirin. Und Valium. Er soll nicht labern, er soll endlich zu Potte kommen! »Jetzt bleib mal locker im Schlüpfer und mach die Grätsche an!« Sie lächelt immer noch. Ich kralle meine Handschuhe in Dietrichs Brust und schubse ihn. »Los!«

Er murrt. »Nasagmal, das Seidenhemd war teuer!« Dann schnappt er sich eine Pulle Dom Pérignon und geht zögerlich auf sie zu. Sie sieht ihn mit großen Augen an, wirft keck den Kopf zurück, macht Grübchen.

Ich schiebe mich näher ran und höre, wie Dietrich sagt, dass er sie am liebsten sofort auf die Mondoberfläche werfen und mit ihr intergalaktische Perversionen machen wolle. Das hat er bei Woody Allen geklaut, dieser Schmock! Aber die Kleine kennt den *Stadtneurotiker* nicht. Oder war es *Manhattan*? Sie wird tiefrot und murmelt irgendwas. Da kommt Dietrich auch schon zurück, winkt ab.

»Vergiss es! Sie ist erst 14 Jahre! Heute ist ihr Geburtstag.«

Auf dem Heimweg brabbelt er allerlei sexuelle Grobheiten vor sich hin. Um ihn zu beruhigen, erzähle ich ihm ein Märchen. Es handelt von der Defloration des schönen Kindes. In orientalischen Gemächern an geschwungenen Opiumpfeifen schmauchend, Lolita als Neuzugang in meinem Mädchenharem, drapiert wie ein Opferlamm, mit perlengeschmückter Stirn, wie sie mir, der Herrscherin, zugeführt wird von Dietrich, dem Eunuchen (»Nahörmal!«) …

9. Nie wieder Concorde

Ich liege nackt in meinem Zwei-mal-zwei-Meter-Bett, dem Zentrum meines Lebens. Balzacs Vater hat 20 Jahre lang im Bett gelegen. Proust hat ausschließlich im Bett gearbeitet. Von dort aus rief er immer Sachen wie: »Man schicke ins Ritz nach einem Apfel!« Nicht zu vergessen: Heines Matratzengruft. Ob die alle auch immer kalte Füße hatten? Meine sind in zwei Decken eingewickelt. Fatal! Die Welt erhitzt sich. In der Ostschweiz haben die Gletscher in 150 Jahren die Hälfte ihres Volumens verloren. Der Meeresspiegel steigt jährlich um ein bis zwei Millimeter. Und meine Füße sind trotzdem kalt. Ich lese Zeitung und knabbere das Salz von Salzstangen ab. Jede Stange einzeln. Jedes Salzkorn. Die leer geknabberten und blank geleckten Stangen stelle ich säuberlich nebeneinander in ein Glas und würde sie gern bei der nächsten Gelegenheit Maik und Mändy anbieten.

Die *Bild*zeitung titelt: RATTE KROCH AUS DEM KLO – ARCHITEKT ENTMANNT. Na wunderbar! So etwas brauche ich nur zu lesen und das Scheißen ist mir lebenslang vergällt. Seit ich *Allein gegen die Mafia* gesehen habe, rechne ich damit, durch die verschlossene Tür erschossen zu werden. Seit ich weiß, dass es einseitige Spiegel gibt, hänge ich in Hotels grundsätzlich alle zu. Ich esse nie Currywurst, weil ich einmal mit beobachten musste, wie der Rotz eines Straßenverkäufers obendrauf tropfte. Ich schwimme nicht im Meer, weil mich die Vorstellung, unter mir ist eine hunderte Meter tiefe Welt, beelendet. Niemals laufe ich unter einem Baugerüst durch, weil da bekanntlich öfter mal was runterfällt und Menschen erschlägt. Ich trinke meinen Kaffee schwarz, seit mir Dietrich erzählt hat, dass ihm mal eine Bekannte, eine Wöchnerin, in Ermangelung von Kaffeesahne heimlich Muttermilch im Kaffee serviert hat. Direkt aus der Titte reingespritzt! Er hat es mit eigenen Augen gesehen! Ich ekle mich vor Keksen, seit ich in einem russischen Klassiker gelesen habe, dass eine Frau, um die Liebe eines Mannes zu erwecken, ihr Regelblut in den Keksteig mischte. Die Geschichte ging tragisch aus. Der Mann erhängte sich, als er es kurz nach dem Essen erfuhr.

Es ist zwar relativ unwahrscheinlich, dass jemand Regelblut in den Teig mischt, um meine Liebe zu erwecken, aber es gibt da auch noch andere Geschichten. Vom Bäckerlehrling, dem es Spass macht, in den Teig zu rotzen oder seine Kippe hineinfallen zu lassen. Vom Angestellten, der in den Tee seines Chefs pinkelt. Vom Fleischer, dem beim Wurstmachen ein Stück Finger in den Fleischwolf gerät. Das eitrige Pflaster im Sauerkraut. Das Schamhaar in der Suppe. Wahnsinn als Summe aller Erfahrungen.

Mit dem Sex ist das ähnlich. Sex interessiert mich nur als Grenzerfahrung. Als Augenblick, in dem Lebenstrieb und Todestrieb miteinander kämpfen. Leider werden das Vorher und das Nachher mit der Zeit immer größer und störender. Und wo bitte steht geschrieben, dass einer, der mich ficken darf, automatisch dazu berechtigt ist, mit mir vom selben Teller zu essen und aus derselben Flasche zu trinken! Und wer hat beschlossen, dass Sex und Schlafen in einem so engen Zusammenhang stehen sollen? Was hat das eine mit dem anderen zu tun? Kuscheln! Gemütlich machen! Brötchen holen. Urlaubsplanung, Weihnachten bei den Eltern, Wie war dein Tag, Schatz? Der ganze Pärchenspuk ... *Never ever!*

Ich merke sofort, welcher Mann für mich geeignet ist. Ich sehe es in seinen Augen. Ich höre es an seiner Stimme. Wenn er keine Angst vor dem Tod hat, dann hat er auch keine Angst vor Leidenschaft.

Auch beim Tod gibt es ein Vorher und ein Nachher. Zwei bezeichnende Bilder dafür haben sich für immer in mein Gedächtnis eingegraben. Einmal die grausige Wiederherstellung einer Leiche in der Pathologie. Nach der Autopsie zog der Sektionsmeister das hochgeraffte Gesicht des Toten fast liebevoll über den skalpierten Schädel. Wie eine Mutter, die die Bommelmütze ihres Sohnes zurechtrückt. Ich weiß kein besseres Bild für die Sterblichkeit des Menschen. Ich weiß auch keine größere Kränkung, als tot und in einer solchen Lage zu sein.

Zum anderen den Gesichtsausdruck eines Testpiloten. Um diese Jungs auf Überschallflüge vorzubereiten, setzt man sie in eine riesige Zentrifuge, die aussieht wie eins der Raketenkarussells, von denen man immer kotzen muss. An einem langen Greifarm wird eine Kapsel immer schneller im Kreis herumgeschleudert. In der Kapsel sitzt der Pilot. Vor ihm ist eine Kamera eingebaut, die sein Gesicht während der extremen Beschleunigung beobachtet. In dem Film sitzt also der Typ, ein Ami, und grinst noch kurz vorm Start aufsässig in die Kamera. Eine Stimme draußen zählt runter und ruft schließlich: Hundred per cent! Jetzt sieht man bildfüllend das runde Pilotengesicht. Noch ist er super cool. Da, im Bruchteil einer Sekunde, entgleisen die Züge. Die Augen schließen sich, die Lider flattern, die Mundwinkel werden von unsichtbaren Gewalten nach unten gezerrt. Aus dem Smily wird eine Höllenfratze. Durch das gutmütige runde Amigesicht grinst plötzlich der Teufel selbst. Schließlich fällt der Kopf zur Seite. Das Blut sackt raus. Das Gehirn wird in einen Zustand versetzt, der dem des Sterbens sehr ähnlich ist. Es schüttet Drogen aus, damit der Körper nicht leidet. Erwacht der Testpilot aus der daraus folgenden kurzen Ohnmacht, dann beschreibt er, seinen Körper verlassen zu haben. Er bewegte sich auf einen langen dunklen Tunnel zu, an dessen Ende ein helles Licht strahlte. Ähnliches erzählen Patienten, die wiederbelebt werden mussten. Und

Menschen, die Sex unter Drogen hatten. Aus dem Film habe ich zwei Dinge gelernt:

1. Ich fliege vorsichtshalber nie wieder Concorde.
2. Ich will verdammt noch mal den Tunnel sehen!

Aber genau hier kommt wieder der Wahnsinn ins Spiel. Wer lässt sich nach *Basic Instinct* schon noch gern ans Bett fesseln? Wer macht nach *Im Reich der Sinne* noch ohne weiteres ein kleines Würgespiel mit? Wer hat noch Spass am wilden Ritt, nachdem er eine Dokumentation über Penisbruch gesehen hat? Wer lässt nach *Nepper, Schlepper, Bauernfänger* überhaupt noch einen fremden Menschen in sein Haus?

Verdammt! Ich muss Kitty absagen! Anrufen! Ich muss sie anrufen. Dringend! Aber wie ist ihre Nummer noch gleich? Und wie ihr verdammter Nachname?

Der Mann von der Auskunft hat eine Stimme wie Christian Brückner, der Synchronsprecher von Robert de Niro, the Voice, der 85 Prozent aller Werbespots in Radio und Fernsehen spricht. Sonor, samtig, erfahren, rauh, geheimnisvoll, kleines Zisch-S. Ein Mann, der nicht viel redet und doch alles sagt.

»Möchten Sie außerdem noch eine Nummer?«, fragt er abwartend, nachdem er mir Kittys diktiert hat.

»Haben Sie noch eine für mich?«, frage ich.

Kurze Pause.

»Ja«, sagt er, »meine.« Und schaltet auf das Tonband um.

Mein Puls beschleunigt sich. Meine Füße prickeln und werden warm. Ich höre schon das Geschenkpapier rascheln. Eine automatisierte Frauenstimme sagt: »Die gewünschte Rufnummer lautet. Zwo. Sieben. Eins. Null. Sechs. Sechs. Fünnef. Die Vorwahl lautet: Null. Drei. Null.« Ich schreibe mechanisch mit. Kitty ist vergessen. Den gelben Post-it-Zettel mit der Nummer spieße ich vorsichtig auf meinen Zettelpiker.

10. Mengele zum Kennenlernpreis

Zum Beispiel rumzappen. Das ist wirklich ergiebig.
»Das Tolle ist ja, dass die Natur nicht fragt: Wer braucht Nacktmulle? – Sondern sie hat einfach welche, ja?«, sagt Harald Schmidt.

»Wolfgang ist mehrfacher Multi-Millionär«, sagt Arabella Kiesbauer.

»Nur für mich zur Orientierung: Wer von euch ist jetzt Cindy und wer ist Bert?«, fragt Stefan Raab Cindy & Bert.

»Mengele, der Todesarzt, zum Kennenlernpreis von 19,95«, wirbt ein Kaufvideo-Hersteller.

Bärbel Schäfer macht eine TED-Umfrage zum Thema: »Dürfen Dicke an den Strand?« Im Studio bahnt sich eine Prügelei an. Ich stimme telefonisch für Nein.

Da klingelt es an der Wohnungstür. Ich hänge noch am Telefon und öffne. Es ist aber nicht der Sushi-Mann. Es ist ein weibliches Subjekt, wahrscheinlich von einer Drückerbande. »Ich kaufe keine mundgemalten Glückwunschkarten«, sage ich und will rasch die Tür schließen.

»Aber Paprika ...«

Ich starre sie an. Fuck! Kitty! Klar, heute ist Montag, das hatte ich völlig vergessen!

Kitty trägt ein kariertes Kapotthütchen (!), hat einen Rucksack auf, an dem ein Schlafsack baumelt (!) und strahlt: »Paprika! Sieht man dich auch mal wieder! Lass dich anschauen! Aber hallo! Gut siehste aus! So ... irgendwie ... schick!«

Ich bin nicht mal geschminkt. Ohne Schminke fühle ich mich ungeschützt, sehr privat, fast nackt. Kittys dunkler Pagenkopf kommt mir viel zu nah, aus mehrerlei Gründen. Einmal bin ich so weitsichtig, dass ich die Gesichtskonturen aus dieser Nähe kaum mehr erkennen kann, zum anderen schlagen mir allerlei Gerüche in die Nase, um die ich nicht gebeten hatte: Frisch aufgebohrtes Amalgam, Bulettendunst und ein Plagiat des neuen Eau de Toilette von Joop. Vor so viel Distanzlosigkeit weiche ich ins Innere meiner Wohnung zurück. Dabei stoße ich meinen neuen Queen-Mum-Teller vom Tisch, den ich erst vor wenigen Monaten bei Sotheby's in London ersteigert habe.

Kitty hilft, die Scherben aufzulesen und wirft dabei einen Blick auf meinen lautlos flimmernden Fernseher. Sie repräsentiert die 64 Prozent aller Deutschen, die es unhöflich finden, wenn der Fernseher weiterläuft, obwohl Besuch gekommen ist. Ich dagegen repräsentiere die 99,9 Prozent, die es unhöflich finden, wenn Besuch einen beim Fernsehen stört.

»Mann, was haste denn gemacht die ganzen Jahre?«, fragt sie.

»Ich bin früh schlafen gegangen«, sage ich.

Ich bin eine lausige Gastgeberin und ich bin es gern. Aber Kitty scheint sich trotzdem wohl zu fühlen. Sie setzt sich hin und raucht und quasselt und raucht und quasselt.

»Mich kannste im Sack stecken und mit'm Knüppel raufhaun: Ich quatsche immer noch!«, erklärt sie leidgestählt.

Ich sinke langsam im Ohrensessel zusammen. Die Lehne des Sessels wird immer größer, ich selbst immer kleiner. Wie eingelaufen. Gefangen in der Endlosschleife ihrer provinziellen Erlebniswelt.

Erst zähle ich, wie oft sie »irgendwie« sagt. Sie sei irgendwie beim Arbeitsamt gewesen. Eins. Ein toller Kurs: »Wie schminke ich mich richtig fürs Bewerbungsgespräch«. Dann beim Zahnarzt. Eine alte Plombe raus, eine neue irgendwie rein. Zwei. »Dafür hat er so 'n Spray genommen, das das Quecksilber im Amalgam neutralisiert: DPMS, kann sein, dass ich irgendwie die Buchstaben verwechsle, aber drin sind sie alle!« Drei. Der Tino habe sie irgendwie abgeholt! Vier. Der Tino! Als bedürften Vornamen eines Artikels außer zur genauen Geschlechtsbestimmung in Grenzfällen wie Ulli und Conny. Der Tino sei ein alter Kumpel. Mit dem war sie dann Buletten essen. Aber lieben tut sie irgendwie den Horst. Fünf. Der jobbt auch bei Burgerking. Neulich war sie mit dem Horst tanzen, danach zu ihr, »gemacht und getan«, irgendwie Sex und so. Sechs. Das Zählen schnarcht mich an. Ich überlege, wie ich aus dieser Nummer wieder rauskomme, greife mir mein formschönes Panasonic-Handy und verschicke sinnlos SMSen in alle Welt. Verkupple ich Kitty mit Dietrich oder lasse ich sie gleich von Robert filetieren und süßsauer einlegen? Wir seufzen synchron: Kitty unter der Last des nicht Gesagten, ich unter der Last des Gesagten.

Dass Kitty sich über die blank geleckten Salzstangen hermacht, die immer noch in einem Glas auf dem Tisch stehen, hebt meine Laune für einen kurzen Moment. Sie hat also, erzählt sie mampfend, nach der Nacht mit Horst versucht, nicht verliebt zu gucken und nichts von Beziehung zu sagen. Obwohl das schwer war, weil sie verliebt ist in den Horst und wie! Irgendwie!

»Morgens musste er gleich los zur Arbeit. Dann habe ich mich im Bett geräkelt und gesagt ... Also, ich habe gesagt ... ähm: Warum bleibst du nicht zum Frühstück und wir ficken noch 'n bisschen!« Sie zerquetscht eine Träne im Augenwinkel und in ihrer Stimme ist ein kleines Tremolo. »Du hast mir das ja selbst mal geraten.«

Schade, dass ich ihr nicht geraten habe, dem Horst einen Liebestrank aus Froschzungen, Bullenhoden und Vogelaugen zu mixen! Oder gleich Harakiri zu machen!

Kitty fährt fort mit ihrem Wehmutsparlando. »Du hast gesagt, die Männer wünschen sich tief in ihrem Inneren eine Frau, die nur Sex will und das auch ... hmmm ... sagt, also irgendwie direkt. Aber weißt du, was er geantwortet hat?« Sie holt im Weinkrampf ruckartig Luft. »Er hat gesagt ... er hat gesagt ...« Dann lautes trompeten. Die Frau macht mich krank! Kann die nicht woanders heulen? Erst macht sie meinen Queen-Mum-Teller kaputt, dann qualmt sie alles voll und jetzt rotzt sie auch noch in meine Tischserviette von Laura Ashley.

»Ja, was denn nu?«

»Er hat gesagt: ›Ich bin doch keine Fickmaschine!‹ Und dann isser weg!«

Man steckt eben nicht drin! Ich würde Kitty ja trösten, wenn ich mich zu Trost imstande und berufen fühlte und wenn ich nicht gleichzeitig *Seinfeld* folgen müsste, der lautlos im Hintergrund läuft. Seinfelds Freund George wird von einem Mann massiert und dabei bewegt sich sein Schwanz. Jetzt fürchtet er, schwul zu sein. Seinfeld versucht, George zu beruhigen, aber ich kann nicht hören, was er sagt, weil dieses Salzstangen-ohne-Salz-fressende Monster dauernd dazwischen fusselt. Ich strecke Kitty mit einem Faustschlag nieder. Vorerst nur in Gedanken.

11. Always Ultra

»Weißte eigentlich, dass du schnarchst?«, fragt Kitty am nächsten Morgen und macht das Radio an. Und zwar richtig laut, denn Trommelfelle sind zum Trommeln da.

Ich lüpfe die Decke, öffne ein Auge und sehe ein unrasiertes, von Insekten zerstochenes Bein mit pinkfarbenem Lackrückstand am Hammerzeh. Das ist nun der Dank für meine Gastfreundschaft! Sie outet mich als Schnarcherin! Was gar nicht nötig ist. Ein Selbstversuch mit dem Diktiergerät ergab schon vor Jahren, dass ich eine bin. Na und? Churchill war Schnarcher. Mussolini auch. Und was bitte geht das Kitty an! Wenn sie zu diesen selbst ernannten Wahrheitsverkündern gehört, um deren Wahrheiten niemand gebeten hat, dann soll sie eine eigene Show im Offenen Kanal moderieren.

Kitty switcht zwischen den Sendern hin und her, dass mir fast das Hirn aus den Ohren spritzt. Entscheide dich gefälligst! Dumme Sau! Kreuzung zwischen Funkenmariechen und Mireille Mathieu! Sie hat sich entschieden. Für deutschen Schlager. Hossa! Hossa! Servus, Grüezi und Hallo. Der Kunde ist König. Der Gast und der Fisch stinken am dritten Tag. Kitty spielt Luftgitarre, wiegt sich wie ein Hustinettenbär und schwenkt die Hüften im Takt. Nein, wider den Takt. Wie Schunkler und Mitklatscher, die Bekämpfer des Rhythmus an sich. Ich hasse Schlager! Ich hasse Musik! Ich hasse Kitty! Natürlich hat sie den Radiokanal unsauber eingestellt. Um mich fertig zu machen. Und dann will sie auch noch Tee trinken! Grünen Tee! Ich weiß gar nicht, wie man den macht. Ich habe nicht mal welchen im Haus. Ich halte mir die Ohren zu, flüchte in die Küche und schlucke zwei Aspirin und ein Valium. Das Gurgeln der Kaffeemaschine klingt wie Kotzen mit leerem Magen.

Kitty geht angezickt grünen Tee kaufen. Ich rufe ihr nach, sie soll die *Bild*zeitung mitbringen. »Du liest die Blöd-Zeitung? Bild dir deine Meinung, hä?« Sie kichert pubertär und knallt die Wohnungstür. Dumme Nuss! »Bild dir deine Meinung« war meine Kampagne! Eine meiner besten. Ganz große Sache, sehr erfolgreich.

Ich mache das Radio aus, lüfte erst mal und werfe mit spitzen Fingern ihr Handtuch in die Wäsche. Überall Schamhaare! Eigentlich sollte ich desinfizieren, wenn sie weg ist. Vorsichtshalber. Thema bei *Bärbel Schäfer*: »Wenn ich aufgeregt bin, habe ich Flatulenzen.« Seinfeld hat eine Freundin, die schon zum dritten Mal dasselbe Kleid anhat. Er bekleckert sie mit Rotwein, damit sie sich was anderes anziehen muss.

Wie es ausgeht, erfahre ich nicht, denn Kitty ist schneller zurück, als mir lieb ist. Und ihr grüner Tee stinkt schlimmer als Fürze. Dann macht sie auch noch so Sperenzchen, dass sie zwei Drittel kochendes und ein Drittel kaltes Wasser braucht und dass der blöde Tee genau 48 Sekunden ziehen muss, weil die Gerbstoffe das Koffein nur ganz langsam freigeben. Ich kenne Tee anders: Teebeutel ins Glas, heißes Wasser aus Wand, runter damit ! Jetzt macht Kitty das Radio wieder an. Die *Bild*zeitung titelt: EHEFRAU MIT AXT GESPALTET – SIE HÖRTE ZU VIEL ROY BLACK. Ich reiße die Zeile raus und pinne sie an die Kaminzimmerwand. Schon, weil sie gerade so gut passt. Kitty sieht kopfschüttelnd zu und fragt, warum ich so zynisch sei. Ich zucke lässig mit den Schultern: »Kohle!«

Kitty ist erschüttert. Die Bekanntschaft mit mir scheint sie in ein ethisches Dilemma zu bringen. Geld allein mache nicht glücklich, mault sie. »Hast du denn irgendwie gar kein schlechtes Gewissen? Ich meine, sozial?«

»Nö! Das schlechte Gewissen ist eine der schlimmsten Erfindungen der Menschheit!«

Kitty mault. »Minderbemittelte haben bei dir ja gar keine Schangse!«

Ganz recht! Leider lenkt sie ihr Loblied auf Armut und Mittelmaß, die beiden Schlingel, so sehr ab, dass sie den Rucksack mit der Behändigkeit einer Schnecke packt. »Es fährt ein Zug nach Nirgendwo, mit mir allein als Passagier …«, schmalzt Christian Anders. Ein Trost. In einer Stunde fährt ihr Zug! Ich knacke mit den Daumengelenken, lasse sie labern und hake meine Losgeh-Standards ab: Kaffeemaschine aus? Wo ist der verdammte Schlüssel? Ob ich den Müll gleich mit runternehme? Videorecorder programmiert? Fenster zu? Alarmanlage an? Handy aufgeladen? Ersatz-Akku eingesteckt? Ich bin eine wandelnde Checkliste.

Mein nagelneuer Audi TT, Sportwagen 99 laut *Auto Motor Sport*, ist eigentlich viel zu schade für diese Dumpfbacke. Auf dem Weg zum Bahnhof überlege ich angestrengt, wie man eine Abschiedsberührung vermeiden könnte. Auf Partys hilft die Flucht nach vorn. Man ziehe erst den Mantel an, stecke dann den Kopf noch mal zur Tür herein und verabschiede sich mit fröhlichem Winken von allen noch Anwesenden. Das darf ruhig von einem forschen »Ich geb jetzt nicht erst noch jedem die Hand« begleitet werden. Erlaubt ist hier eine angedeutete Kusshand oder gestisches Andeuten eines in Kürze anstehenden Telefonats, welches natürlich nie stattfinden wird. Letzteres kann man durchaus auch am Bahnhof anwenden. Das mache ich auch, obgleich es gar nicht nötig gewesen wäre.

Kitty hebt nur müde die Hand und murmelt ein letztes Tschüssi. Dann bin ich sie los!

An Kitty hat mich immer fasziniert, habe ich immer geschätzt, dass sie die einzige normale Frau war, die ich kannte, eine echte Vertreterin der Always-Ultra-Generation, von der wir aus der Werbung wissen, dass es da ständig unten raussuppt. Kitty war die einzige mit Liebeskummer und Nulldiät und Frauenliteratur und Wattebällchen und *Brigitte*-Kalender, mein letztes Verbindungsglied zum typisch Weiblichen und somit eine Art Regulativ – genau das war es gewesen, was uns letztlich getrennt hat.

Auf dem Rückweg lockt mich eine Parklücke vor Meyer Beck. Eigentlich brauche ich gar nichts aus dem Supermarkt, aber ich parke trotzdem ein.

Drinnen kaufe ich zehnmal Stangenspargel im Schraubglas, nur weil er »Rio Bravo« heißt. Kleine Reminiszenz an den Western, in dem Dean Martin und Ricky Nelson so schön singen. Dabei hasse ich Spargel wegen des Uringestanks. Weil ich den Parkplatz ums Verrecken nicht hergeben will, gehe ich zu Fuß nach Hause.

Ein gebeugtes Mütterchen mit Pappschild stellt sich mir in den Weg. Darauf steht krakelig: Komme aus Kosovo für Essen.

»Bittäh! Bittäh!«, krächzt sie gesichtslos unter ihrem schmuddeligen Kopftuch und packt mich eisenhart am Arm. Ich drücke ihr die Tüte in die Hand. Wenn sie von so weit her gekommen ist, um zu essen, dann wird mein Rio-Bravo-Spargel genau das Richtige für sie sein. »Dankäh! Dankäh!«, sagt sie, lässt mich los und guckt skeptisch in die Tüte.

Bei Sarah Young hole ich mir einen Vibrator, der im Dunkeln leuchtet. Bei Hermès kaufe ich eine rotlederne Reitgerte, die von 750 Euro auf die Hälfte runtergesetzt ist. Ein Unterschriften sammelnder Tierschützer vor dem Geschäft fragt, auf die Gerte weisend: »Sie sind doch bestimmt ein Tierfreund?« Ich würde ihm gern ein paar Sachen erklären. Dass meine Lieblingstiere kross gebratene Enten, ausgestopfte Pinscher und vergiftete Tauben sind. Oder dass man nicht einfach so Leute auf der Straße anquatscht. Oder dass man sich ab und zu die Fingernägel sauber machen sollte. Aber ich muss mal und habe keine Zeit, mich jetzt mit diesem Affen zu befassen. »Tierfreund? Nö«, sage ich im Weitergehen und lasse die Gerte durch die Luft sirren, »wirklich nicht!«

12. Hassliste – Auswahl

Sonne
Synonyme, z. B. das kühle Nass, die Bretter, die die Welt bedeuten etc.
Hunde
Broiler
Schnäuzer
Schamhaare
Natur
Roger Willemsen
die drei Tenöre
Peruaner in Fransenponchos, die Panflötenterror machen
gestisch dargestellte Gänsefüßchen
Armlehnentrommler
Kellnerinnen in Gesundheitsschuhen, die Hunde kraulen
Broiler-Frauen mit Nickituch und auseinander stehenden Oberschenkeln
zwangsneurotische Cockerspaniels, die ihrem eigenen Schwanz nachjagen

Lederschwule, die sich mit »Schalömchen« begrüßen und mit »Stößchen« zuprosten
Sportler, die mit »Jagutichsachmal« antworten
Gesundheitsstühle mit Knieaufstützern
leere Bierflaschen, die in S-Bahnen hin und her rollen
Leute, die dauernd sagen »Not my cup of tea!« (Ben Becker, Peter Glotz)
wenn jemand am Telefon isst
Moderatoren, die sagen: »Vielleicht können wir Appetit machen«
Schauspieler, die sich in die Herzen der Zuschauer gespielt haben
Leute, die »ain Stück wait« sagen
Frauen im Leopardenlook
geriffelte Biergläser mit Henkel
Leute, die Kinofilme nacherzählen
unlustige Komiker wie Jacques Tati, Roberto Benigni, Charles Chaplin, Ephraim Kishon
Leute, die immer mit »Das ist richtig« antworten
Männer, die sagen: »Ich schätze Sie als Frau und als Mensch«
spitz zulaufende Koteletten, die sich in Richtung Mundwinkel fressen
Promis, die sagen: »Wer mich kennt, der weiß …«
Promis, die sagen: »Auf diese Frage antworte ich immer …«
Frauen, die sagen: »Ich hab halt für mich gelernt, dass …«
Moderatoren, die sagen: »Doch die Realität sieht anders aus.«
eine Beziehung führen
in eine Beziehung investieren
Leute, die an meine Tür klopfen und rufen »Ich weiß, dass du da bist!«
Leute, die auf meinen Anrufbeantworter sprechen: »Haaallo, bist du zu Hause?«
am Satzende maskenhaft grinsen und hinterher ein paar Mal nicken, sich selbst zustimmend (z. B. Alice Schwarzer)

Kringel über dem »i«
termingerecht zum Fasching ausflippen
berufsmäßige Stammler, die versuchen, auf meinem Anrufbeantworter zu improvisieren
Moderatoren, die sagen: »Ich glaube, ich hab nicht zu viel versprochen!«
Erwachsene, die Kinder »kids« nennen
Socken mit Motiv
Roger Willemsen
aus dem Urlaub originelle Postkarten schicken
Krawatten, die Fäden ziehen
Flatterhemden
Männer, die sich die Haare tönen
Gürteltaschen
Smily unterm Fax
Haartransplantate
für die Rente einzahlen
Männer, die sagen: »Nicht, was Sie denken!«
ein »gepflegtes Bier« bestellen, einen tiefen Schluck trinken, dann geräuschvoll ausatmen und dabei die Lippen nach innen einkrempeln
ekelhaft verständnisvolle Menschen
Leute, die beim Arzt die Finger anlecken, um die *Bunte* umzublättern
Leute, die in Rundfunksendungen anrufen
dreijährige Kinder mit Windeln
Ehepaare, die »ein eingespieltes Team« sind
Roger Willemsen
Menschen, die mir zum Geburtstag gratulieren
Menschen, die beleidigt sind, wenn ich ihnen nicht zum Geburtstag gratuliere
Schuhe mit Vierpunkt-Abroll-Dynamik (Ferse – Außenballen – Innenballen – Großzehe)

13. Popvolumen

Auch olfaktorisch bin ich leicht zu reizen. Nach kalten Kippen, Hundefutter und sämtlichen Parfüms von Joop ist Popcorn (sowohl süß als auch salzig) mein viertwiderlichster Geruch. Es riecht wie gegrillte Einlegesohlen – ein Selbstversuch ergab, dass es auch so schmeckt. Fatalerweise ist Popcorn dort am häufigsten vertreten, wo ich viel Zeit verbringe: im Kino. Seit jemand beschlossen hat (ich für mein Teil habe Woody Allen im Verdacht), Kino ohne Popcorn sei nicht richtig Kino, ist der Konsum drastisch angestiegen. Aber der infernalische Geruch ist nur ein fieser Nebeneffekt.

Das weiße, flockige Popcorn entsteht durch das Erhitzen von Puff- oder Knallmais. Besagter Mais wird in den USA speziell für die professionelle Popcorn-Herstellung gezüchtet. Er garantiert, wie ein Werbeprospekt verspricht, »ein Popvolumen von 1:44 bis 1:48, nicht mehr als 55 bis 75 Körner pro 10 Gramm Mais und einen Feuchtigkeitsgehalt von 14 bis 15 Prozent bei 70° Fahrenheit«. Es gibt nur eine nützliche Verwendung von Popcorn. Die Bundeswehr füllt damit Kanonenrohre auf, um Fehlschüsse bei Truppenübungen zu vermeiden.

Popcorn sieht schon eklig aus, wenn es sich nicht enden wollend oben aus der Popcornmaschine erbricht. Es wird in vier verschiedenen Abfüllungen verkauft. Die kleine Portion, Größe Zahnputzbecher, kostet 2 Euro 20. Medium, Größe Mixbecher, kostet 3 Euro 40. Der große Becher hat etwa Blumentopf-Format und kostet 4 Euro 40. Dann gibt es noch Scheuereimer namens Mega für 5 Euro 40. Die Becher werden extra für den Popcorn-Verzehr hergestellt und zwar aus 100 Prozent Recycling-Hartpappe.

Merke: Die Verzehrdauer hängt nicht von der Eimergröße ab, sondern von der Wühltechnik.

Gemeinhin werden die gepoppten und gepufften Maiskörner mit der hohlen Hand herausgeschaufelt und auf einmal in den Mund geworfen. Die Trefferquote liegt im Durchschnitt bei 60 Prozent. Allerdings scheinen die oberen nie zu schmecken, denn es werden grundsätzlich die unteren hervorgewühlt. Allein der Wühlvorgang dauert oft schon 10 bis 20 Sekunden. Der Popcornfresser genießt das knirschende, quietschende Zernichten des aufgepoppten Korns gern bei geöffnetem Mund. Das schafft etwa die Geräuschkulisse einer Rattenburg. Erst an das Entpoppen schließt sich der eigentliche Malmvorgang an. Popcorn wird grundsätzlich nicht während der Werbung verzehrt, sondern erst mit Beginn des Hauptfilms.

Je nach Popvolumen des Korns und Blödizität des Popcornfressers unterscheide ich verschiedene Wühltechniken:

1. das Brutalo-Wühlen, laut, kurz und ehrlich
2. das unentschlossene Wühlen, ruckhaft, mit Pausen
3. das pseudo-vorsichtige Wühlen, leise und penetrant

Zu 1. Der Brutalo-Wühler ist ein Sadist und Wichtigmacher. Er hat gar keinen Hunger. Ihm geht es um das Wühlen als solches. Der Weg ist das Ziel, das Essen eher zweitrangig. Am liebsten zerwühlt er eine Liebesszene oder ein Begräbnis. Ermahnungen bringen ihn erst richtig in Form.

Zu 2. Der unentschlossene Wühler ist eigentlich auf Diät und hat sich nur Popcorn gekauft, weil es eben dazugehört. Manchmal legt er die Handvoll Popcorn, die er eben liebevoll zusammengegrabbelt hat, selbstvergessen wieder zurück in den Eimer. Und dann geht das Theater von vorn los.

Zu 3. Der vorsichtige Wühler ist ein Schleimer und Opportunist. Er tut so, als wollte er auf diese Weise seine Mitmenschen am wenigsten belästigen. Er wartet auf Schießereien oder andere Geräuschkulissen, bis er sich traut. Er dreht und wendet beim Wühlen den Kopf, nickt entschuldigend nach allen Seiten, bietet, wenn's hochkommt, sogar dem Nachbarn etwas an, aber gerade dadurch kommt es zu einer für alle Beteiligten quälenden Verzögerung. Ein wütender Blick bringt ihn fünf bis zehn Minuten zum Schweigen.

Eines Tages werde ich dabei sein, wenn sich ein Popcornfresser furchtbar verschluckt. Ein Korn, etwa vom Popvolumen eines Ziegenkötels, ist in seiner Luftröhre stecken geblieben. Ich lasse ihn erst eine Weile röcheln, bahne mir dann einen Weg und behaupte glaubhaft, ich sei Ärztin. Und dann mache ich mit meiner Nagelschere einen prima Luftröhrenschnitt und schneide dabei im Eifer des Gefechts seine Stimmbänder durch.

14. Mitsubishi

»Wie sehe ich aus?«, frage ich und drehe mich in dem neuen Kostüm von Plein Sud, aber Robert ist für solche Fragen der falsche Partner.

»Man wird bescheiden!«, sagt er mit vollem Mund, ohne aufzusehen.

Robert ist vollkommen betriebsblind. Es könnte ein Toter in meiner Wohnung liegen, mitten im Weg, und er sähe es nicht. Ich könnte splitternackt vor ihm stehen und Robert würde es nicht bemerken. Einmal trug ich, weil's bei Robert sowieso egal ist, eine dieser neongelben Kühlbrillen. Er sah mich an und nahm es nicht mal wahr.

Es gibt nur eine Art von Frauen, bei deren Anblick er in Verzückung gerät: Frauen, die längst tot und verwest sind, Filmstars, große Diven von gestern. Ob diese Leidenschaft Ursache für Roberts Keuschheit oder eher deren Folge ist, wurde mir nie ganz klar.

Er besucht alte Filme so andächtig, als seien sie Tempel. Das Kinoereignis eröffnet er mit rituellen Handlungen: Er nimmt seine Brille ab und massiert sich mit Zeige- und

Mittelfinger der linken Hand die Nasenwurzel. Dann putzt er die Brille mit einem Putztuch, dessen Zitronenaroma ihn feierlich, mich aggressiv stimmt. Exakt mit Filmbeginn lässt Robert den Startknopf der Stoppuhr los. Aus der jeweiligen Länge der Fassung berechnet er aufwendig, wie schnell der Film lief und ob alle Einstellungen in Originallänge drin sind. Jeder Film kriegt eine Bewertung, die handschriftlich in einen vergilbten A4-Block aus Roberts Schulzeit eingetragen wird. Das beste sind 100 Punkte, das schlechteste ist ein Hakenkreuz.

Robert liebt Listen. Er betreibt diesen Sport todernst. Wöchentlich diktiert er mir ein Update seiner All Time Favourites in den Computer. Es handelt sich um die zehn Filme, die er mit auf eine Insel nehmen würde. In seiner Auswahl *(Panzerkreuzer Potemkin; Iwan, der Schreckliche; Citizen Kane)* ist er wie in allem wenig originell.

Auch die »Protagonistin als solche« wird schonungslos katalogisiert. Robert unterscheidet drei Typen. Am geringsten schätzt er die Giraffe. Marlene Dietrich war eine. Schon interessanter ist die Antilope, zum Beispiel Ava Gardner oder Rita Hayworth. Aber sein persönlicher Lieblingstyp ist die Gazelle. Er weiß genau, wann Hitchcock Grace Kelly die »Phantasien eines Mannes anheizen lässt wie keine andere«, in *Fenster zum Hof* nämlich. Er findet nichts erotischer, als wenn Lauren Bacall in *Tote schlafen fest* mit dem entsprechenden Augenaufschlag sagt: »Es hängt viel davon ab, wer im Sattel sitzt!« Veronica Lake, schwärmt er, sei die »zauberhafte Miniatur einer Frau« gewesen, »kein Gramm Fett zu viel!«. Und Gene Tierney *(Laura)*, seine aktuelle Königin, nennt er anerkennend eine »Mischung aus Fleisch gewordener Poesie und 100000-Dollar-Nutte«.

Wenn Robert von etwas felsenfest überzeugt ist, dann davon, in die falsche Zeit hineingeboren zu sein. Über heutige Schönheiten wie Claudia Schiffer, Cindy Crawford und Verona Feldbusch (allesamt Giraffen!) kann er »nur noch den Kopf schütteln«. Stattdessen gerät er spürbar in Erregung, wenn auf Zelluloid ein Mieder eng geschnürt wird oder ein Unterrock aus Taft raschelt. Er spricht kein Wort Englisch, aber er kennt die Filme in- und auswendig, sodass er auch in englischen Fassungen genau weiß, an welcher Stelle er durch ein kurzes Schnauben signalisieren muss, dass er die erotische Anspielung verstanden hat. Manchmal ärgere ich ihn. Sage, Gloria Swanson sei eine Napfsülze oder Chris Marker ein Dummschwätzer. Oder ich verwechsle Ugetsu monogatari absichtlich mit Tokyo monogatari oder Mizogushi mit Mitsubishi – und er ist tödlich verletzt und zwei Wochen eingeschnappt.

Manchmal aber finde ich Roberts Art hinreißend. Zum Beispiel, wenn ich ihn frage, ob wir nach dem Kino noch an Dietrichs Bar etwas trinken wollen. Dann kann es gut passieren, dass er sagt: Hab keinen Durst! Und er meint es auch so! Trinken als kommunikativer Vorgang ist ihm fremd. Das sind »Stammtisch-Allüren«. Seine Logik ist so simpel wie bestechend: Warum soll er etwas trinken, wenn er keinen Durst hat?

Von seinem Beruf spricht Robert eher beiläufig und dann abfällig. Er müsse leider wieder einige Stunden »fiedeln«. Die »Tuttisten« nähmen sich in letzter Zeit eindeutig zu viel heraus. Der Fagottist sei die »absolute Schwachstelle im Soloholz«. Der Gastdirigent sei ein Idiot, ein Blödian erster Klasse, der Strawinsky vergewaltige und ansonsten dort hingehöre, wo der Pfeffer wächst. »Den Typen sollte man abschlachten wie ein Schwein«, brummt er und gibt damit Dietrichs und meiner Mördertheorie neue Nahrung.

Das Kino findet Robert viel schöner als das Leben. Heute hat er meinen Videokassetten-Bestand auf »brauchbare Originalfassungen« durchsucht und einige Preminger-Filme zum Ausleihen neben sich gestapelt. Nun schaufelt er sauteure Mango-Garnelen von Butter-Lindner in sich rein und summt. Ganz abgesehen davon, dass es mir ein Rätsel ist, wie man gleichzeitig summen und kauen kann – ich frage mich vor allem, warum dieser Mensch jeden Bissen stundenlang wiederkäut, als müsse er Beton zermahlen. So riesige Kieferbewegungen, so starke Malmgeräusche – und das alles für die paar mickrigen Garnelen! Roberts untere Gesichtshälfte – ein einziger Kaumuskel. Sein Gesicht – das eines Nussknackers. Ein Presslufthammer für eine Haselnuss.

Ich habe mal von einem Kampfhund gelesen, mit einer Bisskraft, die rund einer Tonne Gewicht entspricht. Da dachte ich an Robert. So kaut der auch Kaugummi! Deswegen biete ich ihm schon lange kein Orbit blau mehr an.

»Na, schmeckt's?«, frage ich und betrachte Robert halb fasziniert, halb angewidert.

Er winkt ab und muss noch rasch fünfzigmal kauen, um überhaupt antworten zu können: »Du liebe Güte! Hauptsache, es macht satt!«

Perlen vor die Säue! Beim nächsten Mal kriegt er eine Fünf-Minuten-Terrine!

Fred fragt höflich per SMS, wann ich mal wieder reinkomme. Seinfeld macht mit seiner Freundin Schluss, weil sie die Erbsen alle einzeln isst und beim Fernsehen immer Pssst sagt. Thema bei *Bärbel Schäfer* ist: »Wünschen Sie sich die Mauer zurück?« Es gibt eine TED-Umfrage. Ich stimme etwa hundertmal mit Ja.

15. Herrschaftswissen

Irgendwann schmeiße ich eine Bombe in die Taxizentrale. Aus irgendeinem Grund ist es wieder mal unmöglich, ein Nichtrauchertaxi zu bekommen. Ich protestiere! Ich boykottiere! Ich nehm den Bus – das ist irgendwie heroisch!

Der Fahrer sieht aus wie Alfred Hitchcock, nur blöder. Und was noch schlimmer ist: Er leidet an Berliner Humor.

Mit mir fallen Dutzende von Fahrgästen ein wie Heuschrecken.

Ich frage Hitchcock, ob er zum Wittenbergplatz fährt.

Er schließt die Türen, fährt los und grinst. »Nee, aba wa könn' uns heute Nachmittag da treffen!«

Ich halte ihm schweigend meinen Fahrschein hin. »Wattn«, knurrt er, »sollick da jetz reinbeißen?«

Wie geräumig und gemütlich es auf der Welt ohne Busfahrer wäre! Ich spüre das Verlangen, mich von hinten an den Fettsack anzuschleichen, mit irrem Blick wie Hans Clarin in *Das indische Tuch*, und ihn mit einem surrend eingedrehten Seidenschal zu erdrosseln. Möge ihm der Tag des Jüngsten Gerichts zum Schrecken gereichen!

Öffentlicher Nahverkehr – wie das schon klingt! BVG-Busse sind die Schützengräben des Großstadtkrieges. Dieser riecht nach Fertigpizzen, Trainingsanzügen und Schweiß. Schweiß besteht aus 98 Prozent Wasser, Harnstoff, Aminosäuren, Medikamentenresten. Zirka 200 Millionen kleine Schweißdrüsen münden an der Körperoberfläche eines einzigen Menschen. Ein Doppelstockbus der Berliner Verkehrsgesellschaft ist freigegeben für 79 Sitzplätze und 5–8 Stehplätze. Die Stehplätze sind ungefähr 10fach überbelegt. Den Rest kann sich jeder selbst ausrechnen.

Ich leide zuweilen unter eingebildetem Fäulnisgeruch. Aber dieser ist echt. Manche Passagiere sehen aus wie eine geplatzte Wurst und riechen auch nach Wurst. Manche sind lang und dünn wie Bohnenstangen und riechen nach essigsaurer Tonerde. Manche sehen aus wie Klementine, riechen aber nicht nach Ariel, sondern nach dritten Zähnen und Kukident. Lauter freilaufende Müllschweine. Ich sehe Schuppenflechte, Akne vulgaris, Morbus Basedow, nasenberingte Teenager mit Walkmen, albernen Ziegenbärten und tiefer gelegten Hosen, junge Muttis mit meterlangen glatzköpfigen brüllenden rülpsenden spuckenden Babys. Eine Lepra-Kolonie ist nichts dagegen. Ich rieche volle

Windeln, kalte Kippen, saure Milch, Kantinenessen und sehr schmutzige Wäsche. Augen zu, Luft anhalten und durch!

Draußen steht ein Rudel japanischer Touristen. Passt nicht mehr rein und wartet, dicht gedrängt, auf den nächsten Bus. Man kann den Japsen unter diesen Umständen gar nicht verübeln, dass sie in Rudeln auftreten. Ich würde manchmal auch lieber im Rudel auftreten, aber ich kriege keins voll.

Wer jemals Bus gefahren ist, der weiß, dass der Kampf um einen Sitzplatz dem Kampf ums Überleben gleichkommt. Eine gute Möglichkeit, einen zu ergattern, bietet sich, wenn der, der dort sitzt, liest. Ich lese dann immer mit, stehend, über ihn gebeugt, egal, welcherart die Lektüre ist. Mitlesen ist in Deutschland hochgradig unbeliebt. Der um die Exklusivität seiner Lektüre Beraubte zieht, wenn er's merkt, gern ruckartig Buch oder Zeitung weg, versucht, den Dieb auf frischer Tat zu ertappen, und mit etwas Glück flieht er. Ich finde das impertinent. Obwohl ich es andererseits hasse, wenn bei mir jemand mitliest. Das ist geistiges Schmarotzertum! Wenn der Mitleser dazu noch rechts von mir sitzt, dann kann es gut sein, dass er die In&Out-Liste in der *Bild*zeitung eher liest als ich, die ich doch immerhin dafür bezahlt habe! Ich blättere dann immer so lange vor und zurück, bis der Mitleser ganz duselig wird und aufgibt. Es lebe das Herrschaftswissen!

Heute gibt es keinen Sitzplatz. Und es liest auch keiner. Ich werde wie auf einem Viehtransport zwischen all den grauenhaft lauten Menschen hin und her geworfen. Wir stehen so eng wie der Rio-Bravo-Spargel im Schraubglas. SUMSEN IST BUPER, wirbt ein T-Shirt vor mir. Zwei ondulierte Leseclub-Schranzen unterhalten sich über einen »hinreißenden Holocaust-Roman«. Eine Henna-Frau, die ihre Zigaretten garantiert selbst dreht, vertraut einem Kiffer in Stretchjeans und Bär-Bequemschuhen an, dass sie jetzt »halt eine Klangschalentherapie« mache. Eine Reihe weiter hinten stehen zwei dicke Krönungskaffeetrinkerinnen. »Ihre Strickjacke ist toll«, lobt eine die andere. »War aber nich teuer! Orsay, neunundvierzig neunzig«, erwidert die zweite bescheiden. Da zerrt die erste triumphierend an ihrer Weste: »Neun neunzig, Tchibo«, sagt sie. »Und ein Pfund Beste Bohne gratis dazu!« Zwei Männer mit Bierfahne haben gestern »gelacht bis zur Vergasung«.

Da ich mich nie an Haltestangen festhalte, der Bakterien wegen, muss ich ausbalancieren. Ich bin eingezwängt zwischen einem Mann mit kleinem Kopf, großem Hut und buntgekacheltem Schal, einem dicken Jungen, von Kopf bis Fuß in Adidas verpuppt und einem halbgroßen Mann mit Stirnglatze. Ein nervöses Kribbeln in den Händen beginnt, als ich gegen letzteren geschleudert werde. Ich krieg noch Herpes! Schmutzrand am Kragen, landminengroßer Schweißfleck unterm Arm, riecht nach stockiger Feinrippwäsche, sieht aus wie Homer Simpson. »Könnse nisch aufpassen?«, murrt Simpson. Ich lächle entwaffnend und mir fällt ein, was der brave Mitmensch in solchen Fällen sagt: »Hoppla!«

Simpson grinst, als er mich erkennt. Dann erkenne ich ihn auch. Es ist Maik. Er holt Mändy von der Arbeit ab, sagt er. Sie arbeitet halbtags bei »Gogei«, sagt er und zeigt auf die Kookai-Filiale, an der wir gerade halten. »Fetzische Sachen gibt's da. Einwandfrei! Das gab's zu Ost-Zeiten nich. Es gab ja nüscht! Wior hattn ja nüscht!« Früher sei Mändy die Wetterfee beim »Fernsehfunk« gewesen, aber nach der Wende war Essig. »Mior gomm nämlisch aus der Ex-DDR!«, vertraut er mir zwiebelstinkend an. Ex-DDR! Ex! Was soll denn das nun wieder sein! Inzwischen gesteht mir Maik, dass er früher Dispatcher war. Ein sicher durch und durch faszinierendes Berufsbild, bei uns im Westen völlig unbekannt. Maik erklärt mir auch, was ein Dispatcher so zu tun hatte, aber ich verstehe ihn akustisch nicht. »Uns gannte ja hior im Westen geinor«, sagt er. Inzwischen habe er einen »gut sortierten Bärschnglubb«. Nachmittags helfe Mändy dort aus. Vom Bärschnglubb glaube ich einige hoffnungsvolle Sekunden, es handele sich um einen Bärenzwinger, einen Tierpark, einen Zoo, verzerrt durch das eklige Broiler-Idiom. In Wirklichkeit spricht Maik tatsächlich von einem Pärchen-Club, der gut zu laufen scheint, sonst könnten sich diese beiden Marzahner Mausgesichter nicht die Miete in Daimler-City leisten. Ich bin nicht in der Stimmung für Vertraulichkeiten. »Lassen Sie sich nicht aufhalten!«, rufe ich ihm nach, als er aussteigt, aber er hat mich nicht verstanden und lacht und winkt, was das Zeug hält.

Dann plötzlich sehe ich ihn. Genau vor Cartier. Ein Riesen-Parkplatz! Ich kämpfe mich durch die Leibersuppe nach vorn, zerre meine Walther aus dem Holster, presse sie an Hitchcocks wulstigen Kopf und befehle ihm heiser, einzuparken.

16. Fräulein Fötzchen

Bei Dietrich zu Hause. Wir wollen tanzen gehen. Gottseidank funktioniert seine Glotze. Der Typ braucht Stunden, um sich fertig zu machen. Peeling und Lotion und Gel und Hämorrhoidencreme und Aftershave. Dazu das Gejammer, dass er nichts anzuziehen hat! *Bild*zeitung: IRIS BERBEN ZWANG BVG-BUS IN PARKLÜCKE – AUGENZEUGEN BERICHTEN. In *Seinfeld* wirft ein Affe Kramer eine Bananenschale an den Kopf. Kramer wirft zurück und soll sich dann bei dem Affen entschuldigen. Aber der Affe hat angefangen! Thema bei *Bärbel Schäfer* ist: »Ich habe mir den Penis abgeschnitten.«

»Guck mal«, sagt Dietrich und zieht die Hosen runter. Aber seiner ist noch dran. Wenngleich nicht im evolutionären Rahmen. »Ich bin jetzt überall rasiert. Ob das den

Frauen gefällt?« Ich überhöre, dass mich diese Art der Fragestellung ausdrücklich ausklammert.

»Anatomie ist Schicksal«, sage ich.

»Eine freche Klappe ist eine einsame Klappe«, sagt Dietrich.

»War nich so gemeint. Man soll sich auch an kleinen Dingen freun. Du putz dir lieber die Nase.«

»Aristoteles hielt eine laufende Nase für das Austreten von Kühlflüssigkeit!«

Dietrich schneuzt sich und starrt danach wie gebannt in das Tempo. Ich finde es unangenehm, wenn Leute ihre eigenen Ausscheidungen betrachten. Zumal in Gesellschaft. Das versetzt mich in einen Zustand des Fremdschämens.

»Hast du den jungen Mann von der Auskunft schon zurückgerufen?«

»Ach Quatsch! Hör doch auf! Was soll das!«

»Wieso! Das ist doch wildromantisch? Paprika, ruf ihn an! Vielleicht ist er dein Angebot zur Rettung!« Dietrich mustert sich kritisch im Badspiegel: »Die biologische Uhr tickt«, sagt er. »Wenn ich jeden Abend um 22 Uhr ins Bett gegangen wäre wie der gute alte Immo Kant, dann hätte ich um die Augen weniger Fältchen.« Er versucht vergeblich, sein Hinterteil im Spiegel zu betrachten, und seufzt. »Hach, ich würde mich sooo gern mal wieder richtig verlieben!«

Trauriger Anblick: Dietrich mit runtergelassenen Hosen und hochgerafftem schwarzem Netzbody. Ich bin vielleicht antiquiert, aber mir sind Männer in Reizwäsche nicht geheuer.

»Wenn du dich verlieben willst, dann renn doch nicht immer in den Puff«, sage ich.

»Aber wohin denn sonst mit all der Lust«, quengelt Dietrich. Neulich habe er die Thai-Frau gesehen, die, mit der er mal zwei Monate zusammen war. Sie habe so schöne dichte schwarze Haare, ganz schwer. Und ihre Haut schimmere so schön braun. Die Brüste klein und hoch, die Schamlippen zartlila und prall wie Rennradschläuche. »Als sie ausgestiegen war, habe ich gedacht, wenn sie sich jetzt umdreht, wird alles gut. So wie Clint Eastwood in *In the Line of Fire*, in der Szene, wo Rene Russo weggeht. Also, die Thai-Frau hat sich wirklich umgedreht. Dann dachte ich wie Klaus Maria Brandauer in *Mephisto*: Wenn sie jetzt auch noch winkt, dann wird alles gut. Aber war nüscht!«

Plötzlich habe ich das dringende Bedürfnis, ihn etwas zu fragen, was ich schon lange fragen wollte: »Hatten wir eigentlich jemals Sex miteinander?«

Dietrich dreht sich um wie von der Tarantel gestochen, sturzbeleidigt: »Waaas? Sag bloß, das hast du vergessen? Zu höchster Ekstase habe ich dich getrieben, die größten Wonnen erfuhren unsere Körper durch einander ...!«

Beredte Stille. »Versteh das bitte nicht falsch, aber ... Ohne dich kränken zu wollen ... Ich kann mich einfach nicht erinnern! Wie haben wir's gemacht? Und wann? Und wo? Und, mit Verlaub, warum?«

Dietrich grinst besonders breit, sein Grinsen ist viel zu groß für sein Gesicht: »Reingelegt! Wir ham gar nich!«

Ich drehe mich weg, um meine Erleichterung zu verbergen, und tue so, als wollte ich mich umsehen. In Dietrichs Wohnung hat sich einiges verändert. Im Bücherregal fehlen der *Große Brockhaus*, Platons *Werke in fünf Bänden*, Peter Sloterdijks *Kritik der zynischen Vernunft*, die antiquarischen Jahrgänge der *Tübinger Altphilologischen Studien* und Prousts *Suche nach der verlorenen Zeit*. Es gibt überhaupt nur noch Werke von Sade. Die *120 Tage von Sodom*, abgegriffen, im einstmals schmucken Lederschuber, die *Philosophie im Boudoir* und eine Auswahl seiner Werke, herausgegeben von Beate Uhse. Den größten Raum nehmen lustigbunte Videokassetten mit wundersamen Titeln ein: *Teenies – zum ersten Mal die Faust im Arsch, Käptn Arsch und seine geilen Piraten, Schneewittchen und die sieben Neger, Fick und Fotzi – zwei spermageile Teenie-Muschis, Der Sextherapeut – viele Schwänze für Fräulein Fötzchen ...*

»Du immer mit deiner Liebe!«, sage ich und betrachte einen Ochsenziemer, der sich neben Dietrichs Bett in hilfloser Drohgebärde verliert, »ich kenne dieses Gefühl ja nur vom Hörensagen, aber ein Kinderspiel ist das nicht. Immerhin ist Aphrodite …« – hier wird wie auf Stichwort das *Bärbel-Schäfer*-Thema noch mal eingeblendet – »… aus dem abgeschnittenen Pimmel ihres Vaters gemacht.«

Einige Minuten lang streiten wir, Dietrich noch immer mit heruntergelassenen Hosen, ob Aphrodite, die Schaumgeborene, die Liebesgöttin, wirklich aus einem schnöden Penis hervorgegangen sei. Einig sind wir uns, dass Kronos, der Sohn von Himmelsgott Uranos und Erdengöttin Gaia, seinen Vater entmannte. Aber Dietrich behauptet, aus Vatterns Pimmel wurden die Rachegöttinnen, die Erinnyen.

»Und wie ist Aphrodite deiner Meinung nach geboren, du Schlaumeier?«, frage ich und spüre, wie die Wut in mir hochsteigt.

Dietrich hebt den Zeigefinger und doziert: »Liebe Paprika! Hättest du die *Ilias* gelesen, dann wüsstest du es! Homer schreibt, sie war die Tochter von Zeus und Dione.«

»Du bist eben ein Wissender. Das wäre ich auch gern«, sage ich.

»Wünsch dir das bloß nich«, sagt Dietrich. »Gib dich lieber damit zufrieden, einigermaßen dekorativ zu sein.«

Ich stelle mir eben vor, wie ich dem halbnackten Besserwisser die Nudel langziehe, und schnaufe genüsslich. Er hält das Schnaufen für Resignation. »Tja«, sagt er mit Siegermiene, knöpft den Body im Schritt und macht mit einem lauten Rrrratsch den Hosenstall zu. »Man muss schon wissen, wo der Frosch die Locken hat!«

17. Ruf! Mich! An!

Träume von anonymem, schmutzigem Sex und wache mit zuckender Klitoris auf.

Dann liege ich stundenlang wach. Mir ist das Valium ausgegangen. Draußen auf der Straße werfen ein paar Besoffene einen Porsche um. Ich wälze mich hin und her und stelle mir wie so oft die elementaren Fragen des Lebens: Warum müssen wir essen? Warum müssen wir ficken? Warum müssen wir fernsehen? Was ist besser: Oralsex oder Schokolade? Ob es wohl möglich ist, einen Pinscher mit einem Stiletto zu zertreten? Und würde ich davon endlich mal warme Füße kriegen?

42 Prozent aller Deutschen leiden an Schlafstörungen. 6 Prozent sind ernsthaft erkrankt. 2,7 Millionen Bundesbürger schlucken regelmäßig Schlaftabletten.

Polizei-Razzia im Puff am Ende der Straße. Acht Mannschaftswagen, drei zivile. Sicher wieder auf der Suche nach Thai-Frauen ohne Papiere. Hoffentlich ist Dietrich nicht gerade dort! Auf den Balkons Menschen im Schlafanzug mit Opernglas. Ich schließe gähnend die Fenster und Jalousien.

Mein rechter Fuß ist warm. Sieben Mal. Mein rechter Unterschenkel ist warm. Sieben Mal. Mein rechter Oberschenkel ist warm. Sieben Mal. Mein linker Fuß ist warm. Sieben Mal. Mein linker Unterschenkel ist warm … Scheiß autogenes Training! Hilft auch nicht! Doofer Herumwälzschlaf, dann wieder Licht an. Also Zappen. Bei *Bärbel Schäfer* sind wieder allerlei Philosophen des Alltags zu Gast. Thema: »Ich hasse Türken und schäm mich nicht dafür.« Bärbel steht im Publikum und hält das Mikro tapfer wie ein kleiner Zinnsoldat. Der Protagonist erklärt sich: »Ich war mit meiner Tussi inne Disco. Ham ein übern Durst getrunken. Kam ein Türke, hat se angebaggert, hat mit ihr geschlafen. Jetzt hab ich mit ihr nix mehr am Hut. Und Türken hass ich.« Gröhlen, Trampeln, Beifall, Pfiffe. Bärbel, helle wie immer: »Würdest du denn sagen, dass du politisch rechts bist?«

Weiter! Auf SAT. 1 läuft der Film *Verkaufte Unschuld – der Killer vom Kinderstrich*. Weiter.

Es ist fast drei Uhr. Werbung für den Lifta-Treppenlift. Ich rufe die eingeblendete Nummer an und bestelle mir einen. RTL2 bringt Sexspots. Die Frau mit Peitsche ist ungehalten: »Jetzt! Erst! Recht! Gna! Den! Los! Ruf! Mich! An!« Eine Blondine räkelt sich und flüstert verheißungsvoll: »Die heißeste Nummer Deutschlands für 81 Pfennig. Null. Hundertneunzig. Sechs mal die sechs.« Von dieser Sorte gibt es mehrere Varianten: zweistimmig gestöhnt, gesungen, geflüstert, a capella oder mit Orchester, mit Reim und ohne, als Hip-Hop oder Choral. Ich mag sie alle. Ein knallroter Frauenmund, groß. Eine monströse Zunge leckt einmal rundrum. Und, leicht gestöhnt, aus dem Off: »Endlich ist es so weit! Härter Heißer Hustler!« Zwei Mädels mit Hang zur Teilblondierung sitzen in der Wanne: »Flotter Dreier mit zwei heißen Girls. Wir warten auf dich! Wir sind schon ganz feucht!« Kunststück. Dann kommt mein aktueller Favorit. Ein männlicher Sprecher setzt Akzente: »*Total* versaute Girls warten auf *deinen* Anruf!« Dazu hopst eine Frau im Takt auf und ab. Man sieht aber nur ihren Torso, vor allem die Brüste, Riesendinger. Die sind so prall mit Silikon gestopft, dass sie durch die Hüpferei nicht mal erschüttert werden, aber jeden Moment abfallen könnten wie reife Kokosnüsse. Gnade dem, der die abkriegt! Danach leckt eine Alkoholikerin an einem Schuh mit Pfennigabsatz, obwohl sie lieber schnurstracks zum Friseur gehen sollte. Sie ist, wie mir der Mann aus dem Off verspricht, eine »Frau über 40, die keine Grenzen kennt«, was ich mir im Detail ziemlich eklig vorstelle. Im folgenden Spot zerreißt eine Frau schweigend ihr schwarzes Shirt, aber man sieht nicht die Titten, weil im selben Moment raffinierterweise die Telefonnummer eingeblendet wird. Eine Mädchenstimme schreit verzweifelt: »Ich bin so geil!!! Ruf mich an!!« Auch die Nummer trägt sie gestöhnt vor, schneller werdend, mit einem kleinen irren Zwitschern: »Nullnullfünf. Neun!!! Neun!!! Zwozwozwo. Neun!!! Mach schon!!!« Eine andere verspricht glaubhaft, dass sie es mir bis zur Ohnmacht besorgt.

Ich probiere den phosphoreszierenden Vibrator von Sarah Young aus, aber der brummt wie eine Kaffeemühle. Also reiße ich hastig alle Quittungen vom Zettelpiker und suche die geheimnisvolle Telefonnummer. Wähle sie, verwähle mich zweimal, komme schließlich durch, aber es nimmt keiner ab.

18. Samba in der Pluderhose

Wie alle Idioten legt Fred größten Wert auf Kultur und Niveau. Seit unserer *FAZ*-Kampagne »Dahinter steckt immer ein kluger Kopf« liest er täglich die *FAZ* (Fazz, wie er es ausspricht), mit leicht gequältem Gesicht, aber tapfer. Heute habe ich ihn durch meine Anwesenheit ins fensterlose Vorzimmer verbannt.

Von oben betrachtet sieht die Welt ein wenig anders aus. Der Fernsehturm ist insgesamt 365 Meter hoch. Das Restaurant befindet sich in der Kugel auf zirka 240 Meter Höhe, darunter die Aussichtsplattform und direkt unter der Plattform, auf 225 Meter Höhe, meine Firma. Innerhalb einer Stunde rotiert die ganze Stadt um die Kugel herum. Währenddessen zähle ich ameisengroße Menschen und käfergroße Autos, verzähle mich aber immer wieder, drehe mich schließlich gähnend auf dem Lederdrehsessel und schalte den Fernseher ein. Auf RTL2 läuft die Wiederholung von *Pretty Woman*. An der Wand hängen unsere letzten Printkampagnen. Eine nationale: »Mobilcom: Wir sind der Telefon-Aldi«. Und eine internationale für ein Internet-Suchsystem: »Do you Yahoo?«

Daneben hängt ein auf Plakatgröße gezogenes Videoprint eines fetten glatzköpfigen Mannes in orientalischen Kleidern. Im Anschluss an die Aids-Gala, inspiriert von meinem eigenen Märchen aus 1001 Nacht, habe ich eine ziemlich geniale Idee für den neuen Axe-Spot gehabt. Noch in derselben Nacht rotzte ich den Papier-Piloten runter. Auch das Casting überwachte ich persönlich, ebenso die Motivsuche und die Dreharbeiten. Ein Jahr lang lief der Spot mit gigantischem Wiedererkennungseffekt im Fernsehen: Ein Eunuch betritt den Harem. Mit piepsiger Stimme grüßt er nach links und rechts: Salam! Die Haremsdamen grüßen zurück. Dann geht er in die Dusche, zieht die spitzen Schuhe aus, lässt die Pluderhosen fallen und stellt sich unter den Schauer. Er greift nach dem Axe-Duschbad und seift sich ein, auch im Schritt. Plötzlich sieht er nach unten, reißt die Augen auf und macht den Mund zu einem ganz kleinen runden »Ooooh!«. Mittendrin sackt sein Countertenor um mindestens zwei Oktaven nach unten in einen stattlichen Bass. Eine Stimme aus dem Off sagt: »Axe. Revitalising Shower Gel!« Als der Eunuch wieder aus der Dusche kommt, sehen die Haremsdamen sofort: Da ist auf einmal richtig Samba in der Pluderhose! Sie umringen ihn und rufen begeistert: Oh, Abdul! In kürzester Zeit ist »Oh, Abdul!« zum Synonym für eine stattliche Erektion geworden. Der Spot führte ein Jahr lang die Charts an. Es gibt nur ein Problem: Keine Sau kauft Axe. Niemand will, dass man ihn deswegen für impotent hält. Scheiß drauf! Wie sich das Produkt verkauft, ist mir wurscht. Hauptsache, die Kampagne steigert unsere Popularität.

Im Moment bin ich hinter dem Philips-Etat her. Ein neues Spracherkennungs-Programm soll beworben werden, ein Diktierprogramm für den Computer. Bisher hatte niemand eine zündende Idee. Ohne den kleinsten Funken von Inspiration drehe ich die CD-ROM in meiner Hand hin und her und stecke sie schließlich in meine Handtasche. Dabei fällt mir ein zerknüllter kleiner Post-it-Zettel in die

Hand. Ich habe ihn eingesteckt, um vielleicht heute *The Voice* anzurufen. Ich lege den Zettel auf die Hermès-Schreibunterlage, streiche ihn glatt und verfolge, wie Julia Roberts zu Richard Gere ins Auto steigt.

Im Nebenzimmer fuchtelt Fred: »Ich habe Holtzbrinck unterm Knopf«, flüstert er mir zu und zeigt aufs Telefon. Ich probiere, ob Vivian alias Julia Roberts Recht hat, wenn sie sagt, dass ein Fuß genauso lang ist wie ein Arm vom Ellbogen bis zum Handgelenk und mache eine abwehrende Geste. Fred bildet aus Zeigefinger und Daumen der linken Hand einen Kreis, um mir zu bedeuten, wie toll meine Entscheidung sei, einen wichtigen Mann wie Holtzbrinck einfach nicht sprechen zu wollen. Ich nicke lächelnd, reibe meine eiskalten Füße aneinander und höre Fred in die Muschel säuseln: »Ich glaube nicht, dass sie heute noch mal reinkommt! … Morgen noch mal? … Tun Sie mir die Liebe, ja?« Fred ist tricky wie ein Fünfjähriger, einfältig genug, zu glauben, andere Menschen fielen auf seine plumpen Schmeicheleien herein. Auch ich. Und so bescheißen wir uns gegenseitig im besten Einvernehmen.

Auch was Freds Veranlagung betrifft. Er denkt, keiner merkt, dass er schwul ist. Umsichtig bis zur Verschlagenheit tritt er seinem Naturell entgegen. Immer, wenn er eine Blondine mit Sanduhrfigur sieht, ruft er eine Spur zu laut: Olala! Oder er zieht geräuschvoll Luft durch die Zähne und schüttelt die Hand, um zu zeigen, wie heiß ihm wird. Durch die angelehnte Tür zum Vorzimmer beobachte ich ihn. Fred läuft, als sei sein Slip eingelaufen. Manchmal habe ich ihn im Verdacht, dass er Dessous aus Gummi trägt. Überhaupt ist er heute wieder mal sehr voluminös in der Hose. Oh, Abdul! Höchstwahrscheinlich stopft er sich vorne einen Tannenzapfen rein. Und wie renitent der wieder durch die Nase pfeift! Ich halte ihn weder visuell noch akustisch aus und stoße mit dem Fuß die gläserne Tür zu.

Zwei. Sieben. Eins. Null. Sechs. Sechs. Fünf. Was erwartet mich, wenn ich diese Nummer wähle? Wird die aufregende Ausgangssituation nicht sofort entzaubert werden? Sind nicht 98 Prozent aller Männer untragbar? Vielleicht heißt der Typ Bodo Bommel und zahlt für die Rente ein. Womöglich guckt er *Lindenstraße*, hört Kuschelrock und bewegt die Lippen beim Lesen. Vielleicht ist sein Gewürzregal alphabetisch geordnet. Oder er ist einer von diesen Vorspiel-Softies, die dauernd fragen, wie ich's gerne hätte. Vielleicht ist er behaart wie ein Affe und ich habe nachher wieder büschelweise Schamhaare zwischen den Zähnen. Oder er schraubt stundenlang mit diesem heroischen Ich-mach-dir-heute-einen-Orgasmus-Gesicht an mir rum.

Wenn es einen Weg gäbe, nur über Sex zu kommunizieren wie im *Letzten Tango in Paris*! Ich kenne seinen Namen nicht und er nicht meinen. Er fragt mich nichts, ich frage ihn nichts. Wir treffen uns an den unmöglichsten Orten. Nur zum Ficken. Ohne Gelaber.

Wenn ich ihn nicht anrufe, werde ich es nie erfahren. Und während mein Kopf noch rebelliert, tippt mein Finger schon. Ein Rufzeichen. Zwei. Drei. Vier. Er ist nicht da! Gott sei Dank! Er ist nicht da! Ich will eben auflegen, da knackt es leicht, dann ein »Ja?«.

Ich erkenne die Stimme sofort wieder. Eigentlich finde ich es unmöglich, wenn sich jemand mit »Ja?« meldet. Andererseits konfrontiert er mich auf diese Weise nicht mit seinem Namen.

»Guten Tag«, sage ich und mir schießt durch den Kopf, dass ich mir gar nichts zurechtgelegt habe. »Sie haben mir neulich Ihre Nummer gegeben«, sage ich. Dann fällt mir nichts mehr ein. Aber das ist eigentlich auch alles, was ich sagen muss. Jetzt ist er am Zug. Er hat mir die Nummer gegeben. Ich habe angerufen. Nun ist er dran.

Er sagt: »Ich weiß.« Leichthin. Ich weiß. Und dann: »Wie heißen Sie?«

Ich antworte, einer Eingebung folgend: »Wie möchten Sie, dass ich heiße?«

Und er sagt: »Eugénie. Und ich bin Valmont.«

Das Schweigen, welches sich anschließt, ist vollkommen unangestrengt.

Eugénie. Valmont. So 'n Quatsch! Und doch! Es hat was! Dann steckt Fred den Kopf herein, klopft mahnend auf die Armbanduhr, die er nicht hat, und mir fällt ein, dass ich eine Konferenz einberufen und um absolute Pünktlichkeit gebeten habe. Ich winke Fred böse hinaus. Diesen taktlosen Gecken, der nicht einmal anklopft, werde ich ins KaDeWe schicken. Dort soll er mir gefälligst eine Kiwi kaufen. Und zwei Braeburn-Äpfel. Und wehe, er ist nicht in einer halben Stunde zurück! Und wehe, die Kiwi ist zu weich! Oder zu hart! Und wehe, die Äpfel sind nicht schmal und asymmetrisch, sondern kurz und breit. Die kurzen breiten Braeburns sind mehlig. Weiß doch jeder!

»Ich melde mich wieder«, sage ich eine Spur zu geschäftsmäßig ins Telefon. Und Valmont sagt nichts als »Gut«.

19. Mein zweiter Vorname ist Edelmut

Fernsehen macht die Dummen dümmer und die Klugen klüger. Vor allem die dritten Programme. Vorhin erst habe ich gelernt, dass die Saatkrähe im Unterschied zur Nebelkrähe zerzauste Hosen, einen nackten Schnabelansatz und erzfarbenes Gefieder hat. Dann musste ich dringend wegzappen. Aber nicht aus Langeweile. Zapping ist ganz und gar nicht Ausdruck von Langeweile.

Zapping ist Sucht nach Abwechslung, Angst, etwas zu verpassen. Ich gucke auch gern verschlüsselt Premiere. Decoder kaufen ist unsportlich. Aber verschlüsselt gucken hat etwas Surreales. Man kann alles Nötige erkennen. Nur eine Frage der Übung. Mein Fernseher läuft eigentlich immer. Es ist unmöglich, sich dieser Bilderflut zu entziehen.

Hitler hatte nur ein Ei – das erklärt vieles. Queen Mum (98) hat ihr Konto um 12 Millionen überzogen – das macht Mut. Alfred Biolek sitzt auf seinem Leichtbaustuhl, als hätte er Liebeskugeln im Arsch. Man steckt nicht drin.

Besonders zahlreich vertreten sind Jungmoderatoren, die entgeistert die Augen aufreißen, wenn sie von einem »Tja« auf ihrem Teleprompter überrascht werden! Noch einmal »Hallo und herzlich willkommen« und ich pisse gegen den Bildschirm! Noch einmal »Die Idylle trügt« oder »Man darf gespannt sein« und ich zerhacke die blöde Glotze! Wann wird der Mensch zur Bestie? Und wie bezwingt er seine Raserei? Wie sieht ein Moderator aus, wenn alle fünf bis sieben Liter Blut aus ihm rausgelaufen sind? Eine Süßigkeiten-Werbung von der Konkurrenz fasst mein Elend in Worte: »Wann geben Sie sich die Kugel?« Ich lade meine Walther PPK durch und schieße mitten in ein Close-up von Roger Willemsen. Es blitzt und kracht und knallt und erwartungsgemäß ist mein 2000-Euro-Breitbild-Fernseher hinüber, während Willemsen lebt. Die Welt ist ungerecht!

Ich muss hier raus! Raus an die Luft! Atmen! Menschen sehen! Das Leben spüren! Aber am Potsdamer Platz gibt es kein Leben. Zum Potsdamer Platz bin ich nur gezogen, weil ich in der *Bild*zeitung las, dass die Wohnungen dort unerschwinglich seien. Das hat mich herausgefordert. Außerdem hoffte ich auf eine Art natürlicher Auslese. Eine Hoffnung, die durch den Zuzug von Maik und Mändy restlos zunichte gemacht wurde. Kaffeemaschine aus? Tür abgeschlossen? Alarmanlage an? Handy eingesteckt? *Bärbel* programmiert? Draußen schnappe ich mir ein Taxi und fahre zum Kudamm. Der Taxifahrer trägt ein lächerliches Filzhütchen mit schmaler Krempe. »Mönsch«, sagt Filzhut munter und dreht sich beim Fahren um. »Sach nix! Wir kenn uns! Ich komm gleich drauf! Warte!« Ich trommele schweigend auf den Ledersitz. »Jetzt weiß ich«, sagt er und haut sich auf die Stirn. »Senta Berger! Die schnelle Gerdi! Det war 'n juta Film!« Ich korrigiere ihn auf Rosa Roth und

Iris Berben, wennschon, dennschon, und gebe ein Autogramm. Zum Schluss biete ich ihm meine Telefonnummer, wenn er in einer halsbrecherischen verkehrswidrigen Aktion auf der anderen Straßenseite einparkt. Er sagt, er hätte lieber zehn Euro Trinkgeld.

Ecke Fasanenstraße steht ein Straßensänger mit müdem Gesicht, vor sich auf dem Boden eine Blechdose mit Groschen. Seine Augen sind tot. Er hat alle Illusionen verloren. Er ist wirklich sehr schmutzig, aber er singt so schön zur Gitarre. Dann auch noch ein Lied von Hollaender:

Ja soll denn etwas so Schönes nur einem gefallen?
Die Sonne, die Sterne gehörn doch auch allen!
Ich weiß nicht, zu wem ich gehöre,
ich bin doch zu schade für einen allein.

Plötzlich packt mich eine Sehnsucht nach Wahrhaftigkeit. Lieben. Geliebt werden. Das Weltmodell des ewig nach Vereinigung strebenden Paars. Glück wie im Ärzteroman. In einer heftigen, fast schmerzhaften Anwandlung von Menschlichkeit halte ich inne und ertaste mit der rechten Hand in meiner Manteltasche ein 5-Euro-Stück. Kurz plagt mich die Wahnvorstellung, dass er der Mann vom Telefon sein könnte. Valmont! Natürlich verwerfe ich diese fixe Idee sofort wieder. Dieses verkrustete Subjekt, dieser Schmutzfuß, mein Valmont! Ich rolle die kalte schwere Münze zwischen Daumen und Zeigefinger und nähere mich langsam dem Sänger, noch unverbindlich, noch wie eine schlendernde nächtliche Spaziergängerin.

Nein, ich werde ihm kein Geld geben! Ich werde ihn nicht bezahlen für diesen Moment. Fast versagen mir die Beine, so tief bin ich gerührt vom eigenen Mitgefühl. Heute Abend bin ich menschlich! Mein zweiter Vorname ist Edelmut. Das wär was! Ein Mensch mit Herz. Einer, der einem Ideal folgt. Ein zum Kotzen guter Mensch! Ein Gutmensch!

Vielleicht werde ich einfach stehen bleiben und seiner Stimme lauschen und er wird mich anlächeln und nur für mich singen, nachts auf dem menschenleeren, morbiden Kurfürstendamm in dieser knallbekloppten Stadt Berlin. Vielleicht werden wir uns wildromantisch ineinander verlieben, er wird bei mir einziehen und mir Liebesbriefe schreiben und Gedichte im Stabreim. Den blöden Yuppie-Job schmeiße ich einfach hin und wir brennen durch, nur die Gitarre und er und ich …

»Fotze!« Ich zucke zusammen, sehe starr in die Auslagen von Betten-Rid. Meine Adern pumpen rauschendes Blut durch meine Ohren. Ich befinde mich im Zustand des Leerlaufs auf vollen Touren. Ein Lattenrostbett einsvierzig mal zwei Meter, runtergesetzt auf 599 Euro. Daneben das Kassettenbett »Pyrenäen«, Bezug: feine Baumwoll-Einschütte aus 100 Prozent Baumwolle … Es ist der Straßensänger, der, während die Hand weiter Akkorde schlägt, mit leiser Stimme zischt: »Blöde alte Fleischlochfotze!« Ich drehe mich um und für einen kurzen Moment sehen wir uns an. Er starr vor Schmutz, ich starr vor Schreck. Dann singt er weiter, als sei nichts geschehen.

Eigentlich sollte ich für diese Lektion dankbar sein! Nur keine Rührung! Bloß keine emotionalen Verwicklungen! Dieser Kelch ist noch mal an mir vorübergegangen! Während ich mich entferne, male ich mir aus, wie ich ihm blitzschnell Zeige- und Mittelfinger der rechten Hand in die Augen steche. Er wird durch den Angriff so hart an die Häuserwand geschleudert, dass dort ein Blutfleck mit Haaren zurückbleibt. Ich sage, er soll sich entschuldigen. Er entschuldigt sich, muss aber auf die Knie und lauter.

20. Hoppi Galoppi

Zum Beispiel der Plastik-Kotzfleck. Der Plastik-Kotzfleck von Nanu-Nana hat Dietrich und mir schon oft gute Dienste geleistet. Wir nehmen ihn immer mit ins Kino und legen ihn vor uns, auf einen Sitz in der vierten Reihe, Mitte. Es gibt ja immer diese zwei Meter großen Zu-spät-Kommer, die sich genau vor einen setzen. Aber nicht, wenn da ein Kotzfleck ist. Auch diesmal nicht. Dietrich und ich machen High Five.

Trotzdem ist das Kino ziemlich voll. Viele Leute, also auch viel Popcorn. *Zur Sache Schätzchen* gilt als Kult, obwohl Kult ja inzwischen schon fast ein Schimpfwort ist. Einer niest. Ein anderer sagt: »Schönheit!« Ich habe zwei Valium genommen und vorsichtshalber die Walther eingesteckt. »Du hast doch keine Waffe dabei?«, fragt Dietrich besorgt. »Was für eine Waffe? Was soll ich mit einer Waffe?«, frage ich zurück und schließe leise mein Cape über dem Holster.

Werbung. »Übrigens! Ich hab das mal nachgeschlagen! Es gibt zwei Theorien von der Geburt der Aphrodite. Einmal die von Homer und dann eine ältere von …«

Ich zerre einen zerknitterten Internet-Ausdruck aus der Tasche. »Hesiod. Da steht's! Kronos kastrierte seinen Vater Uranos mit der Sichel.«

»Autsch!« Dietrich krümmt sich in ehrlich empfundenem Phantomschmerz.

»Er warf die Schamteile ins brandungsreiche Meer. Fazit: Aphrodite ist so Schamglieder liebend, weil sie aus den Schamgliedern ans Licht trat.«

Dietrich schnauft. »Jetzt wird mir einiges klar! Schamglieder liebend!«

Da macht es vor uns Pssst. Es ist ein Mann im Anzug, Bankertyp. »Hören Sie mal, Sie Anzug ohne Inhalt«, sage ich halblaut. »Da vorn singt ein Sandwich. Das kann doch jetzt nicht so wichtig sein!«

Der Film beginnt. Schwarzweiß. Nacht. Außen. Finstere Männer schlagen eine Scheibe ein, schleppen Fernsehgeräte in ein großes weißes Auto. Umschnitt. In seiner Wohnung, am Fenster, steht Werner Enke. Er streut sich Salz auf eine Tomate und beobachtet gähnend den Einbruch. Da knarrt Dietrichs Lederjacke. Ich werfe ihm einen warnenden Blick zu. Er guckt ertappt, knarrt aber weiter.

Jemand erlaubt sich einen fünfminütigen Hustenanfall. Ersticke, Bastard! Verrecke, Bronchialfaschist! Zehn Minuten später flüstert es von der Seite: »Hej, ihr! Könnt ihr wohl mal aufrutschen?« Aufrutschen! Wohl mal aufrutschen! Aus mehreren Gründen reagieren wir überhaupt nicht. Da drängelt er sich durch, zwängt sich an mir vorbei, tritt mich heftig und sagt mit Bierfahne: »Hoppla!« Er fegt meine Jacke vom benachbarten Stuhl, setzt sich hin und nimmt sofort die Armlehne in Beschlag. Ich kriege einen Adrenalinstoß und atme tief aus und ein. Ich nehme mir zum wiederholten Mal vor, keinen Kaffee mehr zu trinken, mit Yoga anzufangen, eine Bachblütentherapie zu machen, mehr Sport zu treiben, die Valium-Dosis zu erhöhen. Aber das einzige, was mich beruhigt, ist meine Hand auf dem Holster.

Auf der zerschlissenen Leinwand sieht man ein Schwimmbad. Ein betonierter Weg führt über die Liegewiese. Drauf liegt eine Glasscherbe. »Da liegt eine Glasscherbe«, sagt ein Kino-Dummschwätzer mit Ernie-Stimme halblaut. »Kann ich auf dich zählen, wenn es hier gleich knallt?«, flüstere ich Dietrich zu. Der sieht mich verständnislos an. »Ich meine, wenn ich jemanden wegschubse?«, sage ich. Werner Enke beobachtet entspannt, wie die Leute in die Scherbe reintreten. Auch ein besonders heißer Feger mit rundem Gesicht und toupiertem Haar. »Das ist ja Uschi Glas!«, ruft erfreut Ernie. »Da war sie noch ganz jung! Zum Schießen!« Schießen! Gute Idee! Als ich aufstehen und ihm die Fresse polieren will, bekomme ich einen kräftigen Stoß in den Rücken. Direkt hinter mir sitzt ein

Lehnentreter! So 'n Bundeswehr-Penner auf Wochenendurlaub. Er winkt mir fröhlich zu, als ich mich umdrehe. Ich öffne das Holster, vorsichtig, damit Dietrich nicht erschrickt. Und dann wieder knarrt.

Werner Enke streitet mit der Schwimmbad-Garderobiere. Das sei nicht seine Hose, ruft er, niemals! »Ist aber doch seine Hose«, ruft Ernie naseweis. Ich streiche über das kühle Metall meiner Pistole.

Werner Enke klaut für Uschi Glas im Zoo eine Ziege. Ein Blinder muss im Kino sein, denn Ernie erzählt immer genau, was grade passiert. »Jetzt packt er die Ziege in einen Kinderwagen. Jetzt rennen sie weg.«

Vor mir Popcorn-Ploppen, links Bierfahne und Lehnen-Klau, hinter mir der Pappsoldat, der alle zwei Minuten sein blödes Knie nachstemmt, schräg hinter mir Ernie, der Simultan-Übersetzer. Irgendwo hat einer monströs gefurzt. Dazu Dauerknistern. Außerdem zieht's! Das ist kein Kino, sage ich halblaut, das ist ein Irrenhaus! Mein Puls rast. Ich sehe Sterne. Ich zerre mein Handy aus der Tasche und kündige per SMS meine Mitgliedschaft im »Förderkreis der Cineasten«. Dietrich kaut an den Fingernägeln und ich haue drauf. Er erschrickt, legt dann beruhigend die Hand auf meinen Arm. Aber dabei knarrt seine Jacke.

Werner Enke hat Uschi Glas zu sich nach Hause gelockt. Er zeigt ihr ein Daumenkino. Erst darf sie nur auf den linken Kampf gucken, da kämpft der schlaffe Haro mit der roten Hose, der Neger, gegen Ika Staatenlos, Würger. Dann kommt der rechte Kampf. Waloschke Breslau gegen Gordon Apollo, USA. Leider kann ich das Daumenkino nicht erkennen, weil sich direkt vor mir ein Sitzriese im Dunkeln auf den Plastik-Kotzfleck gesetzt hat. Er sitzt dumm da, zu voller Größe aufgerichtet, auf dem Kopf einen Haarbürzel, der den entscheidenden Teil der Leinwand verdeckt. Und ein anderer knistert besonders schamlos. Ich sehe den Übeltäter! Er frisst wie in Trance Katjes aus der Plastiktüte und sitzt rechts vor Dietrich, in Greifweite.

Uschi Glas liegt jetzt auf dem Bett. Sie hat ihr trägerloses Kleid an. Werner Enke hockt vor ihr am Fußende, mit nacktem Oberkörper. »Tja«, sagt er und guckt frech. »... aber trotzdem *kinsterknister* mal gesetzt den Fall *knisterknister* kannste mich denn überhaupt ernähren?«

Das reicht! Ich krieg keine Luft mehr. Der Frontallappen im Gehirn ist für die Hemmung verantwortlich. Wenn er nicht arbeitet, reagiert man auf jeden Reiz automatisch überempfindlich. Meiner arbeitet grade nicht. Jetzt mach ich den gummifressenden Knisterkopp rund! Ich greife nach meiner Walther, die inzwischen auf meinem Schoß liegt wie ein Meerschwein. Ich beuge mich langsam vor und lege die kühle Mündung an die Schläfe dieses verfickten glubschäugigen Knisterers. »Okay, Cowboy«, flüstere ich. »Gib mal gaaanz vorsichtig die Tüte! Aber hoppi galoppi!« Er erstarrt, dreht sich nicht um und reicht über die Schulter die Tüte nach hinten. Ich nehme sie und stecke sie in einer Bewegung Ernie ins breite Maul. Der Typ mit dem Bürzel ist vor Schreck auf Normalmaß geschrumpft.

Bis zum Ende des Films bleibt es rings um uns still. »Das wird böse enden«, sagt Dietrich. Draußen machen wir High Five. Auch was, was Broiler nie lernen werden! Die können das nicht. Die begreifen nicht, was das soll! Da steckt ja eine ganze Philosophie dahinter. Das ist cool, Verstehen ohne Worte, international ein Zeichen höchster Anerkennung – außer in Broiler-Land. Die Biester kapieren es einfach nicht! Entweder sie halten die erhobene Hand des anderen für eine Art Winken und winken blöd zurück. Oder sie haun drauf und treffen nicht. Oder sie treffen, aber es macht kein Geräusch. Oder sie greifen die erhobene Hand des anderen und schütteln sie fröhlich – eine unüberwindliche kulturelle Barriere!

21. Wie krank ist Saddam?

Dietrich sagte gestern nach dem Kino, ich hätte die soziale Kompetenz eines Stuhlbeins. So what! Ich weiß nicht, was sozial ist. Ich weiß nicht mal, was normal ist.

Manchmal denke ich, ich bin die einzige Normale in einer Welt voller Verrückter – alles eine Standortfrage. Im Grunde bin ich der Fleisch gewordene Triumph der Hochkultur über die Massenkultur. Zeit ist Geld. Und ich habe glücklicherweise von beidem reichlich. Gibt es etwas Schöneres als morgens spontan zu entscheiden, ob man einfach im Bett bleibt, fernsieht und sich einen runterholt? Heute geht das nicht. Heute hat der Kauf eines neuen Fernsehers höchste Priorität. Dietrich sagt, ich bin ein seelenamputierter Konsumkrüppel. Wahrscheinlich hat er Recht und ich steh auch dazu.

Unangenehme Begleiterscheinung des Fernseherkaufs: Ich muss mich ins Getümmel stürzen. Ich nehme drei Aspirin und drei Valium. Getümmel. Gewimmel. Gekringel. Am liebsten würde ich rings um mich Schilder aufstellen, wie man sie vor Bankschaltern findet: Bitte hier warten – Diskretionszone. Soll ja keiner nah an mich ran, zwei mal zwei Meter Minimum. Diese träge übelriechende Menschensuppe am Kudamm! Woher zum Teufel kommen die alle und warum gehen die nicht wieder dahin zurück? Der größte Arsch im ganzen Land, das ist und bleibt doch der Passant!

Buñuel liebte das Schießen, vor allem das Zufallsschießen. Irgendwo langlaufen, sich dann umdrehen und losballern. In Mexiko soll das keine Besonderheit sein. Dort wird einer schon erschossen, wenn er zu viel fragt. Oder zu langsam läuft. Oder scheiße aussieht. Sagt Buñuel.

Da sowieso die meisten Menschen auf meiner Abschussliste stehen, gefiele mir das Prinzip des Zufallsschießens ganz besonders gut. Man trifft mit hoher Wahrscheinlichkeit einen, der es ohnehin verdient hat. Der Mensch in der Masse mutiert vom Individuum zum Weichziel. Für ein Weichziel sollte man Man-Stop-Munition benutzen. Man-Stop-Munition pilzt im Weichziel auf. Und man sollte – aber das ist eine persönliche Vorliebe – immer auf den Hals zielen. Nicht ins Hirn. Nicht ins Herz.

Vorsicht! Rücksicht! Umsicht! Nichts für mich! Vor allem die Schlenderer sind mir ein Dorn im Auge. Ich kann mich mit ihrem Laufrhythmus einfach nicht anfreunden. Sie gehen irgendwie mit Drall nach hinten, pendeln dabei zur Seite, sodass keiner durchkommt. Urplötzlich scheren sie aus, schwenken ab zu einem Schaufenster, nesteln an ihrer Kamera oder breiten einen Stadtplan mitten auf dem Bürgersteig aus. Sie stehen auf der Rolltreppe nebeneinander und bauen im Supermarkt Barrikaden aus Einkaufskörben. Schlimm ist auch, wenn ein Eiliger hinter mir läuft und mich praktisch schiebt, anstatt sich meinem Rhythmus anzupassen, der durchaus zügig genug ist. Ich drossele dann sofort mein Tempo. Bei guter Laune lasse ich ihn durch, bei schlechter bremse ich ihn aus. Ich weiß gar nicht, was schlimmer ist: Der Schritt neben mir, der meinen Laufrhythmus brechen will, oder der einverstandene Schritt, der sich meinem anbiedert und meine Privatsphäre verletzt. Ein kleines schmutziges Mädchen eiert mir auf einem Fahrrad entgegen, auf dessen Pedale Holzklötze geschraubt sind: »Kann ßon ohne ßtütßräder fahren«, ruft es und strahlt mich zahnlos an. »Verfalz dich, Drecksbalg, folter deine Eltern!«

Heute hinkt einer hinter mir. Auch schrecklich. Wenn einer hinter mir hinkt, dann gruselt mich das. Ich lege also einen Zahn zu, aber der Hinkschritt hinter mir wird kürzer und schneller. Ich beschleunige nochmals, aber Humpel hat den Turboschritt drauf: Kloklock. Klockiock. Jetzt weiß ich sicher, dass er mich verfolgt. Ich bleibe an einem Zeitungsstand stehen, kaufe eine *Bild*zeitung – Aufmacher: LÖST EIN KARZINOM EIN WELTPROBLEM? WIE KRANK

IST SADDAM? – und schiele aus den Augenwinkeln nach dem Hinkenden. Mist! Kann nichts erkennen. Hinter mir kauft ein Mann eine *Süddeutsche* und einen *Spiegel*. Schwarzer Trench, weißer Schal. Ein Regisseur. Nein, kein Regisseur. Ein Maler. Oder ein Designer. Für Blumenkübel. Er sieht mich kurz aus wässrig-blauen Augen an. Seine Ohrläppchen sind angewachsen. Aus seinen unten umgenähten No-Name-Jeans ragt links ein voluminöser Gipsfuß. Er ist der Hinker! Im Schutz der *Bild*zeitung mache ich ein Foto von ihm. Aber er kriegt es mit. »Schicken Sie mir einen Abzug?«, sagt er, zieht eine Visitenkarte aus seinem Mantel und lächelt gewinnend. Seine Stimme! Ist es Valmont? Hat er mich ausfindig gemacht, über ISDN, die Auskunft, einen Detektiv? Und nun verfolgt er mich, Valmont, er ist es, sonst hätte er mich nicht so angesehen. Er will mich vergewaltigen, zerhacken, in Tüten packen und in Müllcontainern zerstreuen. Ich raffe meinen Gaultier-Mantel und renne los, stolpernd, mindestens einhundert Meter, bis zur Uhlandstraße. Erst jetzt drehe ich mich um. Weg! Abgehängt!

Nein! Unsinn! Das kann unmöglich Valmont sein! So sieht ein Mann von der Auskunft nicht aus! Und die Stimme war auch nicht dieselbe wie am Telefon. Ich sehe auf die schillernde Plastik-Visitenkarte: »Gerd Schugk, Export Import.« Will sie in den Müll schmeißen, aber der besteht aus vier Körben: gelb für Verpackung, grün für Glas, rot für Restmüll, blau für Papier. Das ist mir zu anstrengend! Sollen die doch einen Broiler einstellen, der den Müll sortiert. Der findet bestimmt noch was Brauchbares! Das Müllsortierungsproblem löst sich von selbst. Ein Türke mit schlabberigen Schnellfickerhosen und Koteletten wie Brisko Schneider stellt sich mir in den Weg und fragt, ob ich mal mit ihm ausgehen will. »Rufen Sie mich an!«, sage ich und drücke ihm Schugks Karte in die Hand.

Und dann die Ampeln! Und die Ampelphasen! Ihnen verdanke ich, dass ich große Teile meines Lebens auf Inseln zwischen Fahrbahnen verbringen muss. Hätte ich kein Handy, so verginge diese Lebenszeit vollkommen ungenutzt. Ich überquere also die Uhlandstraße bei Rot. Da kreuzt ein böser alter Mann meinen Weg, auch ein Joywalker. Seine Ohren gefallen mir nicht und sein Hut und alles, was dazwischen ist. Er nähert sich mir fast frontal, den Arm angewinkelt, opfert keinen Millimeter, ich auch nicht. Etwa zwei Meter vor mir murmelt er: »In Deutschland weicht man *rechts* aus!« Ich spanne jeden Muskel an und bleibe unbeirrt auf meiner Bahn. Etwa auf der Mitte der Fahrbahn kollidieren wir, taumeln, ich verliere mein Handy. Wir laufen erst mal aus der Gefahrenzone, drehen uns um, drohen, schimpfen. Ich laufe zurück und hebe mein Handy auf. Es scheint unversehrt. Was der böse Onkel sagt, kann ich nicht verstehen. Wahrscheinlich Schöntachnoch oder Kruzitürken oder Heil Hitler. Ich nenne ihn Lederlappen und sabbernder Sütterlin. Seine Eltern sind ja wohl Geschwister! Mein Puls drischt auf mich ein. Ich hyperventiliere. Nach etwa zehn Metern mache ich kehrt, renne zurück und will diesen Wilmersdorfer Witwer durch die Schrumpelhose mit dem Lauf meiner Walther penetrieren, aber er ist schon weg.

22. Muschilein

»Beim Memorieren sollte absolute Stille herrschen!«, murmelt Dietrich, wischt mit einem nicht grade sauberen Geschirrtuch auf dem Tresen herum, zieht die Stirn kraus und schweigt. Dann schüttelt er lange den Kopf und gibt mir das Foto vom Gipsfuß-Hinker zurück. Schließlich sagt er: »Eugénie und Valmont. Starker Tobak!«

Starker Tobak! Nie habe ich jemanden getroffen, in dessen Munde die abgedroschene Phrase so veredelt wird wie in Dietrichs. Am liebsten mag er welche, die sich mit Körperteilen und Sinnesorganen befassen: Ich bin ganz Ohr, das Auge isst mit etc. Oder es müssen Tiere drin vorkommen: Hund in der Pfanne, Ochs vorm Tor etc. Schwein ins Uhrwerk. Dietrich hat immer die richtige parat. Er dreht und wendet sie im Mund wie ein Gourmet, der Wein verkostet, einen ganz besonderen Jahrgang. Starker Tobak also.

Er sieht mich fragend an. »Valmont kennst du?« Ich habe ein miserables Namengedächtnis und kann mich nicht erinnern. »Naaa, Valmont«, sagt Dietrich mahnend und grüßt lässig Harald Juhnke, der eben hereinkommt und Dietrichs Gruß geflissentlich übersieht. Ein Gast bestellt ruppig eine Apfelschorle. »Befleißigen Sie sich bitte eines anderen Tones«, raunzt Dietrich ihn an. Dann vor sich hin: »Is doch wahr! Da kann ja jeder kommen!« Dann zu mir: »Vicomte de Valmont aus den *Gefährlichen Liebschaften*. Die literarische Vorlage stammt leider nicht vom Göttlichen Marquis, aber aus derselben Zeit, von einem gewissen Laclos.«

Ich erinnere mich schemenhaft: »Mit Glenn Close?«

»Ja genau! Und den Valmont spielt Christopher Lambert, glaube ich.«

Robert kommt. Wie immer stieselt er stumm durch die Gegend, ganz auf Attacke gebürstet. Sein Eintreffen markiert das Ende unserer nebulösen Plauderei. »Unsinn! John Malkovich«, sagt er statt einer Begrüßung und hebt den knotigen Musikerfinger. »John Malkovich 1988.«

Dietrich schleudert das Geschirrtuch in die Ecke. »Lieber mit Gott irren als mit den Würmern Recht haben«, knurrt er in Roberts Richtung, denn er kann dessen belehrende Art nicht leiden, ja, er verachtet ihn seines enzyklopädischen Wissens wegen. Dietrich sagt, Leute wie Robert »sind höchstens unschlagbar bei Trivial Pursuit«. Robert hingegen findet Dietrich »sexuell verwahrlost«. Meine Aufgabe besteht darin, dafür zu sorgen, dass die beiden schleunigst erfahren, was sie voneinander halten. Jedenfalls lässt sich

Robert nicht beirren und setzt seinen schnörkellosen Vortrag fort, unterstützt von einer mehr als bescheidenen Kollektion von Gesten: »Wir sprechen selbstverständlich von der Stephen-Frears-Fassung. Ein Jahr später hat Milos Forman den Stoff als solchen noch einmal verfilmt, aber das war kein großer Erfolg, weil ...« Der Rest geht in der Kneipenmusik unter: »Love Cats« von The Cure. Manchmal kommt mir Robert vor wie eine CD-ROM mit Mensch drumrum.

Dietrich zieht mich beiseite und macht Theater mit den Augenbrauen.

»Der Vicomte de Valmont ist ein diabolischer, boshafter, raffinierter, herzloser Beau. Er muss erobern, und er verabscheut die leichte Eroberung. Dein Telefonlover pokert hoch. Valmont! Tsss! Da kann ja jeder kommen!«

»Und Eugénie?«, frage ich und höre Robert nebenan unverdrossen ins Leere referieren. Dietrich tippt sich dreimal auf die Stirn.

»Eugénie! Eugénie! Lass mich überlegen! Da gibt es einmal Eugénie, die Kaiserin, Frau von Napoleon dem Dritten. Dann die von Balzac, Eugénie Grandet ...«

Hier schaltet sich Robert wieder zu – »Gleiches Recht für alle, auch für mich an dieser Stelle!« – und bestäubt uns mit Fakten: »In *Dantons Tod* kommt eine vor. In *Effi Briest*. Bei Mörike gibt es eine ...«

Dietrich runzelt die Stirn. »Öschenieee, du Klops! Französisch!!« Dann zu mir mit einer wischenden Handbewegung vor dem Gesicht: »Also, dieser Robert ... es mag ja irgendwo ein Licht brennen, aber es ist niemand zu Hause. Kurzum. Es gibt noch eine Eugénie aus Sades *Philosophie im Boudoir*. Ein Luder, sag ich dir! Am besten, du liest es.« Er grinst süffisant. »Und kuck die *Gefährlichen Liebschaften*. Und dann triffst du diesen ... ahm ... Valmont.«

Eine dickbusige Blondine rauscht an. »Unverhofft kommt oft«, murmelt Dietrich.

»Haste mir vermisst?«, wirft Blondie ihm zu. Er stutzt

kurz und schüttelt eine seiner irgendwo geklauten Antworten aus dem Ärmel: »Ach Moni! Vermisst die Sonne die Sterne? Vermisst der linke Arm den rechten? Vermisst Kain Abel?«

Diese Beleidigung ist ihr zu subtil. »Du sagst immer urst schöne Sachen«, haucht sie mit wogendem Busen und das kleine zwanglos beigestellte Wort »urst« (=sehr), spätestens das, verrät ihre Herkunft: Ost-Berlin. Zu allem Überfluss hat sie wohl ihre Tage, denn sie riecht stark nach Bouillon. Dietrich zuckt in meine Richtung entschuldigend mit den Schultern, der Bouillon oder der ganzen Person wegen. Mir entwischt ein nervöses Kichern. Ihr Blick streift mich kurz und doof:

»Du bist bestimmt ... ähm ... Afrika!«

»Dann bist du bestimmt ... ähm ... Bitterfeld!«

»Paprika, sie heißt Paprika«, zischt Dietrich.

»Wie das Gemüse? Voll komisch«, sagt Moni und hält mir die restlos beringte Hand hin. »Tachschön! Moni!«

Voll komisch! Ich frage mich, was an meinem Namen voll komisch ist, in einer Zeit, wo Babys Quote, Lawine und Euro heißen.

»Vorsicht! Ich sammle Blondinen in Flaschen«, sage ich und umklammere mein Glas mit allen zehn Fingern, so fest, dass die Gelenke weiß werden.

»Denk dir nix! Am Anfang fremdelt sie noch bisschen«, sagt Dietrich zu Moni.

»Wie auch immer«, murmelt die. »Ich seh dich Mittwochabend bei mir zu Hause, Muschilein. Mach's gut!«

Dietrich sieht ihr müde nach: »Mach's besser!«

Moni hinterlässt einen breiten Kondensstreifen von Joop! Berlin und Brühwürfel. Von allen Kosenamen, vor allem denen nach Modell Substantiv plus Diminutivsuffix, also Schätz-chen, Maus-i- etc. scheint mir Muschilein mit Abstand der Schlimmste zu sein.

Robert, der sich in einen dumpf brütenden Zustand gesummt hat, kriegt von alledem nix mit. Ich sehe erst Moni hinterher und dann Dietrich an, der verlegen grinsend dasteht, die Augen niederschlägt und immerzu dasselbe Bierglas spült.

»Jaja«, stichele ich, »blonde Frauen fließen den Männern wie Gift durch die Adern!«

»Spätestens am Wochenende will ich sie flachlegen«, flüstert er entschuldigend. Jetzt ist die Katze aus dem Sack. Von seiner Neuen hat er mir bisher nur beiläufig am Telefon erzählt. Sie sei ein »echtes Schmankerl«, aus Marzahn und die Ex von Udo Jürgens. Sie habe schon zweimal in Werbespots mitgemacht und behaupte, »die beste Bläserin vom Warschauer Pakt« zu sein. Er habe mit ihr »bis zum Exzess« Spaziergänge gemacht und Händchen gehalten im Kino. Dass es allerdings so schnell so weit fortgeschritten war! Ich hatte mir bis eben beim besten Willen nicht vorstellen können, dass irgendjemand einen ausgewachsenen Mann Muschilein nennen könnte, ohne das ironisch zu meinen. Noch dazu vor Leuten! Noch dazu Dietrich!!

»Tja, Muschilein«, sage ich leise. »So haben wir wohl alle unsere gefährlichen Liebschaften. Stell ich mal in den Raum.«

»Fahr zur Hölle«, zischt Dietrich rasiermesserscharf, mit unbewegtem Gesicht. »Und stell hier nichts in den Raum! Oder gestatte, dass ich es nehme und beiseite stelle, damit ich nachher nicht drüberfalle.« Dann grinst er wie ein frisch geficktes Eichhörnchen, spitzt die Lippen und summt einen alten Schlager: »Ich fahre heute Nacht zu meiner Gnädigen. Da hab ich noch Verschied'nes zu erledigen …«

»Du liebe Güte«, sagt Robert. »Ihr habt Sorgen!«

23. Dietrich aufs Maul geschaut (alphabetisch)

Aber hallo! Ach du grüne Neune! Alles klärchen! Alles muss man selber machen! Angriff ist die beste Verteidigung! Aufgeschoben ist nicht aufgehoben! Auge um Auge, Zahn um Zahn! Aus die Maus! Aus Kindern werden Leute! Brat mir 'n Storch! Da bleibt kein Auge trocken. Da kann ja jeder kommen! Da kräht kein Hahn nach! Da lachen ja die Hühner! Dafür lege ich meine Hand ins Feuer. Das Auge isst mit! Das darf doch wohl nicht wahr sein! Das darf man alles nicht so eng sehen. Das kann doch einen Seemann nicht erschüttern! Das kannste halten wie 'n Dachdecker! Das ist ja nun wirklich nicht zu viel verlangt! Das Leben ist hart, aber ungerecht! Das nur am Rande! Das schlägt dem Fass den Boden aus! Das wird schon wieder! Das wissen die wenigsten. Davon geht die Welt nicht unter! Der Morgen ist klüger als der Abend.

Dienst ist Dienst und Schnaps ist Schnaps! Du lieber Herr Gesangsverein! Dumm gelaufen! Erstens kommt es anders, zweitens als man denkt! Firma dankt! Frag nicht nach Sonnenschein! Frohes Schaffen! Geld stinkt nicht! Gleich und gleich gesellt sich gern! Glück und Glas – wie leicht bricht das! Gut gebrüllt, Löwe! Haust du meine Tante, hau ich deine Tante. Ich denk, mein Schwein pfeift! Immer auf die Kleinen! In der Kürze liegt die Würze. Jedem Tierchen sein Pläsierchen! Klappe zu – Affe tot! Klar wie Kloßbrühe! Knapp vorbei ist auch daneben! Lieber den Spatz in der Hand als die Taube auf dem Dach! Lieber ein Schrecken mit Ende als ein Ende ohne Schrecken. Lügen haben kurze Beine. Macht 'n schlanken Fuß! Man gönnt sich ja sonst nichts! Man macht sich keine Vorstellung! Man soll den Tag nicht vor dem Abend loben. Man weiß ja nie! Man wird doch wohl noch seine Meinung sagen dürfen! Manche sagen so, manche sagen so! Mehr

Glück als Verstand! Morgen ist auch noch ein Tag. Morgen sieht die Welt ganz anders aus. Nicht meine Kragenweite!

Nicht immer, aber immer öfter! Nicht schlecht, Herr Specht! Nichts ist unmöglich – Toyota! Nützt nix! Nun brich dir mal keinen Zacken aus der Krone! Nun mach aber mal halblang! Ordnung ist das halbe Leben!

Ordnung muss sein! Rache ist Blutwurscht! Rache ist süß! Reißt mich nicht vom Hocker! Rom wurde ja auch nicht an einem Tag erbaut! Schluss mit lustig! Schwamm drüber! So! Das hätten wir! So jung kommen wir nie wieder zusammen! Spaß muss sein! Spiel hier nicht das Unschuldslamm! Stimmt's oder habe ich Recht? Unverhofft kommt oft! Vorbei ist vorbei! Was ich nicht weiß, macht mich nicht heiß. Wer nicht will, der hat schon! Wer rastet, der rostet. Wer weiß, wozu es gut ist! Wie dem auch sei! Wiedersehn macht Freude!

Willst du dir ein Omelett backen, musst du vorher Eier knacken. Wir müssen den Tatsachen ins Auge sehen!

Wir sind ja auch nicht päpstlicher als der Papst! Wir werden alle nicht jünger. Wir werden das Kind schon schaukeln! Wo ein Wille ist, ist auch ein Weg. Zum Bleistift! Zwei Dumme – ein Gedanke!

24. Die zügellosen Zeiten des Rokoko

Manchmal, an einem lauen Maiabend, wenn die Leute im Haus in einem Anfall von Romantik ihre Klimaanlage abschalten und ihre Fenster aufreißen, höre ich Maik und Mändy kopulieren. »Mei Gudor, mei Gudor«, ruft Mändy dann emphatisch. Oder: »Mein Dieschor, mein Dieschor.« Wenn er kommt, macht Maik ein Geräusch, das zwischen Grunzen und Rülpsen beheimatet ist. Mich wundert, dass die beiden Broiler nach der anstrengenden Arbeit in ihrem gut sortierten Bärschnglubb heimkommen und ficken, ganz wie ein Meisterkoch, der sich zu Hause erst mal was in die Röhre schiebt.

Aber heute lausche ich angestrengt und atme schneller. Draußen auf den Dächern paaren sich die Katzen und schreien dabei gellend wie Hexen, die auf Scheiterhaufen verbrennen. Der Winter war lang, aber jetzt hebt jede blöde Krähe ihren Schrei um einen halben Ton an, um den Frühling zu verkünden. Die *Bild*zeitung titelt: SINNLICH UND BRUTAL – DIE LIEBE IM KAUKASUS. Dietrich hat eine Freundin. Robert verblüffte mich neulich mit der für seine Verhältnisse relativ vulgären Bemerkung, dass »in Kim Basingers Mund als solchen mindestens drei Schwänze reinpassen«. Abgesehen davon, dass ich das für übertrieben halte: Es scheint mir ein weiteres Indiz zu sein. Der Frühling erotisiert die Menschen. Klar wie Kloßbrühe!

Die neue Glotze macht mich krank! Wo ist denn hier welches Programm? Dieser Depp von einem Wegert-Monteur hat RTL auf Platz 4 programmiert, obwohl jeder weiß, dass SAT. 1 auf Platz 4 gehört, RTL dagegen auf Platz 5. Jetzt hab ich's! Pro Sieben! Sogar bei *Seinfeld* knistert es: Kramer baut einen Autounfall, weil eine Frau in Dessous über die Straße geht. Er verklagt sie auf 30 Millionen. Und auch *Bärbel Schäfer* schürt Geilheit. Das Thema ist: »Scharfe Schwestern – Liebe auf dem Krankenbett.«

Ich stopfe mir 300 Gramm extra blutiges Roastbeef rein, kaue kaum, schlucke in großen Happen. Gier! Heißhunger! Blutrunst! Ich wühle nach der VHS, die ich übers Internet bestellt habe. Heute ist genau der richtige Tag für die *Gefährlichen Liebschaften*! Morgen ist Angriff. Morgen rufe ich Valmont an.

Oje! Es ist ein Kostümfilm! Ich hasse Kostümfilme! Auch noch mit klassischer Musik – ein Menuett. Und dann – der letzte Titel des Vorspanns verschwindet – bin ich plötzlich gefesselt. Ein Mann nimmt nach dem Perückenpudern die Maske ab. John Malkovich – Valmont! Das schmale Gesicht ist bleich geschminkt. Der Perückenansatz verleiht ihm etwas Teuflisches. Unter der dunklen Iris sieht man das Weiße. Der Ausdruck der Augen – kalt wie 'ne Hundeschnauze. Darunter düstere Schatten, Boten eines ausschweifenden Lebens. »Für jede Art der Ausschweifung ist die Wahl der Waffen von entscheidender Bedeutung«, sagt Valmont, als er seine nächste Eroberung ins Visier nimmt – und lächelt. Blickfang in seinem Gesicht ist eine Stelle, für die es keinen Namen gibt: die Partie zwischen Oberlippe und Nasenbeginn. Von der Nasenspitze verläuft eine Schneise nach unten, breiter werdend und an den beiden Wölbungen der Oberlippe endend. Valmont gelingt es, durch ein minutiöses Anspannen dieser Schneise, durch eine winzige mimische Zuckung, ein Beben der Nasenlöcher, die unglaublich vulgär ist, Cécile de Volanges (Uma Thurman) zum Weinen zu bringen.

In der Nacht zuvor hat Valmont das junge, naive Ding gelangweilt entjungfert. Nun, beim Essen, in Anwesenheit dreier tugendhafter ahnungsloser Damen, amüsiert es ihn, die Verstörte mimisch daran zu erinnern. Sie springt auf und läuft weinend in ihr Zimmer. Die Mutter der Verführten, Valmonts Tante, und Michelle Pfeiffer als Madame de Tourvel – letztere dumpf ahnend, dass sie Valmonts nächstes Opfer sein würde – sehen sich erstaunt an. Und was sagt milde lächelnd Valmont? »Ich bin mir sicher, sie sitzt bald wieder im Sattel!« Ein teuflischer Satz! »Wieso sehen wir uns gezwungen, immer nur die zu jagen, die uns entfliehen wollen?«, fragt er wenig später mit einem hungrigen Blick auf die allzu tugendhafte Madame de Tourvel. Glenn Close als Marquise de Merteuil, Valmonts ebenbürtige Gegenspielerin, lockt den Vicomte mit einem Angebot. Wenn er Madame de Tourvel verführt, will sie ihn mit Sex belohnen. Das törnt ihn an. Er zieht mit dem Fuß ihren Stuhl heran. Sein Gesicht nähert sich ihrem: »Es besteht wohl nicht die geringste Hoffnung auf eine Vorleistung?« Sie schüttelt den Kopf. Er aber grinst siegessicher. Der Typ gefällt mir!

25. Dienstbereit und fix und fertig

Ich glaube einfach nicht, dass ich das tue! Bin ich abenteuerlustig, lebensmüde oder komplett verrückt? Er ist ein wildfremder Mann. Ein Perverser, so viel ist klar. Ein Mörder, vielleicht ein Mörder. Oder, schlimmer: Er leckt vorm Umblättern den Finger an. Mein Telefonat mit Valmont liegt erst zwei Stunden zurück. Es war kurz. Ich meldete mich mit Eugénie und sagte: »Sie dürfen mich zum Essen einladen, wenn Sie versprechen, nicht allzu langweilig zu sein.«

Er antwortete, er habe mir verdammt noch mal nicht seine Nummer gegeben, um mit mir essen zu gehen.

Für Wut war ich zu verdutzt. In seiner Stimme dröhnte das Nichts, das ich bin. So hatte noch nie ein Mann mit mir gesprochen. Er fragte nach meiner Adresse und Telefonnummer. Harsch, keinen Widerspruch duldend. Ich gab ihm beides. Eilfertig, ohne zu zaudern. Seitdem habe ich ununterbrochen darüber nachgedacht, warum ich das getan habe. Es lässt sich jedoch beim besten Willen nicht mehr rekonstruieren. Sein letzter Satz klingt mir noch immer im Ohr, wörtlich, mit einem schwer einzuordnenden leichten Akzent: »Ich komme Punkt acht. Die Wohnungstür wird nur angelehnt sein. Ich erwarte Sie nackt auf dem Bett kniend, Rücken zur Tür, mit verbundenen Augen.« Mein Protest erreichte ihn nicht mehr. Aufgelegt.

Danach saß ich wie betäubt mit dem Hörer in der Hand auf dem Bett. Was tun? Ein Rendezvous mit meinem Henker. Ich selbst hatte ihm den Weg zur Schlachtbank gewiesen. Er hatte meine Adresse! Noch mal anrufen! Absagen! Ihn zurückhalten. Ihn hinhalten. Aber Valmont ging nicht ran. Und nun? Polizei? Lächerlich! Dietrich? Nicht da! Na klar! Bei Moni in Marzahn! Sein Kommentar wäre ohnehin der übliche: »Das wird böse enden.« Robert? Der wäre der letzte, der mir raten könnte. »Du liebe Güte«, würde er sagen und die Hand müde auf seinen Oberschenkel plumpsen lassen.

Weg hier! Raus! Ich werde das Haus verlassen und im Hotel schlafen. Oder ich bleibe hier, mache einfach nicht auf. Unfähig, einen klaren Gedanken zu fassen, ließ ich mir ein Bad ein. Und fast mechanisch richtete ich mich für ihn her. Übernachten wird er hier auf keinen Fall! So viel ist klar! Das reißt mir gar nicht erst ein! Ich fahre mit dem Lift runter, öffne die Haustür und lasse sie einrasten, sodass er gleich reinkommen kann. Die Wohnungstür lehne ich an wie befohlen.

Und jetzt knie ich tatsächlich auf meinem Zwei-mal-zwei-Meter-Bett, nackt, wie betäubt, in Habtachtstellung. Ich, die ich nicht mal eine Putzfrau habe, weil ich niemandem traue! Ich, die ich jede Kommunikation scheue, jede Bindung, jede Verpflichtung! Und nun habe ich sogar mein Handy ausgeschaltet. Das kommt so gut wie nie vor. Das ist doch vollkommen bekloppt! Ein Spruch aus dem Poesiealbum meiner verschütteten Kindheit fällt mir wieder ein:

Tugend will, man soll sie holen
Ungern ist sie gegenwärtig
Laster ist, ganz unbefohlen
Dienstbereit und fix und fertig.

Zwei Minuten vor acht. Bin ich zur falschen Zeit am falschen Ort? Handelt es sich um eine glückliche Verkettung unglücklicher Zufälle? Warum habe ich bei der Auskunft gerade ihn erwischt? Warum hat er gerade mir seine Nummer gegeben? Ich harre dessen, was da kommen soll. Aber es kommt nichts. Ich habe mich überhaupt noch nicht damit beschäftigt, welche Rolle dieser Eugénie zugedacht ist. Oje, ich werde es gleich wissen! Und mein Wissen höchstwahrscheinlich mit ins Grab nehmen! War da nicht was an der Tür? Wenn nun Maik und Mändy plötzlich im Zimmer stehen? Oder vielleicht spiele ich gerade in einem Sketch der *Versteckten Kamera*? Am Ende taucht Valmont hier mit zwei Dutzend Freunden auf! Oder allein, nur mit einer Axt bewaffnet? Himmel, ich muss wirklich verrückt sein. Und keiner weiß, dass er kommt. Keiner kennt seinen Namen. Mich würde nicht mal jemand vermissen!

Ein Luftzug hebt plötzlich die Enden des Seidentuchs, das ich fest über meinen Augen verknotet habe. Ich spüre, dass jemand in der Wohnung ist und höre auch, wie das Türschloss einschnappt. Ich werde ohnmächtig! In den nächsten Sekunden werde ich ohnmächtig. Ich schreie gleich! Ich schreie um mein Leben. Dann spüre ich eine Hand auf meinem Kopf. Dort, wo sie liegt, wird es ganz heiß und kalt. Feuer und Eis. Die Hand krallt sich in mein Haar und ein Schauer jagt durch mein Rückenmark. Jetzt lockert sich der Griff und der Handrücken streicht über meine Stirn und mein Gesicht. Er ist kühl und fest und unbehaart. Die Finger sind schlank und sehnig, die Gelenke knochig, Ich spüre seinen Atem an meinem Ohr.

Dann spricht Valmont. Und seine Stimme wirft ihren unergründlichen Bannstrahl auf mich. Obwohl ich nichts sehen kann, fühle ich uns in gleißendes Licht getaucht. Der Rest der Welt liegt im Dunklen. Ich kapituliere. Er sagt: »Eugénie, Sie sind schön.« Meine Brustwarzen pochen, eine fast schmerzhafte Erektion. Ich möchte, dass er mich küsst. Aber er küsst mich nicht. Er streicht langsam über meinen Arsch, wie ein Arzt, der die Einstichstelle für eine intramuskuläre Injektion sucht. Er streichelt und streichelt und plötzlich schlägt er mit der flachen Hand zu. Es schmerzt, es brennt wie Feuer und mir entfährt ein Schrei, eine Mischung aus Lust und Protest. Der Schmerz wacht über unsere Sicherheit. Er wird von den Nervenenden empfunden. Obwohl meine Hände frei sind, spüre ich nicht den kleinsten Impuls, mich zu wehren. Ich tue es trotzdem. Er hält meine Handgelenke eisern im Griff. Do You Really Want to Hurt Me? Er raunt in mein Ohr: »Sie werden feststellen, dass es mit der Scham wie mit dem Schmerz ist, Eugénie. Beides spürt man nur beim ersten Mal.«

Ein Zitat aus *Gefährliche Liebschaften*.

Dann streichelt er wieder, mit länger werdenden Pausen, in denen ich fast wahnsinnig werde, weil ich nicht weiß, was passiert. In Wellen kräuselt sich meine Haut, so heftig, dass ich mich stachelig anfühlen muss wie ein Kaktus. Außer kurzen Anweisungen wie »Bleiben Sie so«, »Ich will Ihre Hände sehen« und »Zeigen Sie mir Ihr Profil« spricht er nicht. Seine harte Hand trifft meinen Arsch noch fünfmal exakt auf dieselbe Stelle. Die Haut fühlt sich taub und heiß an und prickelt. Die Anonymität dieser Berührung, die Virtuosität des gesichtslosen Liebhabers verwirrt und verzückt mich. Im Geilheitsfuror sehe ich Elfen auf Mondwiesen tanzen. Ich möchte sterben. Nicht vor Scham – vor Wonne!

»Ich werde Sie jetzt reiten«, sagt Valmont lakonisch – bisher habe ich nur seine Hände gespürt und den Hauch seines Mundes. Er zieht routiniert meine Schamlippen auseinander. Das kleine Geräusch, das sie dabei machen, kommentiert er mit einem wollüstigen Schnalzen. Dann kommt sein Schwanz aus dem Nichts, trifft punktgenau und fährt bis ans Heft in mich hinein. Er versengt mich. Er pfählt mich. Er zerreißt mich. Vermählung von Himmel und Erde. Heilige Hochzeit. Menschen und Delphine sind die einzigen Lebewesen, die wirklich Spaß an Sex haben. Valmont bleibt in mir und bewegt sich nicht. Er packt mich wieder an den Haaren, zerrt mich an sich, schubst mich weg wie ein totes Insekt. Sein Rhythmus bin ich. Ich stoße mit dem Kopf gegen die Wand und es tut nicht mal weh. Ich könnte schwören, Gott ist höchstpersönlich zu mir runtergekommen und fickt mich. Oder der Teufel. Wer auch immer. Scheißegal.

26. Kriegt man vom Spermaschlucken Karies?

Er hat mich nicht geküsst. Er hat mich nicht geleckt. Er hatte wohl keine Lust dazu. Überhaupt war er zu keiner Dienstleistung dieser Art bereit. Er war von nichts getrieben als vom blanken Egoismus. Und von Geilheit. Zum Schluss riss er mich herum, brüllte wie ein verwundeter Elefant und kam in meinen Mund. Sperma schmeckt wie Joghurt ohne Geschmack, wenig Kalorien, hoher Eiweißgehalt, ein bisschen scharf im Abgang. Manche mögen's, aber mein Fall ist es gar nicht. Ich hasse Sperma! Erst neulich habe ich Fred zusammengeschissen, weil er in unsere Bürotoilette diese ekligen Flüssigseife-Spender installieren ließ. Ich finde, das ist, als ob einem jemand auf die Hand wichst! Aber Valmonts Samen schien mir das edelste Gesöff der Welt. Das heilige Abendmahl: Sein Leib. Sein Blut.

Meine Augenbinde lockerte sich und ich sah die Silhouette: Groß, leptosom, Adlernase. Mehr konnte ich nicht erkennen, denn er schlug mich mit dem Handrücken ins Gesicht. Mein Protest fand keine angemessene Sprache. Oder wollte keine finden. »Sie werden mich erst sehen, wenn ICH es will.« Er richtete mein Tuch und küsste mich zärtlich auf die Stirn. »Rufen Sie nicht an. Ich komme wieder.« Cooler Abgang. Fast so cool wie in *Spiel mir das Lied vom Tod*: Sweetwater wartet auf dich, sagt Claudia Cardinale und lässt die Titten raushängen. Einer wartet immer, sagt Charles Bronson und geht.

Valmont ist weg, ich weiß nicht, wie lange schon. Ich weiß nicht, ob er die Tür hinter sich geschlossen hat. Es ist mir auch egal. Die Stellen, auf die er seine Schläge applizierte, tauen langsam wieder auf. Ich liege mit halb geschlossenen Augen da und fühle mich wie ein Irrer nach einer Elektroschockbehandlung. Die Dunkelheit, seine Körperlosigkeit. Sein heißer Atem, ohne dass ich ein Gesicht sah. Dazu der schöne Schmerz. Ich bin besoffen. Und durstig. Leider sehe ich mich außerstande, nach der Flasche Evian zu greifen, die direkt neben meinem Bett steht. Erst langsam tasten sich wieder reale Bilder in mein Hirn. Das Bett. Der Kamin.

Die Fernbedienung. Zappen! Flache Bäuche ab 5000 Euro! Neue Mützen aus alten Pullis! Zwischendurch behauptet eine Zwitterstimme, dass eine künstliche Vagina für 49,90 einen geileren Fick bringe als eine echte Frau. Es muss nach elf sein! Solche Werbung bringen sie erst nach elf. Mehr davon! In der Jubiläumsausgabe von *Coupé* ist ein frivoles Muschi-Spiel. Morgen zwanzig Uhr fünfzehn kommt der Filmfilm: *In den Fängen heißer Schenkel*. Ich schaffe es, einen Blick auf meine Breitling Kosmonaut zu werfen. Es ist fast ein Uhr.

Mein Blick fällt auf die Titelseite der *Bild*zeitung. Dort steht: KRIEGT MAN VOM SPERMASCHLUCKEN KARIES? Plötzlich bin ich hellwach und klingele besorgt meinen Zahnarzt aus dem Bett.

27. Is it a pistol in your pocket or are you just glad to see me?

»Guten Tag. Ich heiße Herodes und soll hier alle männlichen Erstgeborenen töten.«

»Komm hoch, los!«

Dietrich und ich, wir gehören zusammen wie zwei alte

Latschen. Wenn ich ihn treffe, dann kann es gut sein, dass ich ihm freundschaftlich an den Sack greife und frage: Alles fit in Schritt? Dietrich, dessen Reaktion immer dieselbe ist, Nahörmal nämlich, bezeichnet dies als symbolische Enteierung. Denn eine so beiläufige Berührung, speziell die seines Gemächts, sei offenkundig für mich nicht sexuell besetzt. Womit er Recht hat. Ich erinnere mich gut an einen jener Silvesterabende, die wir zusammen verbracht haben. Ich am Schreibtisch sitzend, mit meinen Schweizer Kontoauszügen beschäftigt, er auf meinem Zwei-mal-zwei-Meter-Bett liegend, in eine Masturbationstechnik vertieft, deren Hauptattraktion zwei Zentiliter auf Körpertemperatur erhitztes Salatöl sind.

»Kuck doch mal«, rief er munter.

Ich reagierte nicht.

»Nu kuck doch mal«, brüllte er wie ein bockiges Kind.

Das störte mich. »Kannst du dir nicht einfach einen von der Palme schütteln und dabei die Schnauze halten?«, schimpfte ich missmutig und warf den Bestseller *Donald Trump – das Geheimnis meines Erfolges* nach ihm.

Diesen schmerzhaften Interruptus reibt er mir noch heute unter die Nase. Dabei liegt zeitlich schon die Erdkrümmung dazwischen.

Diesmal bleibt das Eiergreifen aus, als ich Dietrich meine Wohnungstür öffne. Keine Zeit für Artigkeiten. Einer muss dem anderen dringend was erzählen.

»Und?«, rufen wir beide aus einem Munde.

»Erst du!«, sagt Dietrich.

»Nö, erst du!«, rufe ich. In Wirklichkeit würde ich nur zu gern als Erste erzählen und ich hoffe doch sehr, dass der Depp noch mal »Erst du« sagt, aber er tut's nicht. Er erzählt von Moni. Dass sie toll Soljanka kochen könne. Dass sie eine »Zwei-Raum-Wohnung« und eine Schrankwand mit Bar habe, einen Gummibaum und eine zweieinhalbjährige Tochter namens Janine.

»Komm zur Sache, Cowboy«, sage ich und trample mit

den Füßen auf. »Man kriegt die Banane nicht ohne Schale! Ist sie wirklich eine solche Fachkraft?«

»Naja …« Er druckst. »Ich sag mal so: Sie glänzt mehr durch ihren unermüdlichen Eifer als durch ihr Können.«

»Momentmoment! Ich denke, sie ist die beste Bläserin vom Warschauer Pakt?«

»Ein Missverständnis. Sie bläst Trompete.«

»Oh!« Ich mache eine angemessene Pause, um meiner Bestürzung Ausdruck zu verleihen. Dumm gelaufen! Ich kann ja jetzt schlecht mit meinen sexuellen Erfolgsmeldungen kommen.

Dietrich scheint derselben Meinung. Er räuspert sich. »Und selbst?«

Ich brauche eine Weile, um zu überlegen, was ich antworte, weil auf MTV gerade ein Rammstein-Video läuft:

Bück dich befehl ich dir
wende dein Antlitz ab von mir
Dein Gesicht ist mir egal bück dich …

Ich sollte nicht allzu sehr schwärmen, jetzt, unmittelbar nachdem er die Arschkarte gezogen hat. Es könnte ihn ernsthaft deprimieren. Er liest meine Gedanken und wiegelt ab: »Lass mal! Schon gut ! Ich habe eben das kürzere Streichholz erwischt! Nu erzähl schon! Frei von der Leber weg!« Als ich erzähle, hellt sich sein Gesicht auf. Sexualität hat für mich, so viel glaubt er zu wissen, nie eine exponierte Rolle gespielt. Bis dato hatte ich so etwas wie den Nimbus der Unantastbarkeit. Dietrich stand für viel Sex und wenig Geld. Bei mir war das eher andersrum. Umso erstaunter ist er jetzt – ich erkenne das an seinem auffallend um Neutralität bemühten Gesicht.

»Du hast *was*? Wahr oder unwahr?«

Ich hebe die Schwurfinger: »Wahr! Drei Engel!« Gewisse pikante Details lasse ich selbstverständlich aus, verrate aber dennoch genug, um Dietrichs Spott zu entfachen.

»Jaja, man gelangt eben nur durch Schmerz zu den süßen Wonnen der Wollust!«

Rammstein singt:

Bestrafe mich
bestrafe mich
Stroh wird Gold
und Gold wird Stein
du darfst mein Bestrafer sein.

Dietrichs Augen funkeln, als hätte er immer schon geahnt, dass ich mindestens genauso pervers bin wie er. Ein Verdacht, den ich meilenweit von mir weise.

»Du weißt, was der Göttliche Marquis rät?«, fragt Dietrich. »Man muss manchmal ein Schwein sein, um Trüffel zu finden.«

»Hahaha.«

»Höhö.«

»Hihi.« Ich bin erleichtert, dass er nicht neidisch ist! Und ich bin erstaunt über mich selbst.

»Dein dekadentes Geschäftsfrauenleben langweilt dich«, sagt Dietrich altklug. »Nun suchst du den Kick.«

Mein Blick streift eine dicke Tüte Beef Jerky, hot peppered, per UPS frisch aus Seattle eingetroffen. Ich stopfe mir zwei Handvoll davon in den Mund.

»Twui-qu-chrrrkk-al-pssss-owowie!«

»Wie meinen? Mit vollem Mund zu sprechen ist ausgesprochen flegelhaft!«

»Trivialpsychologie!«

»Was auch immer! Wenn das ein Schundroman wäre«, ruft er mit gespieltem Pathos, »würde ich ihn lesen!« Wir machen High Five.

Die *Bild*zeitung titelt: ELEFANT ERSCHISS SEINEN WÄRTER. Das Thema bei *Bärbel Schäfer* ist: »Gestatten: Axel Schweiß – wenn Namen nerven.« Die folgenden Stunden verbringen wir damit, nach dem vorgegebenen Muster

Namen zu erfinden. Wobei ich eindeutig in besserer Form bin.

Von Dietrich: Iris Blende, Theo Loge, Hans Wurst, Rainer Tisch, Mark Stück, Marga Rine, Rudi Ment, Sepp Thieme, Bill Yard, Milly Ohn.

Von mir: Ali Mente, Ute Russ, Luzi Ferr, Blanka Unsinn, Hella Wahnsinn, Niko Laus, Chris Tuss, Anna Bolika, Klara Fall, Lotta Leben, Leni Nismus, Ellen Bogen, Ernst Haft, Ali Gator, Russ Land …

28. Uuups, what boobs!

Zum Beispiel Orthographie. »Essen für's Leben« steht auf dem Pappschild des Bettlers am Breitscheid-Platz. Der Typ hat die Ärmel seines T-Shirts aufgekrempelt, um beim Betteln ein paar Pigmente zu haschen. »Wie schreiben wir denn fürs?«, frage ich ihn freundlich, wenngleich nicht ganz ohne Strenge. Er sieht mich ratlos aus blutunterlaufenen versoffenen Junkie-Augen an. »Doch wohl ohne Apostroph«, sage ich und zwinkere ihm spitzbübisch zu. »Das üben wir noch, gell? Deswegen gibt es heute auch kein Geld.« Ich laufe nach Hause. Die Junisonne blendet mich. Ich denke an Valmont. Vielleicht ruft er bald an. Sicher. Heute ist mir nach Schabernack zumute.

In meinem Hausflur hängt ein schwarzes Brett, an dem es vieles zu entdecken gibt. Da lädt zum Beispiel ein Schreiben der Hausverwaltung offen zur Denunziation ein. Und zwar »im Interesse des Umweltschutzes und auch um Kosten zu sparen«. Der Zettel wird von drei verschiedenfarbigen Reißzwecken gehalten. »Sehr geehrte Mieter«, heißt es in eigenwilliger Schreibart, »in dem Container wurde in der Vergangenheit Gerümbel entsorgt. Auserdem lag der Hausmüll neben den Mülltonnen so dass Ungeziefer angelockt wurde. Wer von den Mietern dazu nähere Angaben machen will kann folgende Telefonnummer anrufen. Die Angaben werden vertraulich behandelt.« Der federführende Legastheniker der kommaphoben Selbsthilfegruppe ist zu meiner Erleichterung »nach Diktat vereist«.

Ich picke mir wahllos einen Nachnamen aus der Briefkasten-Front. Den unsympathischsten, einen Doppelnamen: Schörg-Oppowa. Dann suche ich den Nachnamen von Maik und Mändy, weil ich denen prinzipiell eins reinhauen will. Die heißen auch noch Schlunz, M & M Schlunz, als ob es nicht schon so reichen würde. Dann greife ich nach meinem Handy, stecke es aber gleich wieder ein und gehe raus zur Telefonzelle, falls die Biester ISDN haben. Dann wähle ich die angegebene Petz-Nummer der Hausverwaltung. Weil ich das cool finde, lege ich ein Tempo über die Muschel, halte mir zusätzlich die Nase zu und melde mich mit Schörg-Oppowa. Knapp und präzise gebe ich an, Herrn und Frau Schlunz mehrfach bei Müllcontainer-Vergehen beobachtet zu haben und liefere eine 1-A-Täterbeschreibung. Nachher finde ich zwar, es wäre passender gewesen, die Schlunzens denunzieren zu lassen, aber da ist es schon zu spät und auch egal.

Meine Wohnungstür finde ich offen, obwohl ich schwören könnte, zweimal abgeschlossen zu haben. Ich suche unter dem Bett, im Schrank und auf dem Balkon, sogar im Klo und im Kühlschrank, finde aber keinen Einbrecher, auch keine Spur. Die Alarmanlage ist mal wieder im Eimer und ich rufe den Hausmeister an. Die *Bild*zeitung titelt: STUTTGARTER MILLIONÄRIN (HAUSHAHN AUFZÜGE) BEIM GOLFEN VON ELEFANT TOTGETRAMPELT – ES GESCHAH BEI LOCH 9. Die Zeile ist lustig, aber zum Ausschneiden zu lang. Mein neuer Fernseher ist noch größer und flacher als der alte von Sony. Aber auch das haut mich nicht vom Hocker. Ich nehme den Telefonhörer ab. Das Freizeichen wühlt sich krallenscharf in mein Ohr. Ich wähle Valmonts Nummer. Und lege sofort wieder auf wie das dicke Mädchen in der O.tel.o-Werbung – leider nicht von mir. Ohne abzuwarten. Errötend. Mit rasendem Herzschlag.

Das Thema bei *Bärbel* ist: »Vor meinen Brüsten haben alle Männer Angst.« Die Hauptanklägerin hat ein dümmliches Teiggesicht und einen Pagenkopf. Ihr Anblick ruft unangenehme Gefühle in mir wach. Irgendwo habe ich diesen behäbigen Unterkiefer schon gesehen. Und dieses Kapotthütchen ... Jetzt weiß ich! Sie sieht aus wie Kitty. Was aber nicht sein kann, da Kitty sich meines Wissens eigentlich nicht im Besitz von Brüsten befindet, schon gar nicht von solchen, vor denen alle Männer Angst haben. Ich knie vor dem Fernseher und krieche immer näher an den Bildschirm; durch einen Wust aus Nagellackfläschchen, Vibratoren, zerknüllten Tempos, Apfelsinenschalen, fein abgenagten Hühnerknochen, Laptop, Handy, Pinzette, massig Fernbedienungen und Geschäftsunterlagen. Tatsächlich beulen den Pullover des Kitty-Klons monströse Titten, BH 90 Doppel-D, mindestens. »Das fing irgendwie schon als Kind an«, erzählt sie mit leiernder Stimme. Kein Zweifel, sie isses!

29. Die letzte Bastion der Keuschheit wankt

Irgendwie erleichtert es mich, dass Kitty auch bekloppt ist. Fast steigt sie in meiner Achtung. Sinken wäre auch schon gar nicht mehr gegangen. Das mit den gefakten Titten rechtfertigt unsere Bekanntschaft, postum sozusagen.

Es klingelt an der Wohnungstür. Mein Herz stockt nicht mal. Das kann nicht Valmont sein. Es ist Robert. Er will mich schnell im Büro vorbeifahren, auf dem Weg zum Kino. Natürlich ist er angemeldet. Die Ich-war-grad-in-der-Gegend-und-dachte-ich-schau-mal-rein-Attitüde habe ich ihm längst abgewöhnt. Unglaublich, aber man erkennt am Klingeln, dass es Robert ist. Sein schwerer Daumen drückt ebenso sinnlos stark und ausgiebig auf den Klingelknopf wie sein Kaumuskel kaut. Ansonsten ist Robert ein Schlappschwanz und tut auch gar nicht erst so, als ob er keiner wäre. Er gefällt sich in der Rolle des von des Gedankens Blässe angekränkelten Musikers, der seine zarten Hände schonen muss. Aber an der Klingelei wird deutlich, dass er kein Künstler, sondern vielmehr ein grobschlächtiger Handwerker ist. Heizungs-, Lüftungs- und Violinentechnik.

»Hallo?«, ruft er rau und gedehnt in die Sprechanlage. Seine Stimme klingt, als hätte man Ötzi das Sprechen beigebracht. Aus folgenden zwei Gründen bin ich gereizt: Es ist nicht Valmont. Und er soll ja nicht glauben, dass ich ihn an der Stimme erkenne. Das reißt mir gar nicht erst ein! Hallo zu rufen ist in diesem Fall der Job des Besuchten, also meiner. Und nicht der des Besuchers.

»Wer ist da?«, rufe ich scharf.

»Du liebe Güte«, bollert er. »Ich bin's.«

»Wer ich?«, frage ich aus blankem Sadismus.

»Narobert«, sagt Robert.

»Ach!«, sage ich und nach einer kleinen enttäuschten Pause: *»Du?«* und drücke auf den Summer.

Mein Verhältnis zu Robert ist alles andere als körperlich. Haben wir uns überhaupt jemals berührt? Schwer vorstellbar. Er ist irgendwie körperlos. Wir kommunizieren außerphysisch. Meist öffne ich ihm die Tür, er stiefelt, einen Gruß murmelnd an mir vorbei, direkt auf einen bestimmten Stuhl zu, auf dem er eben immer sitzt. Ich habe schon mehrere Experimente gemacht, um ihn von dieser Route abzubringen: Sachen auf den Stuhl gelegt (er nahm sie runter), mich selbst draufgesetzt (er blieb stehen und ignorierte fünf weitere identische Stühle), den Stuhl woanders hingestellt (er fand ihn und brachte ihn mechanisch zurück an seinen Platz). Von einer Orchestertournee nach

Las Vegas hat er sich einen schwarzen Stetson mitgebracht, mit dem er extrem bescheuert aussieht. Allerdings liegt es mir fern, ihm das zu sagen. Kritisierte ich den Hut, so entstünde der Eindruck, ich fände seine restlichen Klamotten gut: die achselnahe zementgraue Lederjacke mit Strickbündchen, den fusseligen, eng am Hals geknoteten 5-Euro-Schal, die weinroten Billigjeans, die Plastikschuhe von C & A. Robert ist dieser Typ Mann, der, selbst wenn er sich schick macht, aussieht wie ein Kaufhausdetektiv. Oder dann erst recht.

Also fange ich gar nicht erst an, sondern ermahne mich, Robert als Gesamtkunstwerk zu begreifen. Als eine Art Laune der Natur und nicht als visuellen Leberhaken. Er legt den Stetson auf den Tisch und gibt den Blick frei auf seine unsägliche seitengescheitelte Haarmatte im Broiler-Look.

Robert redet. Und wenn Robert redet, dann gibt es kein Vertun. Kaum fasst er einen Gedanken, so kommt schon der nächste und rennt den ersten um. Er hat diesen Kippschalter im Hirn, der entweder auf »Reden« oder auf »Zuhören« steht. Das macht ähnlich wie bei einer Einwegsprechanlage den Dialog, wie wir ihn kennen, unmöglich. Ich kann sagen: »Ich bin Ehrenmitglied der Hisbollah«, »Ich geh jetzt in die Küche und pinkel auf den Fisch«, »Ich habe den Papst angezündet« oder »Dein Friseur gehört erschossen!« Er brabbelt: »… muss erst ausreden« oder »… im Moment als solches nicht mein Thema«.

Er weist eine Spur zu lässig auf ein Gruppenfoto unter der *Bild*-Schlagzeile: ABBADO SCHMEISST HIN – PHILHARMONIKER VOR DEM AUS? »Ich bin übrigens in der Zeitung«, sagt er.

»Als Frisur der Woche?«, frage ich.

»Hm«, sagt Robert. Es ist ein kurzes strenges Hm, das eher wie ein Räuspern klingt und von einem Halsrucken begleitet wird. Es ist, als wollte er den Witz, den er weder billigt noch versteht, wie einen Kopfball zu mir zurückwerfen. Er ist nun mal geschlagen mit dieser Humorlosigkeit, die ihresgleichen sucht. Ich habe ihn auch nie lächeln sehen. Undenkbar, dass er lächelt. Manchmal öffnet er den Mund und sagt »Haha«. Im äußersten Falle sagt er »Hahaha«. Aber jetzt sagt er gar nichts.

Vom Bad aus, in dem ich mein Make-up auffrische, rede ich auf Robert ein. Ich frage ihn höflichkeitshalber, ob sein Job denn wirklich in Gefahr sei und warum Abbado gehen wolle, aber er schweigt. Steht sein Kippschalter auf »Aus«? Hört er mich nicht, weil seine pelzmützigen Haare über seinen Ohren wuchern? Ist er beleidigt? Oder gar tot? Als ich wieder ins Zimmer komme, merke ich, dass es schlimmer ist. Er ist von seinem Stuhl (!) aufgestanden. Hockt vor der Glotze wie ein Marsmensch, der die Gebräuche unseres Planeten studiert. Starrt wie gebannt auf meine Ex-Freundin. Nennen wir sie Titten-Kitty.

30. Überall Schamhaare!

Roberts rotzgrüner klöteriger Fiat Tipo schreit nach dem Gnadenschuss. Als ich einsteige, setze ich mich auf etwas Kaltes, Hartes. Unter mir ziehe ich ein tintenfassgroßes Glas hervor. Drinnen ist eine trübe Flüssigkeit, in der ein knapp daumengroßes, schwärzlich-beigefarbenes verkrümmtes Etwas schwimmt. Ich halte das Glas mit spitzen Fingern von mir weg und sehe Robert fragend an. Er winkt ab.

»Mein Blindarm!«

»Gottseidank! Ich dachte schon, es wär dein Schwanz!«

»Du liebe Güte! Mein Appendix als solcher wurde mir entfernt, da war ich sooo groß.« Robert zeigt mit der Hand knapp überm Lenkrad, wie groß er ungefähr war und kommt dabei kurz von der Spur ab, was ein kleines Hupkonzert auslöst. Ich werfe das Glas angewidert auf den Rücksitz. Der Typ ist doch nicht dicht!

»Der erste Teil des Dickdarms ist ein blind endender Sack, das so genannte Caecum. Und daran hängt der Wurmfortsatz, auch Appendix ...«

»Das ist etwas mehr, als ich wissen wollte. Oder hatte ich einen Vortrag bestellt? Park bitte da ein!«

»Gut, also, ich mach's kurz. Meine Mutter wollte ihn wegschmeißen und da ...«

»Robert, Schnauze jetzt! Ich glaube, du bist perverser als ich!«

Alles, was ich von Roberts Eltern weiß, die inzwischen beide tot sind, erhärtet diesen Verdacht. Seine Mutter, eine Gerichtsmedizinerin, fing mit der Hand Fliegen aus der Luft, schmierte sie an der Schürze ab und kochte weiter. Sein Vater, Sektionsmeister, schnappte nachts auf Gartenpartys zur Erheiterung der Gäste mit dem Mund Motten aus der Luft, zerkaute sie zu Brei und schluckte dann alles runter. Beide waren übrigens auch passionierte Summer. Einmal, einmal und nie wieder, bin ich mit Robert und seinen Eltern im Auto zu einem Konzert gefahren. Alle drei summten! Verschiedene Melodien! Stumpf vor sich hin! Bis ich mir die Ohren zuhielt und aus Leibeskräften schrie ...

Die Vorstellung, Robert und Kitty zusammenzubringen, erheitert mich kurz. Er zeigt ihr seinen Blinddarm, sie ihm ihre falschen Möpse. Er kaut und summt. Sie raucht und jammert. Willkommen im Leben, Robert! Und dann gleich so! Robert schwärmt und rast wie eine angestochene Sau. »Ich glaube, du fährst eine Terz zu geschwind!«, rufe ich, aber sein Schalter steht auf Reden. Dies sei ein »schweres Erdbeben«, »eine Zeitenwende«. Dass die »Dame aus dem TV« eine Frisur trüge wie Louise Brooks in *Die Büchse der Pandora*. Ein Gesicht habe wie Mona Lisa als solche. Und eine Figur – von ihm entsprechend gestisch begleitet, wobei er zu meinem Schrecken das Lenkrad loslässt – wie die Titelheldin aus *Lorna – zuviel für einen Mann* von Russ Meyer. Dass Kitty zu viel für einen Mann sein könnte, glaube ich kaum, aber für Robert wäre sie allemal zu viel.

Für Robert wäre jede Frau zu viel. Das kommt ja gar nicht infrage, dass ich in dieser leidigen Sache zur Mithelferin werde! Bin ja nicht die Caritas.

Dass Robert sich den Parkplatz wegschnappen lässt, seine dusselige Schwärmerei und die Tatsache, dass Valmont nicht anruft, macht mich rasend. Robert versteigt sich sogar zu der Bemerkung, Kitty sei »ein Traum von einer Frau«. Nun muss ich zu härteren Bandagen greifen: »Du hast doch keine Ahnung von Frauen!«

Robert geht so heftig auf die Klötzer, dass ich fast durch die Scheibe knalle. Ihm vorzuhalten, er habe keine Ahnung von Frauen, hat auf ihn eine ähnliche Wirkung wie das Wort »Cleaning Woman« auf Steve Martin in *Tote tragen keine Karos*. Er kocht vor Wut. Ich auch. Aber dann winkt er ab und sagt die übliche Abschiedsformel: »Den Rest am Telefon!« Ich steige grußlos aus.

Grade Robert! Robert repräsentiert für mich die Welt vor dem Sündenfall. So ein Schmock! Und Kitty ist weder eine Gazelle noch eine Antilope. Nicht mal eine verdammte Giraffe! Eher eine Kreuzung aus Walross und Blutegel.

Der Lift im Fernsehturm ist brechend voll. Ich kann nicht einmal die *Bild*zeitung, die ich mitgenommen habe, richtig aufschlagen: FLEISCHFRESSER, FREUT EUCH: DAS STEAK WIRD BILLIGER. Meine Laune sinkt stetig, je höher wir fahren.

»Rückense ma auf«, sächselt der Liftführer.

»Kümmern Sie sich lieber um Ihre Kopfform«, schleudere ich ihm entgegen und mache dann ein Foto von seinem Gesichtsausdruck. Gleich im Anschluss trete ich gegen das Schienbein eines skandinavischen Touristen und schicke ein »Hoppla« hinterher, aber es befriedigt mich nicht. Valmont befriedigt mich, aber der ist nicht da! Was für eine verfickte Welt!

Ein Opfer! Ein Königreich für ein Opfer! Der erste, der mir im Büro über den Weg läuft, wird dran glauben müssen. Und siehe da, es ist Fred: putzmunter, mopsfidel und dienstbeflissen, ein wenig abgewetzt vom Arbeitvortäuschen. Das Holzfällerhemd hängt ihm aus der Hose und er macht dieses freundlich-harmlose Gesicht, mit dem er sich selbst empfiehlt, als wollte er sagen: Guten Tag, ich bin der Fred und esse gern zweimal täglich warm.

»Wie schön, Sie lebend zu sehen«, sage ich kühl. »Ein Beweis dafür, dass Sie gegen Hausstaubmilben resistent sind, oder wie wollen Sie mir all den Schmutz hier erklären?«

Er sieht sich verdutzt in meinem blitzblanken Vorzimmer um. »Den Schmutz?«, fragt er ehrlich erstaunt, während ich ein imaginäres Etwas vom Fußboden aufhebe. »Wir haben doch gestern erst …«

»Wir? Wer ist wir? Sind Sie der König oder der Erzbischof?«

»Ähm … ich! Ich habe erst gestern …«

»Schamhaare!! Überall Schamhaare! Ich werde wahnsinnig! So kann ich nicht arbeiten!«

»Schamhaare?«, fragt Fred ungläubig. Das bringt mich noch mehr auf. »Warum wiederholen Sie alles? Wie heißt Ihr Leiden? Echolalie?«

»Verzeihung!«

»Vielleicht bin ich hier auch nur von Idioten umgeben?«

»Vielleicht!«

Das Keifen verschafft mir Erleichterung. Gut, dass es Fred gibt! Er ist mein Schleppdepp, mein Chauffeur, mein Hofnarr und mein Prügelknabe. Er ist jovial, penibel – und er ist da, wenn man ihn braucht. Fred gelobt zerknirscht Besserung und wird wahrscheinlich in zwei Minuten die polnische Putzfrau falten.

»Noch was?«, frage ich gefährlich leise, weil er stehen bleibt. Er räuspert sich und pfeift durch die Nase.

»Hören Sie SOFORT damit auf!«

»Womit?«

Fred guckt wie einer, der bereit ist, sofort mit allem aufzuhören, inklusive Atmen. Er will es mir recht machen.

Lieber beißt er sich die Zunge ab, als in die Hand zu beißen, die ihn füttert.

»Mit diesem Geräusch. Dasja furchbar!«

Jetzt ist er richtig zerknirscht. »Ich hab doch Polypen«, sagt er weinerlich. Und dann, etwas beherzter: »Herr Pastor von Philips hat schon dreimal angerufen wegen der Kampagne für die Spracherkennungssoftware.«

Verdammt. »Aha. Danke. Und sonst?«

Er legt den Kopf schief, schiebt die Unterlippe vor und macht auf niedlich. »Sie haben den ganzen Tag Termine.«

Ich packe die Klinke meiner gläsernen Bürotür. »Erinnern Sie mich, dass ich zwischendurch atme!« Tür zu. Tür wieder auf. »Ach, und sorgen Sie dafür, dass ich beim Atmen keine Schamhaare aspiriere!« Tür wieder zu und wieder auf. »Und lassen Sie sich verdammt noch mal Ihre Nase operieren!« Tür zu. Rumms! Die Scheibe ist hin!

Draußen schluchzt eine Sekretärin, die bis eben mit dem Eifer eines Duracell-Häschens durchgetippt hat.

»Lassen Sie mal, Frau Dobel«, sagt Fred, denn er gibt den Souveränen: »Wer grundlos böse wird, der wird auch grundlos wieder gut.«

31. MenschInnen

Ein ganz normaler Abend. Ich bin vielleicht etwas angestrengt von der Konversation mit meinem Friseur (»Waißt du, Frau Kramer, wir müssn dasn bisschen stufen, oben antoupiern und unten glattfön! Dann siehste auch nich mehr so aus wie Frau Berben! Dann sieht das sehr glämmer aus! Sehr glämmer!«). Ich bin vielleicht etwas sauer, weil diese Dreckstölen wieder mal den ganzen Kudamm flächendeckend vollgeschissen haben und ich heimtänzeln muss wie Fred Astaire, aber sonst ist eigentlich alles wie immer. Aus der Haustür tritt gerade ein Scharping-

Double, wir nicken uns überaus flüchtig zu. Scharping hält mir die Tür auf, ich brauche also nicht aufzuschließen. Im Briefkasten nur Reklamemüll, den ich wie immer bei M & M Schlunz reinstopfe. Durch einen Spalt im Kasten erwische ich den Zipfel der Stromrechnung von M & M. Ich schmeiße sie weg.

Niemand im Lift, Gott sei Dank! Ich rechne stets mit dem Schlimmsten. Als ich aussteige, steigt ein dicker Mann mit Regenmantel ein. Grußlos davongekommen! Dann durch die Holztür raus in den Laubengang, in dem drei mickerige Topfpflanzen ihr Leben aushauchen und schon teilweise mumifizieren. Von hier aus sehen die Apartments aus wie die Zimmer von Bates' Motel in *Psycho*. Die zweite Tür ist meine.

Wenn man nach Hause kommt, läuft alles mechanisch ab. Ich bin in einem Zustand, in dem man Sachen anstarrt, ohne sie wahrzunehmen. Plötzlich ist irgendwas mit dem Schlüssel. Er passt ins Schloss, lässt sich aber nicht drehen. Nicht nach links, nicht nach rechts. Und raus geht er auch nicht mehr. Ich also am Fluchen, grapsche mit der anderen Hand nach meinem Handy, um den Hausmeister anzurufen oder den Schlüsseldienst. Da plötzlich sehe ich, wie sich hinter der Jalousie etwas bewegt. In meiner Wohnung! An meinem Fenster! So konkrete Formen hatte mein Verfolgungswahn bis dahin selten angenommen. Paranoide Schizophrenie? Manisch-depressive Psychose? Ich starre abwechselnd auf die Jalousie und auf das Display meines Handys. Ob ich gleich meinen Psychiater anrufe? Oder die Polizei! Oder Valmont?

Und nun passiert das eigentlich fiese. Die Tür öffnet sich und heraus tritt eine kurzhaarige Mittzwanzigerin. Aus meiner Wohnungstür! Eine Frau, die wirklich nicht mein Genre ist! Eine wenig augenfällige Erscheinung! Radikalfeministin! Sicher so eine Kampfhenne, die die Sprache verhunzt und überall -Innen hintendran macht: KinderInnen, InderInnen, MenschInnen. Was zum Teufel macht die in meiner Wohnung? Toupierte Hinterkopfbeule, links und rechts freche Fransen ins Gesicht gekämmt, lange Ohrringe, kurze Fingernägel, eckige Brille, Hängebäckchen, in denen sie wahrscheinlich Tofu schmuggelt.

»Kann ich Ihnen helfen?«, fragt sie mit spröder Lesbenstimme und zeigt auf meinen Schlüssel, mit dem ich immer noch wie wild im Schloss rumfuhrwerke. Für meinen Geschmack fragt sie etwas zu aggressiv. Immerhin ist *sie* einfach in *mein* Apartment eingebrochen!

»Was machen Sie hier, Sie … Sie Frettchen!? Ich werde Sie …« Ich beginne, sie aus ihrem Kesser-Vater-Blazer zu schütteln und brülle. »Raus hier. Raus, sonst …«

Der Satz bleibt ein Fragment. Mein Blick ist grade auf das Fenster gefallen. Die Jalousien sind eitergelb, nicht weiß wie meine. Und auf dem Klingelschild steht Schörg-Oppowa. Irgendwoher kenne ich diesen selten dämlichen Namen! Ach du Scheiße! Die Mülldenunziation! Dann die Schicksalsfrage: Wo bin ich?

Die Kampflesbe löst sanft meine Hände von ihrem Revers, nahezu widerlich verständnisvoll. »Sachte sachte! Wohl im Stockwerk geirrt?«, fragt sie versöhnlich. Dann zischt sie einen Fluch und rennt schnell rein. Bei der Gelegenheit nehme ich wahr, dass ihre Frisur hinten so weitergeht wie vermutet. Jemand hat von Ohr zu Ohr am Hinterkopf eine Schablone angelegt, um drüber blond zu färben und drunter schwarz. Dieser Look scheint mir Indiz für die Broilerisierung der Gesellschaft zu sein. »Going black« = in Afrika zum Neger werden. »Going broiler« = in Ost-Berlin zum Ossi werden.

Schörg-Oppowa fuhrwerkt am Herd rum. Aus ihrer Küche stinkt es nach Tofuklopsen mit Basilikum, Schuhwichse und Betroffenheit. Al Bundy würde ihr jetzt an die Tür schmieren: Helft den Feministinnen! Auch haarige Weiber brauchen Liebe! Verdammt, ich wollte tatsächlich in eine wildfremde Wohnung rein! Ich werde Herpes kriegen! Ich stehe kurz vorm Zuckerschock! Warum tut sich in diesem Moment nicht der Boden auf? Warum sterbe ich nicht auf der Stelle und Schörg-Oppowa gleich mit?

»Sie haben den Nagel auf den Kopf getroffen«, sage ich, will ich sagen, habe aber meine Stimme verschluckt. Die Speiseröhre ist zirka 25 Zentimeter lang. Sie ist dehnbar bis 3 Zentimeter im Durchmesser. Aber das reicht nicht. Ich muss eine Weile würgen, im Clinch mit der Peristaltik, bis ich mich wieder verständlich machen kann. Dann drehe ich mich um und laufe weg.

»Ihr Schlüssel, Frau Kramer!«, ruft sie mir spöttisch nach und lässt mein Schlüsselbund lose an ihrem stumpfen Zeigefinger baumeln.

Sie kennt meinen Namen! Sie weiß alles! Sie verhöhnt mich! Sie lässt mich nach dem Schlüssel schnappen wie den Hund nach der Wurst!

Na klar! Sonnenklar! Ich war im Fünften ausgestiegen, dort, wo jemand zustieg! Deswegen hatte der Lift da gehalten! Ich war aus Versehen zu früh ausgestiegen! Schnell um die Ecke. Dorthin, wo mich keiner sieht, hocke ich mich mitten in den Hausflur und muss erst mal Luft holen. Mein Herz vibriert. Quatsch! Das kommt aus der Innentasche meines Mantels. Mein Handy! Eine Nachricht! Nur ein Wort, aber das lässt mich alle Schörg-Oppowas dieser Welt vergessen. Mit wackeligen Beinen gehe ich Richtung Treppe. Auf meinem Display steht in Großbuchstaben, schwarz auf grün, EUGÉNIE.

32. Platon, der Scheißkerl

Wie lange schafft man es, die Contenance zu wahren? Wie viele Engel können auf einer Nadelspitze tanzen? Warum bin ich so heiß auf Valmont wie der Junkie auf den Schuss? Mit zitternden Händen drücke ich den Kurzwahlknopf für

Dietrichs Nummer. Er ist schnell dran. Leider hat er schon wieder seinen originellen Tag.

»Ich brech' die Herzen der stolzesten Frau'n! Hier spricht der zu Recht verstorbene Heinz Rühmann …«

»Und hier ist Gisela de Sade, du Blödkopp!«

»Dabistduja!«

»Stell dir vor«, sprudele ich los, »Valmont hat mir ein SMS geschickt!« Seine Begeisterung hält sich in Grenzen.

»Hm. Bei mir gibt's auch Neuigkeiten. Ich habe Moni zum Geburtstag einen Wonderbra geschenkt.«

Ich setze mein Headset auf und fege ziellos in meiner Wohnung umher, mit der linken Hand das Handy umklammernd, auf dessen Display nach wie vor fett EUGÉNIE steht. EU-GÉ-NIE.

»Paprika! Du hörst ja gar nicht zu!«

»Doch doch!«

Ich rekonstruiere aus dem Nachhall in meinen Ohren das, was Dietrich gerade gesagt hat und wiederhole es:

»Du hast Moni zum Geburtstag einen Wonderbra geschenkt. Warte mal! Du hast – was? Bist du wahnsinnig? Das ist doch eine Beleidigung für ihre Titten! Was hat sie gesagt?«

»Sie hat gesagt … warte … also sie sagte wörtlich: Oh! Ein Wonderbra!«

»Siehst du? Wenn einer den Namen des Geschenkes wiederholt, das er bekommen hat, dann gefällt es ihm nicht. Frag Seinfeld!«

»Glaubichnich.«

»Doch, das ist doch sonnenklar! Das weiß doch jeder! Das ist etwa so, als hätte sie dir ein Suspensorium geschenkt!«

»Oh! Naja, die Zeiten des Überschwangs waren ohnehin vorbei! Jedenfalls haben wir gestritten. Generalabrechnung. Man kennt das ja. Und dann habe ich ihr gedroht. Ich habe gesagt, wenn sie weiter jeden Morgen Punkt 6.40 Uhr aus der Dusche kommt, dann mache ich Schluss!«

»Wow! Du bist ein echter Kerl! Ein ganz knallharter Typ, der mit Missständen aufräumt! Und was hat Moni gesagt?«

»Hm … also im Grunde hat sie gesagt … Okay!«

»Es ist Schluss? Weißt du, Dietrich, das sind so Geschichten, die das Leben schreibt!«

Dietrich seufzt theatralisch. »Gott liebt es, das Messer reinzustecken und die Klinge abzubrechen!«

»Kopf hoch! Wir müssen den Tatsachen ins Auge sehen!«

Einen Moment lang herrscht Stille und ich könnte schwören, nebenan bellt ein Hund. Kann aber nicht sein, denn laut Mietvertrag ist Tierhaltung in der Wohnung verboten. Dietrich räuspert sich.

»Um der Wahrheit die Ehre zu geben, also, … naja … bin im Grunde schon drüber weg! Wir hatten uns eben auseinander gelebt.«

»Nach zwei Wochen, na, herzlichen Glückwunsch! Sei froh, dass du die Bratze von der Backe hast!«

»Hm. Vorbei ist vorbei!«

»Das stimmt – wie übrigens alle tautologischen Definitionen!«

»Die Zeit mit ihr … sie ist nicht mehr als ein Tropfen im Ozean der Ewigkeit …«

»Deine Zonenmoni soll sich gehackt legen!«

»Ganz deiner Meinung! Die therapeutische Konsequenz ist folgende: Ich muss meinem Geschick folgen!«

»Hä?«

»Ich darf meiner Bestimmung nicht untreu werden!«

»Was quatschst du da? Ich meine, wir fliegen im Kreis, aber wir landen nicht.«

»Keine Bratkartoffelverhältnisse mehr! Nie mehr halb sieben zu Hause sein müssen, weil Frauchen mit der Lauchsuppe wartet.«

»Sondern?«

»Kasteiung. Geißelung. Hundertprozentige Hingabe. Läuterung durch Absolution.«

»Dietrich!! Willst du etwa beichten gehen?«

»Naja, nee, nich direkt, gleich kommt eine Domina! Die Frage ist nur: Muss ich erst eins meiner Aktienpakete verkaufen, oder finanzierst du sie mir?«

»Oje! Na gut, alter Lustschnorrer! Für deine hormonelle Genesung tue ich alles! Sie soll die Rechnung einfach an mich schicken! Ist es die Tante von letztens?«

»Nein. Eine neue. Sie heißt ...«, Dietrich spitzt hörbar den Mund, auf eine Art und Weise, die er für typisch französisch hält, »... Chantal!«

»Jetzt spinn nich rum! Niemand heißt wirklich Chantal! Das sind verschwitzte Männermythen. Wie der, dass Zigarren auf den nackten Schenkeln einer Jungfrau gedreht werden.«

»Etwa nich? Wie auch immer. Ein Hausbesuch. Ich nehme ... eben meine Blumenampel vom Haken und hänge ... das Andreaskreuz auf. Hoffe, sie wird mich ordentlich züchtigen!«

»Armes Schwein!«

»Schön wär's! Schweine haben einen 30-Minuten-Orgasmus. Den längsten von allen Säugetieren!«

»Du bist einfach nur krank!«

»Das musst *du* grade sagen! Kennst du den Unterschied zwischen Erotik und Perversion? Erotisch ist, seine Freundin mit einer Pfauenfeder zu streicheln. Pervers ist, wenn der Pfau noch dranhängt ...«

»... wie bei dir!«

»Kuck dich doch an! Von SMS zu SM isses nur ein kleiner Schritt! Apropos: Da wir grade von Liebe sprechen ...«

»Pfffff, du immer mit deiner Liebe!«

»Bei dir hat ja wohl der Topf sein Deckelchen gefunden!«

»Also! Nu werd mal nicht komisch, Freundchen!«

»Ist das nicht schön, Paprika, wenn das Eis der Intelligenz schmilzt und das Weibchen hervortritt?«

»Das ist nicht so, wie du denkst! Das ist rein sexuell!«

»Aaah-ja!«

Nach dem Telefonat zwinge ich mich zur Ruhe. Eis der Intelligenz! Weibchen! Quatsch mit Soße! Ich lege mich neben mein Handy aufs Bett und blättere in der *Bild*zeitung. Aufmacher: NACH DARM-OP IN CHARITÉ: GORILLA-DAME PFEIFT AUF SEX. Im Anzeigenteil lese ich mich richtig fest: Internationales Straps-Team, Michelle – rassig + sexy, Modell mit Niveau, Sabrina mit vielen Ideen, wilde Stiefellady Manu, Flotte Lotte – anal total, Riesen-Naturbusen, Neu! Tschechin + Sklavia, unbehaartes Blondmodell, 110-80-110 – Marleen, bulgarische Jungmodelle, charmantes Molligmodell, Uta – klassische Fußerotik, Thaimodell, Afrikamodell, Superbusen-Schlankmodell, Bizarr-Modell, vielseitiges Polenmodell, Karibik-Modell ... An »200-Pfund-Angie, Privatmodell« bleibe ich ohne triftigen Grund hängen und überlege kurz, ob sie Hausbesuche macht und ob ich sie Robert schicken sollte.

Mein Handy bleibt stumm. Ich werfe vier Aspirin und vier Valium ein. Und wieder glaube ich ein leises Winseln und Jaulen zu hören. Bis *Bärbel Schäfer* kommt, bleibt noch Zeit zum Zappen. Die Werbung dringt wie durch Watte. Was hat Dietrich gesagt? Der Topf und sein Deckel ... »Blutegel haben das ganz gern, wenn sie stimuliert werden.« Platon war das! Platon, der Scheißkerl, der alte Sack, ist der Erfinder der Hälftentheorie. Erst war da der Vollmensch, rund wie eine Kugel. »Die Geschichte der Menstruation ist eine Geschichte von Missverständnissen.« Der Vollmensch hatte alles doppelt: zwei Paar Arme, zwei Paar Beine, zwei Gesichter, eins hinten, eins vorn. Er war sich selbst genug und darum fest liiert mit sich. Aber der Vollmensch hatte keinen Respekt vor den Göttern. Zeus ließ ihn in zwei Hälften zerschneiden und das Gesicht zum Schnitt hin umdrehen. Eine reine Erziehungsmaßnahme. »Hurrikans hautnah miterleben – im eigenen Haus in Florida!« Und nun sind wir angeblich alle nur halb. Tapern rum und suchen unsere andere Hälfte. Schöne Scheiße! In *Seinfeld* stinkt Jerrys Auto monatelang, weil der Einparker so verschwitzt war.

Ich werde antworten! Meine Finger kennen die Tastenaufteilung blind. Für das große V muss man die mittlere Taste der zweiten Reihe von unten dreimal drücken. Das große A ist Mitte oben, L genau eins drunter, M, O, N rechts daneben, T ist wieder auf der V-Taste vom Anfang. Ich sende die Nachricht, aber ich bekomme keine Bestätigung, dass er sie erhalten hat. Rasch noch ein Valium. Zur Sicherheit. Die Müdigkeit frisst sich viel zu langsam in mir hoch. Ich speichere seine Handynummer, schreibe sie mit dem Permanent Marker auf meine Laura-Ashley-Tischdecke und lerne sie vorsichtshalber auch noch auswendig. Die Anspannung ist so groß, dass ich gar nicht an Bärbel Schäfers TED-Abstimmung teilnehmen kann, in der es darum geht, ob ein Mann beim Sex stöhnen darf oder nicht.

Ich kriege das dumme Grinsen nicht aus dem Gesicht und muss damit einschlafen.

33. Eine gottverdammte Knutschoper

Nackt unter einer roten Satindecke. Der Stier von Picasso springt aus dem Bild heraus, kommt langsam näher, senkt die Hörner und stupst mich an. Ich spüre den warmen aasigen Hauch aus seinen Nüstern. Ich habe keine Angst. Im Gegenteil! Ich bin neugierig. Plötzlich piepst der Stier wie eine Maus. Ein Kastrat? Ich brauche einige Sekunden, um zu begreifen, dass es nicht der Stier ist, sondern mein Handy. Es ist morgens um zwei, als es mich aus diesem hochinteressanten Traum reißt. Hellwach sitze ich im Bett und reibe meine Augen, die noch zu müde sind, um scharfzustellen.

Meine Hirnhaut ist gespickt mit Valmont, paniert mit

Valmont, gedünstet in Valmont. Er ist allgegenwärtig durch seine Abwesenheit. Das Piepen bedeutet, dass er eben meine Antwort erhalten hat! Gleich wird er sich melden. Ich starre auf mein Display. Die Minuten vergehen zäh. Da! Es vibriert. Ein Briefumschlag blinkt – eine Nachricht von Valmont: NEHMEN SIE DEN 22-UHR-ZUG NACH MÜNCHEN, SCHLAFWAGEN NR. 4. Ich stürze in die Küche, suche Essbares und stopfe aus Nervosität 17 Riegel Milky Way in mich rein. Schoko-Flash! Das Zeugs macht ja nicht dick, das schwimmt sogar in Milch. Mein Magen ist zu groß. Er fasst zwei bis drei Liter (normal: anderthalb bis zwei). Ein Hohlorgan im Oberbauch, das, ähnlich wie die Vagina, ständig gestopft werden will. Da man seinen Körper ja – an der Ewigkeit gemessen – nur vorübergehend bewohnt, sollte man auch ordentlich Gebrauch davon machen. Was fasziniert mich an diesem wildfremden Mann? Was soll das sein? Eine gottverdammte Knutschoper? Eine Obsession? Eine verhängnisvolle Affäre? Ist Valmont die Erfüllung meiner sexuellen Phantasien oder die Rache wofür auch immer? Du liebe Güte, sagt Robert. Das wird böse enden, sagt Dietrich.

Ich schicke Fred ein SMS. Er soll alle Termine absagen. Für heute, morgen und vorsichtshalber für übermorgen. Ich reserviere telefonisch für den Night Train nach München, Schlafwagen Nr. 4.

Ich muss etwas Salziges essen, aber der Kühlschrank ist leer. Man steckt nicht drin!

Ich bin hungrig und geil und überhaupt nicht müde. Meine Fingernägel trommeln auf die Bettdecke. Ich streite mich nicht mit meinem Körper. So einen Streit würde man nie gewinnen. Ich befriedige meine Bedürfnisse normalerweise sofort. Also. Wo ist mein Lieblingsvibrator, der weiße Multi-Flex von Orion? Wo ist die 4-Stunden-VHS vom Arte-Testbild?

Arte, sonst nicht zu gebrauchen – wer guckt das schon außer Robert? –, hatte da diese schöne Idee: Als Schäfchen verkleidete Menschen machen in einer Endlosschleife Bockspringen, immer ein Schafmensch über den anderen, unisex, stundenlang, ohne zu verschnaufen, bis in den Morgen. Jedenfalls macht mich das an.

Ich liege auf dem Rücken, die Beine leicht gespreizt und angewinkelt. Die Vagina selbst lasse ich unberührt. Sie ist nicht mehr als ein Schlauch, bestehend aus Muskeln und Bindegewebe, gut zum Ficken, den Männern vorbehalten, einem Mann, Valmont. Mein Ziel ist eingebettet in die großen Schamlippen wie in ein Nest – nur eine kleine knubblige rosa Kapuze ist zu sehen. Der größere Teil meiner Klit führt fingerlang in das Innere meines Bauches.

Der Vibrator, mit dem ich sanft meine Klit umkreise, löst rein mechanische Schwingungen aus. Erst nach einigen Minuten wächst aus den Schwingungen ein diffuses Wohlgefühl. Ich bin überreif, triebgestaut. Aber ich muss den Mount Everest besteigen – das ist kein Spaziergang! So wie der gute Sisyphos den Stein rollt, bewege ich den Vibrator. Meine Klit ist erbsengroß, meine Möse rosa, fest, geschlossen. Sisyphos rollt und rollt und schwitzt und rollt und ächzt. Verfrüht glaubt er sich kurz vorm Ziel. Er freut sich, dass er gleich oben ist und wird vielleicht für einen Moment nachlässig, passt vielleicht mal kurz nicht auf, verliert die Spannung, strauchelt. Und dann kommt es, wie es kommen muss: ganz knapp vorm Gipfel haut es ihn plötzlich rückwärts weg und er muss von vorn anfangen. So steht es geschrieben. Aber das macht nichts. Der Weg ist das Ziel. Die Arte-Schafe haben Zeit. Ich auch. Der Zug geht erst in 20 Stunden.

Langsam erwärmen die Vibrationen meine Möse, sie öffnet sich, wird prall, blüht auf wie eine Fleisch fressende Pflanze, die ihr Opfer anlockt, die höllenhungrig ist. Meine Klit ist bohnengroß. Valmonts Atem an meinem Ohr. Das Blut beginnt zu pulsieren, die Innenseiten der Oberschenkel kribbeln. Valmonts Hand auf meinem Arsch. Sabrina mit vielen Ideen, unbehaartes Blondmodell, Superbusen-

Schlankmodell. Die Schafe springen von links nach rechts, eins über das andere. Die Schwingungen werden in mein Innerstes transportiert. Es erregt mich, dass meine Klit so tief in mich hineinragt. Nicht so tief wie Valmonts Schwanz, aber tief. Wer braucht die Welt, wenn er sie selbst erschaffen kann?

Der entscheidende Quadrant, der Auslöser der Befriedigung, die magische Stelle, ist winzig klein und schwer zu finden. Oft habe ich sie im Verdacht, dass sie die Position wechselt, Haken schlägt, antäuscht, sich entzieht. Wie ein Aal in der Hand. Man denkt, man hat ihn, und dann hat man ihn doch nicht oder verliert ihn wieder. Als ich sie endlich finde, als ich sie berühre, ist das wie ein leises KLING, wie ein Kurzschluss, ein kleiner Stromschlag, der durch alle Glieder fährt, als hätte ich einen elektrischen Weidenzaun berührt. Etwas drückt mir die Kehle ab – mag was dran sein an Deep Throat! Irgendwie gibt es eine geheimnisvolle und mystische Verbindung zwischen Schlund und Möse.

Ich halte jetzt den Vibrator still und bewege mein Becken. Der Berg kommt zum Propheten. Der Prophet dankt es ihm. Langsam züngelnd breitet sich ein Feuer von den Schenkeln bauchwärts aus. Prüfungsangst, Lügen, Verliebtsein. Die Verletzung des Verbots, der Fall des Engels. Ich überschreite den Point of no return. Jetzt bin ich, Sisyphos, am Gipfel, voller Vorfreude. Ich erklimme ihn, jetzt, jetzt, ich bezwinge ihn, muss tief, tief atmen und kriege doch nicht genug Luft. Der letzte Schritt. Die Augen schließen sich. Die Flammen lodern tief in mir. Es ist, als hielte man ein Streichholz an den Gasherd. Ein WUFF und alles brennt. Alles wird hell, wird butterweich.

Ich komme, rufe ich den Arte-Schafen zu. Und Valmont. Und dem Stier von Picasso. Und Berlin. Und München. Und dem Rest der Welt. Die Schafe springen weiter. Meine Möse ist purpurrot und klaffend, die Klit kirschgroß. Sie zuckt träge wie eine kreißende Nacktschnecke, viermal, fünfmal, ich wälze mich wohlig in Spasmen, freue mich über meine warmen Füße und schlafe sofort ein.

34. Zug nach Irgendwo

»Mein Name ist Frau Schröder. Ich bin die Zugchefin.« Ich bewundere Frau Schröder für ihre klare Sicht der Dinge. Welch bemerkenswerter Hinweis! Alles drin! Geschlecht, Familienstand, Position! Bei mir klänge das irgendwie nicht so rund: Mein Name ist Frau Kramer. Ich sitze im Speisewagen wie ein verirrter Nachtfalter. Perfektes Make-up, das Kleid etwas zu schick für eine Zugfahrt nach München, der Blick schweift von Tisch zu Tisch, von Mann zu Mann. Bei jeder großen Nase stockt das Herz. Wo ist Valmont? Wer ist Valmont? Wer bin ich? Was mache ich überhaupt hier? In diesem Zug? Auf dieser Welt? Kopfschmerzen. Ich schlucke zwei Aspirin.

Der Kellner baut sich vor mir auf. Seine Nase ist nicht groß, aber porös. Er ist ziemlich böse drauf. Wäre ich auch, wenn ich so ein Gesicht hätte. Sein Blick sagt: Was willst du blöde Sau? Etwa was zu essen, du Schickse? Wer bin ich, dass ich dich bedienen muss? Seine Stimme sagt: »Was darf's sein?« Ich frage, welche Whiskysorten er hat. Er leiert runter: Johnnie Walker Red Label, Jack Daniel's, Jim Beam … Ich bestelle ein Wasser und einen kleinen Salat.

Ein Handy klingelt. Melodie »Für Elise«. Mehrere Mitropa-Gäste klopfen synchron auf ihre Jackentaschen und wühlen in ihren Aktenmappen. Ein dicker Mann mit Dreitagebart und Sonnenbrille wird fündig. Augenpaare glotzen ihn an. »Dreiundzwanzigtausend«, sagt er. »Keine Mark weniger! Wir waren gestern mit'm Anwalt da und wenn er bis morgen nich zahlt …« Eine dicke Frau vom Nebentisch schaltet sich ein: »… dann ist er fällig!« Einige lachen. »Überhaupt sollten Sie erhöhen auf vierzigtausend

Mark«, ergänzt ein Opa und hüstelt. »Genau«, sagt die dicke Frau. Ihr Kopf dreht sich so halslos auf dem Rumpf wie der einer Eule. »Mit Zinsen!« Der Mann mit dem Handy verfärbt sich dunkelrot. »Wo ich bin? Kurz vor Hamburg, Schatz.« Wir sind aber kurz vor Fulda. Die *Bild*zeitung titelt: FRAUEN-RACHE: GEBISS VERSTECKT, WEIL ER DIE SCHEIDUNG WILL.

Braunschweig. Durchsage: »Die Weiterfahrt verzögert sich. Wir warten noch auf den Lokführer.« Der hat wahrscheinlich den Dünnpfiff von dem Fraß hier! Hinter mir sitzt eine Frau, die immer mit dem Textmarker in einem Buch hin und her schrubbt. Wusste gar nicht, wie viel Krach man mit einem einzelnen Stift machen kann. Zu viel für meine kostbaren Ohren! Hoffentlich ist das Drecksding bald alle! Wahrscheinlich gehört sie zu den Leuten, die Bücher verleihen, in denen einzelne Passagen unterstrichen sind, nach dem Motto: Das hier hat mich besonders beeindruckt. Und das hier! Und das hier! Einen Tisch weiter liest einer den *Spiegel* und lacht unvermittelt los. Das kann ich ja auch auf den Tod nicht ausstehen, von wegen: Das amüsiert mich aber jetzt. Da bin ich jetzt mal völlig enthemmt! Und euch Idioten sag ich nicht, warum!

Ich selbst lache beim Lesen auch oft laut auf, kümmere mich aber nicht um die Außenwirkung. Im Moment ist mir allerdings nicht zum Lachen. Ich stochere in meinem welken Salat herum. Er schmeckt fad und ruiniert mir den Lippenstift. Für den Alltag bin ich nicht gemacht. Ich starre auf mein Handy. Kein Netz. Ein Funkloch nach dem anderen! Was für ein Scheiß!

Der Zug hält quietschend. Fasziniert beobachte ich, wie mein Gegenüber, ein Mann mit Lodenjanker und Gamsbart am Hut, ein Kaugummi nach dem anderen isst und – ich schwör's – runterschluckt!

»Da sich die Weiterfahrt aus innerbetrieblichen Gründen verzögert ...«

Elendsquartier Deutsche Bahn. Ich bestelle einen halben

Liter Wein, denn da liegt Wahrheit drin. Danach trinke ich noch einen halben Liter, denn auf einem Bein kann man nicht stehen.

»Aufgrund des erfolgten Personalwechsels hier in Fulda macht sich erneut eine Fahrscheinprüfung notwendig.« Erfolgter Personalwechsel. Macht sich notwendig.

Dann trinke ich Wodka, denn überm Tresen hängt ein Emailleschild mit: Trink Klares, sag Wahres. Zwei Doppelte. Effektiv und stilvoll. Ich trinke selten. Aber ich habe ein gutes Verhältnis zum Alkohol. Es ist nur eine Fettsäureverbindung, die die Menschen betrunken macht. Alkohol ist manchmal nötig, um die galoppierende Blödheit auf dieser Welt zu ertragen. Sich auf das Niveau vom Rest runtersaufen!

»'s geht mi ja nix an«, sagt der gamsbärtige Kaugummischlucker, der mich fortwährend beobachtet, »aber meinen S' net, dass Sie z'vuii trinken?«

Ich versuche, furchterregend auszusehen. »Sie haben recht, Alpensepp! Es geht Sie nichts an!«

Ich muss mal. Wanke Richtung Klo. Es befindet sich in einem desaströsen Zustand. Innen an der Tür Gekritzel: *Eins ist Fakt: Gefickt wird nackt!* Und: *Wenn Arschlöcher fliegen könnten, dann wäre das hier ein Flugplatz.* Und: *Weißte, was du bist? Ein schwuler Kommunist!* Die Klobrille sieht mindestens nach Tripper aus. Ich benutze Einweghandschuhe, mehrere Tempos und Hakle feucht in der praktischen Minibox. Im Schlafwagen ziehe ich meinen roten Morgenmantel an – immerhin hat Angie damit John Wayne beeindruckt. In erster Linie bin ich aber besoffen, nehme zwei Tabletten, von denen ich hoffe, dass es Valium ist und versuche, dekorativ einzuschlafen.

Musik wabert in mein Bewusstsein, ein schwerer schleppender Klang, basslastig, ein harter, martialischer Sound, aber kein Techno, eher Jazz. Vor mir steht Valmont, mit Ledermantel und Kandelaber, unheimlich wie Dracula. Er ist groß und hat ein scharfkantiges finsteres Gesicht. Seine

Augen sind dunkel umschattet wie die eines Inders. Er lächelt grimmig, diabolisch, kaltschnäuzig. Er ist Furcht erregend und schön im flackernden Kerzenlicht. Wenn er ein Mörder ist, dann ist er der schönste Mörder der Welt. Ich will mich aufrichten, um ihn besser sehen zu können, aber ich kann meine Arme nicht bewegen.

Valmont ist unwirklich, fremd, ein Rätsel. Er spricht kein Wort. Es gibt Dinge, die sind so perfekt, dass man erschrickt. Ist er hier oder träume ich? Er kommt langsam näher, in der linken Hand den Kerzenleuchter mit drei flackernden Kerzen. Er reißt mir mit einem Ruck die Decke weg, öffnet den Gürtel meines Morgenmantels und betrachtet meinen Körper. Langsam neigt er den Kerzenleuchter. Weißes Wachs löst sich träge und tropft. Ich sehe, wie es auf meinen Schenkel auftrifft, aber der Schmerz kommt verzögert. Ein paar Zehntelsekunden später. Ich träume nicht. Ein Stich, schrecklich schön. Valmont nähert sich, es tropft mehr Wachs auf Schenkel, Schoß, Bauch und Brüste. Ein Lustregen aus Wachs, jeder Tropfen trifft ins Mark. Die Körperoberfläche verfügt über zweihundertfünfzigtausend Kältepunkte und dreißigtausend Wärmepunkte. Sie sind hauptsächlich zur Differenzierung von Temperaturen da. Ich klage, genieße, versinke in einer geheimnisvollen dunklen Welt. Er macht mich abhängig und sich unsterblich. Valmont stellt in Zeitlupe den Leuchter auf dem Boden ab und sieht riesig aus, so von unten beleuchtet, wie Liam Neeson in *Schindlers Liste.*

Er streckt die Hand aus und streift mir den Morgenmantel von der Schulter. Seine Lippen sind leicht geöffnet. Ich will ihn küssen, aber meine Handgelenke sind links und rechts über meinem Kopf am Fensterrahmen festgebunden. Ich zerre und kämpfe und kann ihn doch nicht erreichen. Sein Mund ist jetzt genau vor meinem. Ich spüre seinen Atem, ich spüre ihn, ich rieche ihn, ich sauge ihn auf. Zwischen uns sind nur noch einige Zentimeter. Ich möchte ihn ansehen. Küssen und dabei ansehen. 92 von 100

Frauen, aber nur 52 von 100 Männern schließen die Augen beim Küssen. Beim leidenschaftlichen Kuss schlägt das Herz bis zu 150-mal in der Minute (normal 60–80). Der Blutdruck steigt von 120 auf 180. Die Atemfrequenz verfünffacht sich. Die Körpertemperatur steigt um 0,5 Grad.

»Ich möchte Sie küssen, Valmont«, sage ich zu dem Mund, der unmittelbar vor mir ist.

»Ich will jetzt nicht sprechen«, sagt streng der Mund.

Nur noch Millimeter trennen uns. Ich spüre die Kühle seiner schmalen, harten, fordernden Lippen. Lippen bestehen zu über 50 Prozent aus Wasser.

Ich spitze meine, so weit es geht, um seine zu erreichen, spüre aber nur einen Hauch. Schon dieser Hauch kitzelt am ganzen Körper! Valmont riecht nach Nubukleder und billiger Seife und Sonne auf warmer Haut. Meine Zunge sucht seine. Seine Lippen schmecken salzig. Ein Kuss besteht aus 0,45 Milligramm Salz, 0,76 Milligramm Fett, 0,7 Milligramm Eiweiß, 0,16 Milligramm Drüsensekret und 61 Milligramm Wasser. Valmont beißt mich sanft, dann noch einmal fester und zieht sich rasch zurück wie ein Reptil, das neues Gift in seinen Drüsen sammeln muss.

Beim normalen Kuss werden 12 Muskeln bewegt, beim leidenschaftlichen 29. Der stärkste Muskel des Menschen ist die Zunge. Valmont streichelt mein Gesicht und endlich, endlich berühren sich unsere Lippen, immer nur so weit, wie er will. Ich will ihn ansehen, aber es ist zu schön und meine Augen schließen sich. Unser erster Kuss! Und für den Rest meines Lebens will ich weiterküssen. Ich würde ihn so gern streicheln, an mich ziehen, sein Haar fühlen, seinen Schädel fest an meinem spüren. Bei einem leidenschaftlichen Kuss werden die Lippen mit einem Druck von 30 Pfund aufeinander gepresst (Normalkuss: 2 Pfund). Unsere Münder sind längst verschmolzen, saugen sich aneinander fest, trinken einander im rüttelnden Takt des Zuges aus. Bei einem Kuss von 10 Sekunden Dauer werden zweiundzwanzigtausend Bakterien übertragen. Die Kerzenschatten schrumpfen. Schließlich verlöscht das Licht. Es dämmert. Die Sonne geht auf. Ein leidenschaftlicher Kuss verbrennt pro Minute etwa 4 Kalorien. Die Nebennieren produzieren mehr Adrenalin und die Bauchspeicheldrüse mehr Insulin. Die Droge Sebum wird freigesetzt. Die Haut wird bis zu 30 Prozent mehr durchblutet.

35. Fleischwurst mit Gesicht

Übermütig am Münchener Flughafen. Erst folge ich neugierig der Durchsage »Das unbekleidete Kind wird gebeten, sich am Ausgang D 12 zu melden.« Aber das blöde Kind ist angezogen. Der Bayer hat's mit den Konsonanten. Genau wie der Sachse. Dann bin ich eine knappe Stunde damit beschäftigt, der Aufforderung auf den herumstehenden Gepäckwagen nachzukommen. »Schieben Sie mich zu Sixt« steht drauf und ich muss es einfach tun. Es ist ein innerer Zwang. Meine Hände machen sich selbstständig. Ich lasse nicht locker, bis alle Wagen fein säuberlich ineinander gesteckt bei Sixt stehen. Habe ich mich Gott jemals so nahe gefühlt?

Bei der Deutschen BA herrscht mir zum Gruß verordneter Frohsinn. An Bord sind keine Schlagbohrmaschinen erlaubt, heißt es. Alle Passagiere lachen. Ich auch. Der debile Stewardessen-Singsang wird in meinem Ohr zum Engelschor: »Sollten Sie irgendwelche Fragen haben, fragen Sie nicht Ihren Arzt oder Apotheker, sondern uns.« Die Stewardess fällt wie ein wurmstichiger Apfel in meinen Schoß. Ihr lakonischer Kommentar: »Sorry, das passiert schon manchmal!« Ich lächle verständnisvoll. Man steckt nicht drin!

Valmont steckt drin. Sein Schwanz, wie er in mich fährt. Valmonts Blick: konzentriert wie der eines Dirigenten kurz vorm Fortissimo. Oder wie der eines Adlers kurz vor der

Landung. Oder wie der eines Gynäkologen, der zum ersten Mal sein Spekulum in eine Vagina schiebt. Ich habe nicht geduscht und unter der Bluse spannt das Wachs, bevor es sich in kleinen Plättchen von der Haut löst. Konfekt wird gereicht und die *Bild*zeitung. Aufmacher: SEX-SKANDAL IM RECHNUNGSHOF: DER BOSS UND DER BUSEN. Aber erst eine Meldung auf der letzten Seite bringt mich richtig zum Lachen: GOTT HEIRATET. Ich reiße sie raus. Die Rede ist von Karel Gott, einem plinsengesichtigen Schlagersänger aus Prag. Aber die Überschrift ist klasse. Gott heiratet! Muss ich unbedingt Dietrich zeigen!

Schmunzelnd schlafe ich ein, träume aber leider nicht von Valmont, sondern von Manfred Stolpe. Ein quälender Albtraum. »Irgendwann kommt's ja doch raus«, sagt Stolpe und senkt vertraulich die Stimme. »Was soll's! Ich war bei der Stasi!« Der picklige Jungreporter guckt verkniffen auf seine Karteikarte: »Da schieß ich mal gleich 'ne Frage nach: Können Sie eigentlich kochen?« – »Ja. Fleischwurst mit Gesicht ...«

»Fliegen Sie auch nach Berlin?« Die Fleischwurst spricht! Mit Falsettstimme! »Haaallo!« Moment! Es ist gar nicht die Fleischwurst. Es ist mein Nachbar: Haarsträhnen quer über die Glatze geklebt, Designerbrille, Ring am kleinen Finger. Mein Albtraum setzt sich nahtlos fort. Der Typ ist aufdringlicher als sein Aftershave.

»Nach was sieht das hier denn aus?«, frage ich ihn schlaftrunken und stelle meine Lehne wieder hoch.

Er lächelt. »Darf ich fragen, ob Sie in Berlin wohnen?«

»Nein.«

»Dann wohnen Sie also in München?«

»Nein.«

»Fliegen Sie oft?«

»Nein.«

»Darf ich fragen, was Sie beruflich machen?«

»Nein.«

»Bestimmt was Kreatives!«

»Steht auf meiner Stirn ein Schild mit ›Fisch sucht Fahrrad‹ oder was macht Sie so zutraulich?«

»Wissen Sie, ich arbeite bei der Telekom und fliege jede Woche ...«

»Schnauze!«

Strähne zuckt zusammen und kleckert dabei Kaffee auf meine 900-Dollar-Comme-des-Garçons-Jeans. Ich schütte Rotwein auf seine C&A-Hose und ziehe in Erwägung, die Kotztüte über seinen Kopf zu stülpen. Die Stewardess, die vorhin auf meinem Schoß saß, rubbelt fatalerweise an uns beiden rum – widerliche Synchronmassage! »Noch zehn Minuten bis zum Aufschlag!«, meldet der Pilot fröhlich. In der *Neuen Zürcher Zeitung* lese ich: »Explodiert ein Flugzeug in der Luft oder fällt es aus großer Höhe auf Wasser oder Land, sind die Kräfte, welche auf einen menschlichen Körper wirken, so groß, dass auch Airbags und Schultergurten nicht helfen.« Schultergurten! Unter mir Berlin. Wenn ich jetzt sterbe, dann sterbe ich glücklich. Wegen Valmont. Und weil's Strähne auch erwischt! Die Stewardess warnt, es könnten »fiese Taschen und bösartige Koffer aus den Gepäckfächern fallen«. Nach der Landung gibt es Applaus, eine kollektive Gefühlsäußerung, die ich unter normalen Umständen mit einer Hass-Salve aus meiner Walther kommentieren würde. Aber die Umstände sind nicht normal. Heute klatsche ich mit, so großräumig, dass ich aus Versehen Strähne eins reinhaue. Er verschluckt seinen Stiftzahn, hält endlich das Maul und beschränkt sich aufs Röcheln.

Erster Griff am Boden: Handy an.

Am Gepäckband in Berlin-Tegel geht wieder mal nix. Warum warten überall auf der Welt Menschen auf Gepäck? Warum verdammt ist das nicht andersrum? Seit ich denken kann, wünsche ich mir, dass wenigstens ein Mal eine Leiche auf dem Band liegt. Nur ein Mal! Wie im Krimi. Einfach so, zwischen all dem Gepäck. Aber es kommt keine. Es kommt überhaupt nichts. Stundenlang. Mein

Frontallappen funktioniert, ich ermahne mich erfolgreich zur Geduld und mache, als es endlich losgeht, das Welcher-Koffer-gehört-zu-wem-Spiel. Eine Frau mit polnischem Lippenstift-Farb-Geschmack und abgespreiztem kleinem Finger greift sich eine giftgrüne Nylontasche. Eine unförmige Wöchnerin, die ihrem Baby angewidert pappigen Brei ins Maul stopft, ist Eigentümerin einer ebenso unförmigen Kipling-Tasche, an deren Reißverschluss ein Affe namens Bobby oder Cliff oder Jimmy baumelt. Das pickelige Mädchen mit den Plateauschuhen zerrt einen genoppten schwarzen Gummirucksack vom Band. Strähne stürzt sich geschmackssicher auf seinen No-Name-Hartschalenkoffer. Eine ältliche Blondine mit grob pigmentierter solariumbrauner Haut passt zu ihrer MCM-Tasche wie Arsch auf Eimer. Nur bei der leicht tuberkulösen Langen mit naturblonden rumhängenden Spagetti-Haaren habe ich mich vertan. Die hat so einen karierten Kindertrolly und ich hatte auf den schwarzen Leder-Kleidersack getippt. Fünf Treffer, einmal verfehlt.

Jetzt erst erkenne ich die beiden Krimi-Assis aus dem Fernsehen. Die warten wohl auch vergeblich auf eine Leiche. Der Neger, aber nicht Charles M. Huber, sondern der neue, der Broiler mit dem schwierigen Doppelnamen, Assistent vom Alten. Er hat einen Aktenkoffer mit goldenem Zahlenschloss. Und der Nachfolger von Harry, der Assistent vom Nachfolger vom Derrick, dessen Namen ich auch vergessen habe. Harry II hat einen Aktenkoffer mit silbernem Zahlenschloss. Mir fallen die Namen nicht ein. Das macht mich ganz krank. Wie heißen die nur? Den einen kenne ich aus *Marienhof*. Da hat er einen Schuldirektor gespielt, der bei der Stasi war. Er hat sich verliebt in diese Malerin, die so einen kleinen fiesen zynischen Sohn hat. Aber wie heißt der bloß? Erstaunlicherweise kennen sich die beiden. Als ich meinen Samsonite vom Band ziehe, winken sie mir zu – so von Promi zu Promi halt. Siska! Genau! Der Nachfolger vom Derrick heißt Siska! Der Neger ruft: »Hallo

Iris! Terminhetze, was?« Und Harry II zwinkernd forsch »Wir sehn uns dann beim Filmpreis!«

Ich gehe genau hinter Strähne durch die Glastür. Seine Frau wartet schon, lippenlos, roter Bürstenkopf, Krähenfüße, böser Blick. Strähne winkt, sie hebt mürrisch den Arm. Dicke Luft. Aber noch nicht dick genug, wie ich finde. Als ich ein langes blondes Haar an meinem Mantel finde, hänge ich es aus Gemeinheit dekorativ hinten an Strähnes Kragen.

36. Mein Biogut-Berater

Ich habe nichts zu verlieren außer meiner Beherrschung. Und meinem Handy. Zu meinem Handy habe ich ein nahezu erotisches Verhältnis entwickelt. Ich schalte es nur noch aus, wenn ich mit IHM zusammen bin. Oder, der Not gehorchend, im Flieger. Sonst steht die Leitung Tag und Nacht, ohne Ton, und ich starre ständig auf das Display. Manchmal spreche ich mit meinem Handy (»Los, Arschloch, mach, dass er ein SMS schickt«), manchmal streichele ich es (wenn er ein SMS geschickt hat), manchmal schmiege ich mein Gesicht daran, vor allem nachts, wenn ich schlafe. Ich bade sozusagen ununterbrochen im Elektrosmog, was meinem ohnehin mangelhaften Gedächtnis nicht gerade zuträglich ist. »Jetzt, wo Gott geheiratet hat, wird sowieso alles anders«, sagt Dietrich bei jeder Gelegenheit, seit er die Meldung aus dem Flugzeug an meiner Kaminzimmerwand hängen sah. Und er hat Recht. Es ist wirklich anders. Ich verdiene zwar immer noch eine Mörderkohle, schlafe immer noch bis in die Puppen, bade immer noch mittags, reiße immer noch *Bild*-Schlagzeilen raus, quäle immer noch Fred, gucke immer noch *Seinfeld* und wichse immer noch auf die Arte-Schafe. Aber damit fülle ich nur die Pausen zwischen Valmont.

Heute bringt Seinfeld ein neu erworbenes Jackett zurück. Aus Bosheit. Weil er den Verkäufer nicht mag. Der Manager sagt, Bosheit sei kein Rückgabegrund. Thema bei *Bärbel Schäfer* ist: »Hilfe, mein Freund trägt Feinripp-Unterhosen!« Vormittags habe ich in einem Anfall von schlechtem Gewissen die Spracherkennungssoftware auf meinem Computer installiert und mache jetzt den ersten Diktiertest. Ich spreche laut und deutlich in das Mikrofon meines Headsets, das mit dem Computer gekoppelt ist: Diktat Anfang Ein Indianer geht aufs Klo Komma neue Zeile steckt den Finger in den Po Punkt neue Zeile Kriegt ihn nicht mehr raus Trennungsstrich neue Zeile und du bist raus Punkt Diktat Ende …

Wie von Zauberhand purzeln einzelne Buchstaben auf den leeren Bildschirm. Ich pruste los. Der Computer versteht nur Bahnhof:

Einig Ahne geh doch Floh,
steck drin Finger in Depot.
Krieg innig Kehrraus –
Und du bist auf.

Da klingelt es an meiner Tür. Durch den Spion sehe ich ein feistes grinsendes Gesicht und die Mützenaufschrift: Reparaturen aller Art.

»Guten Tag! Schneider! Ich bin Ihr Biogut-Berater!«

»Kramer. Ich bin gemeingefährlich!«

»Aber Frau Kramer, es handelt sich wirklich nur um fünf Minuten!«

»Am besten, Sie scheren sich dahin, wo ich den Staubsaugervertreter und die Avon-Beraterin hingebeamt habe. Auf den Mond!«

»So öffnen Sie doch!«

»Wollen Sie etwa widerrechtlich in meine Wohnung eindringen?«

»Nein, aber …«

»Ich ziehe es vor, von meinem Hausrecht Gebrauch zu machen!«

»Aber ich komme von den Berliner Stadtreinigungsbetrieben.«

»Blödes Argument.«

»Ich habe Ihnen eine Broschüre für die neue Biotonne mitgebracht.«

»Noch ein blödes Argument.«

»Aber es geht um Mülltrennung ...«

»Schnauze!«

»Der Rest vom Gemüse und die Obstschalen, der Kaffeefilter samt Satz ...«

»Nimm das Zeug und steck's dir in den Arsch.«

Manchmal ist Duzen auch schön. Der ungebetene Besuch inspiriert mich. Ich schnappe mir mein Headset und diktiere: Grins nicht Ausrufezeichen Biogut-Frettchen Ausrufezeichen neue Zeile wenn du dein dämliches Gesicht sehen könntest Ausrufezeichen neue Zeile wie gern ich es mit meinen Fingernägeln zerkratzen würde Komma neue Zeile du mit deiner fliehenden Stirn!

Der Computer schreibt:

Keynes nicht! Lebe gut für den!
Wenn du denn dem Schiedsgericht in, ganz doch auch!
Ich kann ich es mit mein Vater nie gezeigt wurde,
Ob mit einer Frieden stören!

Ich lasse mir die Texte von einer knarrenden elektronischen Männerstimme vorlesen und überlege, ob mir mein Computer damit etwas sagen will. Eine geheime Botschaft vielleicht, Psi und Akte X und so. Dann lege ich die CD auf, die Valmont dramaturgisch geschickt – im Schlafwagen liegen ließ. Trauermusik.

37. Eros und Thanatos

Einen Trauermarsch höre ich besonders gern. Er ist untrennbar mit Valmonts Küssen verbunden, denn er lief im Schlafwagen. Pawlowscher Reflex.

Ich werde melancholisch, wenn ich ihn höre. Und ich höre ihn ununterbrochen, während *Bärbel Schäfer* nonverbal fast noch sympathischer wird. Thema heute: »Au pair – träge Schlaftrine oder ausgenutzte Putze?« Die Treme Brass Band spielt: »The Old Rugged Cross«. Den Text dazu habe ich schon tausendmal gelesen:

> *Die Krönung! Der Orgasmus! Die Pforte zum Himmelsreich! Eros! Und Thanatos! So erschütternd wie sexy. Ein Leichenzug durch die Gänge eines Bordells. Ein Requiem, zu dem sich strippen läßt. Existenzieller und geiler geht's nimmer.*

Ich sehe wirklich Leichen strippen. Tote, Untote, wie in *Carnival of Souls* und *Night of the Living Dead*. Mit eckigen Bewegungen und leeren Gesichtern, die Augen in weite Ferne gerichtet, die Lippen blutleer. Wie fremd gesteuert tanzen sie hinter einem Sarg her, verzückt lächelnd. Und im Sarg liegen wir, Valmont und Eugénie, tot und ineinander gekrallt wie der Glöckner von Notre-Dame und Esmeralda …

Wahrscheinlich würde ich es genauso erregend finden, wenn Valmont es vorzöge, auf die Musik der Zillertaler Schürzenjäger zu vögeln. Wenn er Sonnentempler wäre, orthodoxer Jude oder Moslem – ich würde übertreten, ohne zu zögern. Und während die schweren Taktschläge nachhallen, stelle ich es mir aufregend vor, 74 Stockhiebe dafür zu kriegen, dass ich mich nicht richtig verhüllt habe, so wie früher im Iran. Oder man stößt mir eine glühend heiße Eisenstange in die Vagina, wie in Pakistan. Strafe bei Seitensprung.

Ich weiß jetzt auch, wer Eugénie ist. Sie ist, wie Dietrich sagte, ganz und gar keine zu jedem Liebesdienst bereite willige Sklavin. Sie ist, wie Dietrich sagte, vielmehr eine der Hauptfiguren in Sades heiterstem Roman, *Philosophie im Boudoir*, den Valmont vorsorglich neben der CD im Schlafwagen liegen ließ. In *Philosophie im Boudoir* wird nicht viel mehr philosophiert als oben auf der Alm bei *Heidi*. Dafür wird aber extrem viel gevögelt, mit allen Raffinessen.

Sade konzentriert sich auf seine drei Faibles: Inzest, Arschfickerei und Verbrechen. Eugénie ist 15 Jahre alt. Nie hat die Welt etwas Liebreizenderes gesehen. Ihr weiser Vater schickt sie zu Madame de Saint-Age, einer durch und durch verdorbenen Person, die Eugénie ausgiebig in der Kunst der Liebe unterrichten soll. Und diesen Lehrauftrag nimmt Madame Saint-Age sehr ernst. Erst bringt sie Eugénie das Küssen bei, dann holt sie den passionierten Arschficker Domancé zu Hilfe, der das hellauf begeisterte Mädchen erst mal hintenrum entjungfert. Gleich im Anschluss lernt Eugénie, Domancé nach allen Regeln der Kunst einen zu blasen. Später tritt der Bruder von Madame Saint-Age auf, der überdurchschnittlich gut bestückt ist und anal noch mal nachstößt. Er ist schon von Kindheit an der Liebhaber seiner eigenen Schwester, und jetzt finden zwischen allen und jedem ausgeklügelte und minutiöse Fick- und Leckspiele statt, wobei sie alle fünf Minuten gleichzeitig Orgasmen haben, was entweder im 18. Jahrhundert leichter ging oder aber heillos übertrieben ist. Alles ist bis ins kleinste Detail beschrieben, jede Frage wird beantwortet, auch wenn sie niemand gestellt hat.

Die kleine Eugénie wird rasch kreativ und penetriert mit Hilfe eines umgeschnallten Gummischwanzes abwechselnd die ehrenwerte Madame Saint-Age, deren Bruder und Domancé. Dann wird ein dicker Diener mit einem Monsterpenis gerufen, der auch noch mehrmals darf und dauernd kann. Schließlich wird es Madame Saint-Ages

Bruder erlaubt, Eugénie traditionell zu entjungfern. Sie macht erst viel Gezeter und ist dann hellauf begeistert. Hier trifft Eugénies Mutter ein, bigott, besorgt und boshaft. Sie ahnt Schlimmes, fordert ihr Kind heraus, wird aber erst von der verderbten Bande verhöhnt und dann von Eugénie schnurstracks mit besagtem Gummischwanz vergewaltigt. Zum Schluss näht die Tochter, von den anderen Fickern angefeuert, die mütterliche Möse zu.

Sade versah den Roman mit der Widmung: »Die Mutter sollte ihrer Tochter die Lektüre dieses Buches vorschreiben«. Dass er der Autor ist, hat er lebenslang geleugnet. Die *Bild*zeitung meldet: EX-MANN WILL INS GEMEINSAME HAUS – EX-FRAU ISST EINSTWEILIGE VERFÜGUNG AUF. Seinfeld ist hinter einer Frau her, aber Elaine soll vorher in der Sauna checken, ob ihre Titten echt sind.

38. Füße nach Mekka

Zum Beispiel gesellschaftliche Verpflichtungen. Die brauche ich so nötig wie einen Kropf. Schampus, Schnittchen, schicke Fummel. Siegfried und Roy, Hanni und Nanni, Brust und Keule. Und dann sind die Leute da immer so … ich suche nach einem Ausdruck, der mein Missbehagen bündelt … braun gebrannt! Außer Dietrich. Der ist natürlich wieder mal der Herr der Augenringe. Ich musste ihm einen Smoking kaufen, in dem er sich schlagartig anders bewegt als sonst, irgendwie dynamischer. Das Outfit gefällt ihm, wenngleich er es nicht zugibt. Ich trage ein schmales schwarzes Etuikleid, das mir Wong anhand eines Fotos in der *Bild*zeitung genäht hat. Die hatte eine Promi-Sammel-Geschichte gebracht, Titel: »Was ich zur Filmpreisverleihung trage«. Ich fand einfach die Vorstellung lustig, genau so ein Kleid wie Iris Berben anzuziehen. »Ihl Zoln sitzt tief und ist sehl alt«, sagte Wong, der nicht nur Schneider, sondern auch Philosoph ist, und leistete gute Arbeit. Die Haare wollte ich mir wie Holly Golightly legen lassen, aber durch die mangelhafte cineastische Bildung meines Friseurs habe ich eher einen Haarhelm à la Eliza Doolittle. Und schon nach den ersten fünf Minuten eine Bussi-Krise.

»Diese Scheißküsserei«, knurre ich. »Sei froh, dass wir nicht in Japan sind«, sagt Dietrich mit einem gewissen Hang zur Relativierung. »Die Japsen begrüßen sich mit einer Verbeugung. In Tokio gab es dabei in den letzten fünf Jahren 24 Tote.«

Der Filmball ist auch nicht mehr das, was er mal war. Vor zehn Jahren, ja, da hat Eichinger noch Champagner aus dem Schuh von Hannelore Elsner getrunken, da war noch was los! Aber jetzt? Zäh wie 'n alter Kaugummi. Dietrich wirft Papierkügelchen in die runzligen Dekolletés der anwesenden Fleischersgattinnen. »Boing! Bingo! Treffer versenkt!«

Auf diesen Partys ist es wie auf dem Dorf: Jeder kennt jeden, und man trifft auch jeden. Der Promi sucht naturgemäß Kontakt zum Promi. Prominenz verbindet, wenn auch sonst nichts verbindet.

»Sind Sie nicht Iris Berben?«, fragt mich das ehemalige Busenwunder Jenny Elvers und küsst erst mal auf Verdacht. Ich lächle und fächere vorsichtig den ollen Joop-Gestank weg.

»Manche sagen so, manche sagen so!«

Wir machen die übliche codierte Konversation: Sie duften aber! (wenn jemand stinkt) Haben Sie abgenommen? (wenn jemand fett geworden ist) Gut schaun Sie aus! (wenn jemand scheiße aussieht).

»Gestatten, Werner Bahlsen!«, sagt plötzlich jemand und schüttelt Dietrich, weil er neben mir steht, forsch die Hand. Dietrich, schon etwas angeschickert, schüttelt begeistert zurück: »Sehr erfreut! Und ich bin Onkel Dittmeyer!« Bahlsen nickt. Ich raune Dietrich zu: »Deine zweifelhafte Herkunft ist kein Freibrief für schlechtes Benehmen!« Gut, dass es hier so laut ist. Bahlsen ist seit Jahren mein Kunde. »Wie geht's Ihnen, gnädige Frau?«, fragt er mich höflich. Ich nicke. »Gestern ging's noch! Und selbst?« Er macht eine abwiegelnde Geste. Ich nehme sein Handgelenk und rieche daran: »Man hat Ihnen vor vier Wochen den Blinddarm entfernt!« Das stand groß und fett in der *Bild*zeitung, aber Bahlsen staunt. »Stimmt! Na so was! Sie sind mir vielleicht eine!«

Hier mischt sich Dietrich ein, mit champagnervernebeltem Blick: »Ein gutes Beispiel für unseren fortschreitenden Irrationalismus: Jeder zweite Deutsche glaubt an außerirdische Wesen, jeder dritte an Ufos, jeder siebte an Magie und Hexerei. Zwei von drei Bundesbürgern fürchten sich vor Erdstrahlen, über 35 Prozent halten die Zukunft für vorhersehbar, 20 Prozent glauben, es ließen sich Kontakte zum Jenseits herstellen ...«

»Interessantes Thema«, sage ich, unterdrücke ein Gähnen und werfe verstohlen einen Blick auf meine Breitling Kosmonaut. »Wird sehr viel Schindluder mit getrieben!«

»Ich selbst schlafe seit Jahren mit den Füßen nach Mekka«, sagt Bahlsen feierlich. Was soll das sein? Der Kongress der Psychopathen? »Daraus ergeben sich drei Fragen«, sage ich. » Erstens: Warum regnet es immer gerade dann, wenn man sein Auto gewaschen hat? Zweitens: Was steht auf der Wiese, macht Muh und gibt die gute Milch dazu? Und drittens: Wieso geht Rotkäppchen vom Wege ab, obwohl sie genau weiß, dass dann der Wolf kommt?«

Zustimmendes Gemurmel. Durcheinandergefasel, einer blöder als der andere. Dietrich steuert bei: »Jetzt, wo Gott geheiratet hat ...« Wir prusten los und machen High Five.

»Haben Sie gehört, dass Udo Walz jetzt eine Filiale auf Hawaii aufmacht?«, fragt eine platinblonde Dame mit Doppelkinn und Moschino-Gürtel eine andere platinblonde Dame mit Doppelkinn und Moschino-Gürtel. »War das nicht Gerhard Meir?«, fragt die andere. »Waren das nicht die Malediven?«, mischt sich Dietrich ein und taxiert eine dunkelgelockte Ansagerin mit mondänem Blick, die alle zwei Minuten »Ente Trente« sagt, ohne dass jemand weiß, was das ist. Ich für mein Teil kenne weder Herrn Walz noch Herrn Meir. Ich weiß nicht, welchem Gewerbe die Biester nachgehen und ich will es auch nicht wissen. Ich weiß zwar, dass Brecht darum gebeten hat, dass man nach seinem Tod ein Stilett durch sein Herz bohrt und dass man ihn in einen Zinksarg einlötet, der Würmer wegen. Ich weiß, dass Beethoven an zu viel Fisch gestorben ist, dass Einstein immer dieselben Sachen anhatte, dass Flaubert einen Epilepsieanfall vortäuschte, um nicht Anwalt werden zu müssen, und dass sich Hitler mit genau so einer Walther, wie ich sie habe, erschossen hat, Kaliber 765, aber das interessiert ja wieder mal keinen.

»Malediven, soso«, sage ich matt. »Aber ich glaube, es war Mauritius.«

»Tahiti«, sagt die eine Moschina mit strafendem Blick auf Dietrich und mich. »Und Meir! Manchmal ist man ja wie vernagelt.«

»Kennen Sie DEN?«, frage ich die beiden. »Liegt eine Moschino-Blondine unterm Kuheuter und sagt: Okay, Jungs, aber einer von euch fährt mich nachher nach Hause!«

Schweigen. Nonverbale Entrüstung. Abgang. Die sind wir los!

»Lass mich dein Tampon sein«, raunt Dietrich der Kellnerin ins Ohr und fängt eine Ohrfeige.

Heino nähert sich, nach allen Seiten grüßend, wie es der gemeine Promi gern tut. Seitdem ich gelesen habe, dass er Wadenpolster trägt und dass seine Augäpfel von innen an die Brillengläser anstoßen, starre ich ihn immer fasziniert an. Aber ich kann nichts erkennen! Carolin Reiber hat sich wieder das Wangenrouge mit dem Bügeleisen eingebrannt. Thomas Gottschalk hat wieder mal mit dem Kajal übertrieben. Katja Riemann brüllt den Kellner an: »Muss ich Ihnen erst einen blasen, bevor Sie mir 'n Drink bringen?«

Von weitem sehe ich die beiden Krimi-Assistenten vom Flughafen. Ihre Köpfe drehen sich wie im Tennisstadion von Iris Berben, die direkt neben ihnen steht, zu mir und zurück. Pingpong fatal. Mein Kleid sieht wirklich exakt so aus wie das von Iris. Wong sei Dank! Sie sieht mich jetzt an, schüttelt fassungslos den Kopf, wagt aber nicht, sich zu nähern. Vielleicht kennt sie den Volksaberglauben, dass man beim Zusammentreffen mit seinem eigenen Doppelgänger stirbt.

Ein Fotograf zupft mich am Arm: »Verzeihung! Wo habe ich Sie schon mal gesehen?«

Ich zeige auf Berben. »Da drüben!« Er kratzt sich den Kopf und bleibt ratlos zurück. Und ich muss jetzt wieder stundenlang nachdenken, wie die beiden Assis heißen!

Ein feister Mann mit roter Designerbrille stellt sich mir in den Weg. »Frau Kramer, erinnern Sie sich? Ich bin Sowieso, Werbetexter. War mal bei Ihnen zu einem Vorstellungsgespräch!« Ich mustere ihn hochmütig. »Hmmmmm-ja! Sie erinnern mich an meinen Vater! Mein Vater war ein Idiot!« Rotbrille ist nicht zu bremsen. »Sie kennen doch Ferrero Küsschen? Den Spruch? Guten Freunden gibt man doch ein Küsschen? Der ist von mir!« Ich sage: »Verstehe!« Wenn mich etwas nicht interessiert, dann sage ich immer in lockerer Folge »Super« und »Verstehe«. Währenddessen denke ich angestrengt darüber nach, wie die Assis heißen. Es fällt mir schwer, das nötige Interesse für irgendjemandes Jobsuche aufzubringen. Ich gehe einfach weiter. Er läuft mir nach. »Freihof«, rufe ich plötzlich.

»Mathias Freihof. Bekannt aus dem Broiler-Film *Coming Out*!«

»Bitte?«

»Ach nichts!«

»Meinen Sie … ich meine … haben Sie vielleicht einen Job für mich?«

»Was für ein Sternzeichen sind Sie?«

Jetzt ist er verwirrt. »Skorpion!«

»Na, so ein Pech! Ich stelle grundsätzlich keine Skorpione ein. Nichts für ungut!«

»Falls Sie es sich doch anders überlegen …« Er hält mir seine Visitenkarte hin. Ich gebe ihm meine. Auf der steht: Kein Interesse.

Dietrich kriegt nichts mit, weil er ganz im Bann einer jungen Frau im hautengen Catsuit steht. Ihr schulterlanges Haar ist bestechend unnatürlich rot. Sie hat den Fick-mich-Blick und bewegt sich wie nach zehn Jahren Tabledance. Er stiert ihr in den Ausschnitt und murmelt: »Mann-o-Mann! Der is ja so tief wie das Mittelmeer!« Er schickt sich eben an, ihr nachzuwanken. »Alles okay?«, frage ich und halte ihn an der Schulter fest. Er nickt somnambul: »Mir geht's prächtig! Die Sonne scheint mir aus dem Arsch, und meine Eier sind so dick wie Wassermelonen!« Er schiebt mich sanft, aber bestimmt aus dem Weg. In diesem Moment gießt sich ein Lichtkegel über das Objekt seiner Begierde. Die Schöne hat plötzlich ein Mikrofon in der Hand und der Rest bildet raunend einen Kreis. Sie singt den Gassenhauer der Geschmacklosigkeit: »Ich bin von Kopf bis Fuß auf Liebe eingestellt«. Dietrich, dessen Blick sich an ihrem Ausschnitt festgesaugt hat, sagt versonnen: »Die Nachtigall in ihrer Brust ist klein. Aber sie wohnt sehr schön!«

Nach dem Lied klatscht er von allen am tapfersten, dicht gefolgt vom echten Max Schautzer. Die beiden stehen nebeneinander wie Zwillinge, nach der Geburt getrennt. Dann wird Dietrich aktiv: »Ich glaube, wenn meine genetischen Informationen auf deine treffen würden …«, raunt er ihr zu, »… wäre das der Beginn einer neuen Ära!« Sie grinst breit, wirft einen koketten Blick auf Nick von den Back Street Boys, der schräg hinter ihr steht, mustert dann Dietrich von oben bis unten und schüttelt eine Lucky Strike aus der Schachtel. »Oder ein herber Rückschlag für die Evolution!« Dietrich lacht sich kaputt. Na, so witzig ist das nun auch wieder nicht! »Hallo«, sagt Lady Nachtigall und reicht Dietrich die Hand. »Ich bin die Ulla.«

Mehrere minderjährige Mädchen versuchen im Hintergrund, auf Nicks Schoß zu sitzen, obwohl er steht. Dann gibt es einen mörderischen Knall. Es splittert und kracht und ich spüre Nadelstiche an Armen und Beinen. Ein Aufschrei geht durch die Menge. Es ist plötzlich dunkel. Nur die Kameras der Fotografen blitzen. Sanitäter stürzen an mir vorbei. Der Kronleuchter ist runtergekommen, genau auf Nick. Na, der ist hin! Teenager weinen und zerreißen sich die Kleider. Mein Kleid ist sowieso hinüber, mit Glasscherben gespickt, Dietrich ist noch da, aber leichenblass und am ganzen Körper zitternd. Der gewaltige Kronleuchter hat ihn knapp verfehlt. Ulla hilft ihm auf einen Stuhl und streicht über seinen Kopf. »Das Urteil Gottes!«, stammelt Dietrich immer wieder. Er wird mir doch auf seine alten Tage nicht religiös werden! Ich helfe ihm hoch und sage, er soll sich zusammenreißen. Er steht da wie ein Opa, mit wackeligen Knien, blickt verklärt nach oben und sagt: »Ich kann gehn!«

Ulla und ich singen: »Halleluja! Halleluja! Halleleeehluh-ja!«

39. Hotdog

Erinnerungsverlust, Schlaflosigkeit, quälende Gedanken – wofür waren das noch mal die Symptome? Eine Obstfliege empfindet mehr Daseinsfreude als ich. Ich stecke heute tief in der Krise, ich zu sein, und beschließe, den ganzen Tag zu heulen. Will vorher rasch meinen Hausarzt Dr. Hehn anrufen, weil ich ein neues Valium-Rezept brauche, verrutsche aber in der Zeile meines Adressverzeichnisses und hole mir stattdessen einen Termin bei Dieter Thomas Heck. Die *Bild*zeitung meldet: GIRL-TROUBLE: BACKSTREET-BOY VOM KRONLEUCHTER ERSCHLAGEN. Schluchzend lasse ich den Notar kommen und verfüge, auf meiner

Beerdigung solle auf jeden Fall Psalm 23: »Der Herr ist gut und barmherzig« gelesen werden, für mich, die Agnostikerin, und zwar von Dietrich, dem Atheisten. Falls der Tölpel mich überleben sollte.

Der Herr ist mein Hirte
Mir wird nichts mangeln
Er weidet mich auf einer grünen Aue
und führet mich zum frischen Wasser
Er erquicket meine Seele.
Er führet mich auf rechter Straße um seines Namens willen.
Und ob ich schon wandere im finstern Tal,
fürchte ich kein Unglück,
denn Du bist bei mir.

Als Begräbnismusik wünsche ich die gefakte Mormonenhymne vom Ex-Punk, Blues & Country-Sänger und bekennenden Buddhisten Gary Floyd, natürlich auch von Valmonts CD.

We are moving from the Darkness to the Light.
Rest has come, all Battles done, we won the Fight.

Ich habe Dietrich per Kurier einen Colour-Gameboy ins Krankenhaus geschickt. Und ein Gute-Besserung SMS. Er hat sich nach dem Kronleuchter-Malheur selbst eingewiesen, dieser bekloppte Hypochonder. Verdacht auf Gehirnerschütterung. Besuchen brauche ich ihn nicht – Table-dance-Ulla ist täglich dort. Schwerer Fall von Helfersyndrom.

*Bild*zeitung, letzte Seite: UNHEIMLICHER HUNDEMÖRDER GEHT UM IN BERLIN. Der Hundemörder ist ein Profi. Er arbeitet teils mit vergifteten Hundekuchen, teils mit Glasscherben-Buletten und beseitigte zuletzt einen Shar-Pei namens Butkus – wie ich im Kleingedruckten erfahre, ist ein Shar-Pei ein chinesischer Faltenhund, was ziemlich eklig klingt. Ebenfalls zu Recht verstorben: ein Hovawart mit dem Namen Clais, die Landseer-Hündin Annabell, die Schäferhunde Esco und Arco und der Sennerhund Falk. Letzteren hat er angezündet und eine Art Hotdog draus gemacht. In Berlin gibt es etwa dreißigtausend illegale Hunde und 98 793 legale. Ob man den Hundemörder auch mieten kann? Man macht sich ja ungern selbst die Hände schmutzig. Meine Walther habe ich ursprünglich gekauft, um Königspudel vor Supermärkten zu erlegen und hinterher in den Lauf zu pusten wie *Die Frau mit der 45er Magnum* von Abel Ferrara, aber das war mir dann doch zu pubertär. Bisher benutze ich sie eigentlich nur, um ab und zu mit Dietrich zusammen auf dem Balkon Tauben zu schießen.

HUNDELEINENZWANG. 2000 EURO STRAFE BEI ZUWIDERHANDELN. PUDEL ERBT 11 MILLIONEN. HUND ERSCHIESST HERRCHEN. Seit Tagen höre ich es irgendwo im Haus jaulen. Ein dicker Hund! Thema bei *Bärbel Schäfer*: »Dein Hund trägt pink – spinnst du?« Ich schalte den Ton aus und lausche. Da wird ja der Hund in der Pfanne verrückt! In Korea werden Hunde totgeschlagen. Das freigesetzte Adrenalin macht das Fleisch zarter. Eine Delikatesse. Ich kenne meine Mitmieter nicht. Außer M&M und Frau Schörg-Oppowa. Jeder ist gleich verdächtig, insgeheim ein Hundebesitzer zu sein. Hundebesitzer spreizen sich auf der gesamten sozialen Leiter gleich banal. Sie sind genetisch anders strukturiert als wir. Randvoll mit Blödsinn: Hunde-Benimmschule, Anita's Hundesalon, Hundekuchen, Hundekackschaufel, die Anti-Angst-Pille für depressive Hunde, Hundebandwürmer. Da scheißt der Hund drauf! Ich habe eigentlich nie mit Hunden zu tun, außer, wenn ich mir im Restaurant ein Doggie-Bag machen lasse. Und so soll es verdammt noch mal auch bleiben!

In *Seinfeld* kann Elaine nachts nicht schlafen, weil dauernd ein Köter kläfft. Kramer und Newman beschließen, den Hund zu beseitigen. Fehlt nur noch, dass Arte einen

Themenabend »Mein vierbeiniger Freund« macht! Die Welt geht vor die Hunde! Ich überlege, ob ich mir eine dieser Hochfrequenz-Pfeifen kaufe, eine Hundepfeife, und damit jedes Stockwerk ablaufe, um rauszufinden, hinter welcher Tür die Töle nervt. Und zu petzen. Es handelt sich durchaus nicht um eine Kurzzeitbelastung, selbst wenn man bedenkt, dass fünf Hundejahre vierzig Menschenjahren entsprechen. Eine Schande, dass ich mich sogar gezwungen sehe, so langfristig zu denken! Was sonst gar nicht meine Art ist! Da! Es jault wieder! Da muss man dringend Abhilfe schaffen! Ich lege mein Ohr an die Wand. Das könnte nebenan sein! Ich täusche Müll vor und verlasse die Wohnung. Der Mut der Verzweiflung treibt mich direkt vor die Tür von M & M Schlunz.

»Bobrigga«, begrüßt mich Mändy und strahlt über ihr Goldbroiler-Gesicht. In ihren platinblonden Rudi-Völler-Locken klemmt eine große lila Schmetterlingsspange.

Unglaublich! Ich hasse Broiler so sehr, dass ich sogar einen Bogen um die Dresdner Bank mache und jetzt besuche ich sogar welche! Freiwillig! Wie ein Killerwal frisst sich die Plastikspange in Mändys platten Hinterkopf hinein. Mändy trägt einen Goldbrokat-Imitat-Pullover und ein paar verwaschene rosa Leggings, die sie aus irgendeinem geheimnisvollen Grund im weiteren Verlauf des Gespräches »Bandalongs« nennen wird.

»Na, das is ja 'ne Üborraschung! Gomm doch rein!« Mein Blick streift kurz die lackierte Baumscheibe mit der Aufforderung »Haxen abkratzen«, der ich mechanisch nachkomme. Ich benutze dafür eine Fußmatte, die aussieht wie ein Hunderter und die Aufschrift »Tritt ein, bring Geld herein« trägt. Vergeb'ne Liebesmüh, weil mich Mändy bittet, die Schuhe ganz und gar auszuziehen – eine üble Unsitte, die mich um ein Haar wieder aus der Broiler-Wohnung treibt. Aber was soll's! Die Schuhe wurden erst im 4. Jahrhundert erfunden. Vorher sind die Menschen tausende von Jahren barfuß gelaufen.

Ich betrete ein Wohnzimmer, das mich spontan auf die Idee bringt, M&M Schlunz auszustopfen und aus ihrer Wohnung 1:1 ein Broiler-Museum zu machen. Fast werde ich darüber wehmütig, dass diese Art von Geschmack nach und nach aussterben wird. Die Geschichte wirft ihre leeren Flaschen aus dem Fenster, sagt Chris Marker.

Die Schrankwand. »Noch aus Ost-Zeiten«, sagt Mändy, meinem Blick folgend: »War Bückware. Gab's nur undorm Ladentisch. Vitamin B: Bäziehungen.«

Die großzügig florale Tapete. Das Aquarium. Die Plastik-Gardinen. Der Gummibaum. »Der steht hior an der Egge wegen Fäng Scheu.«

»Shui. So viel Zeit muss sein!«

»Schui, nor. Vorstehende Eggen wirken bedrohlich und tun den Energiefluss stören. Da soll man Pflanzen mit rundlischn Bläddorn hinmachn.«

Hinmachn. Nübormachn. Totmachn. Der Perlenvorhang. Der Setzkasten mit Nippes. Die mit Handkantenschlag halbierten Sofakissen. Wenigstens auf eins ist im Leben Verlass: auf Klischees! Nur der Fernseher ist neu, vom feinsten, pervers groß, größer als meiner! Mändy guckt *Bärbel*, ein Hobby, das wir nur auf den ersten Blick teilen. Auf dem Holzfurniertisch mit staksigen 70er-Jahre-Beinen liegt eine aufgeschlagene *Bild*zeitung. Ich sehe eine halbseitige Annonce, dick rot angestrichen.

> WIE IN ALTEN ZEITEN
> *FKK-Tanz, Partys, zuschauen, mitmachen, Damen, Herren und Paare willkommen.*
> *Kiek doch ooch mal rin in Maik's und Mändy's* BUMSSCHUPPEN,
> *Karl-Liebknecht-Straße 3, Berlin-Hellersdorf.*

Der gut sortierte Bärschnglubb! Und diese Apostrophierung! Normalerweise drehe ich durch, wenn ich so was lese: Hit's, mittwoch's, Haus des Sport's. Aber hier finde ich, passt es. In sich richtig, an sich falsch. Und so ein feiner Name: Bumsschuppen! Wenn das nicht Appetit macht! Direkt darunter eine sehr passende Überschrift: GELDSCHRANKVERTRETER GEFEUERT – ER SÄCHSELTE.

»Gemein, niwohr?«, sagt Mändy. »Was gann man denn füor sein Dialeggt!« Ich nicke wie paralysiert. Und dann singt Mändy das Lied von den Öla Paloma Boys mit, das gerade im Radio gespielt wird: »Uuhhh labalouma blangaah!« Ein unvergesslicher Moment. »Isch hab noch meine Bandalongs an, weil ich grade von der Bobgymnastik gomme«, sagt Mändy und zeigt verlegen auf ihre hoffnungslos überstretchten Beinkleider. Popgymnastik, das weiß ich vom Liftführer, ist das, was bei uns Aerobic heißt – eine Fitnessbewegung der frühen 80er, die vor kurzem auch in Broiler-Land angekommen ist.

»Man steckt nicht drin«, sage ich und Mändy nickt, als müsse man meinen Einwand durchaus in Erwägung ziehen.

»Kennen Sie den?«, sage ich. »Was sagt man zu einem Hund ohne Beine?«

Mändy guckt verdattert und ruft: »Mahaik! Gomma! Wior ham Besuhuch!«

Maik tritt aus dem Gummibaumdschungel, im T-Shirt mit der Aufschrift ZIEHT GUT AUS und einer marmorierten Hose, die er wohl noch aus den Stone-washed-Beständen der DDR rübergerettet hat. Er wischt die Hand an der Broiler-Jeans ab und hält sie mir hin.

»Vorsicht! Ich bin elektrisch aufgeladen!«, sage ich.

»Macht nix! Ich bin geerdet!«, sagt er. Und schüttelt. Feucht und schlaff.

»Wie geht's?«, frage ich angewidert.

»Ach«, sagt Maik und winkt ab. »Hauptsache, man is gesund unn de Frau hat Orbeit. Höhö.«

Er nimmt Platz auf der Couchgarnitur. Seine Brusthaare kräuseln sich aus dem T-Shirt, der Eingriff seines Feinripp-Schlüpfers hängt oben aus den Jeans. Homer Simpson.

Fernbedienung in der Linken. Becks-Dose in der Rechten. Es riecht nach vergammeltem Hundefutter. Könnten aber auch Maiks Füße sein. Mändy köpft inzwischen »zuor Feior des Dages dän guden Rotgäbbschn-Sekt«.

»Bobrigga erzählt grade 'n Witz, Vati!«

»Also, was sagt man zu einem Hund ohne Beine?«

Beide sehen sich ratlos an. »Wassn?«, fragt Mändy bang.

»Gar nichts. Egal, was man sagt: Er kann doch nicht kommen!«

M&M schweigen. Machen sie gute Miene zum bösen Spiel oder bekennen sie Farbe?

Mändy fasst sich ein Herz: »Ooor, wie gemein!«, sagt sie tadelnd. »Hundschn sinn doch sou niedlisch, nor?«

»Also, ich finde das gornisch lusdsch!«, zieht Maik nach.

Die beiden wissen gar nicht, wie verdächtig sie sich damit machen! Ich klaue ein pinkfarbenes Haarband vom Tisch, falls es ganz dick kommt und ich mal eine Voodoopuppe machen muss. »Okay, ich hab noch einen! Wie funktioniert ein Ossi-Kompass? Man legt eine Banane auf die Mauer und wo abgebissen wird, ist Osten.«

Schlunzens schweigen verstockt. »Noja«, sagt Mändy schließlich. »Zum Glügg hammor ja geene Mauor mehr!«

»Nur noch in den Göpfen«, sagt Maik und zwinkert Mändy zu: »Ich weiß abor 'n würglisch gudn! Wann dorf man einor Türkin ins Gesicht spucken? Na? Na? Wenn dor Bart brennt! Höhöhö!«

Noch ein Klischee bestätigt. Der gemeine Broiler geht nach Feierabend gerne Fidschis aufklatschen, fackelt Asylantenheime ab und erzählt Türkenwitze.

»Aber wer ist Bert?«, frage ich. Egal. Maik weiß noch einen.

»Der Fuchs ist schlau und stellt sich dumm. Beim Wessi ist es andersrum!« Beide reißen gleichzeitig ihre Münder auf und legen provisorisch sanierte Backenzähne frei. Bei nächster Gelegenheit werde ich ihnen vor die Tür scheißen, sie mit einem Zettelpiker perforieren oder in einen großen Topf mit Enthaarungscreme stecken. Und den Köter dazu. Schwänzchen in die Höh.

40. Barfuß durch Trüffel

Heute bin ich besonders gereizt. Valmont hat seit über einer Woche nichts von sich hören lassen. Ganz entgegen meinen Gewohnheiten kommentiere ich meinen Überlebenskampf im Alltag mit: Wird's bald, Blödmann! Na also! Geht doch! Warum nicht gleich so! Blöde Kuh, dumme Schrulle, Fatzke und so weiter.

Starre lange ins Schaufenster der Confiserie Leysieffer. Sehe ein wagenradgroßes silbernes Tablett mit braunen und weißen Trüffeln. Spüre das starke Bedürfnis, barfuß durchzulaufen. Gehe rein, kaufe das ganze Tablett und vereinbare, es abends liefern zu lassen.

Vorm Laden ist eine Töle festgebunden, eine Mischung aus Pudel und Dackel, kurze Beine, fett und schon relativ debil. Bei dem Versuch, Herrchen ins Geschäft zu folgen, ist sie mit ihrem dicken Wanst an den Treppenstufen hängen geblieben. Dort sitzt sie bräsig, mit rasselndem Atem und seilt ihre widerliche Pudelkacke ab. »Na, mein kleiner Wauzi? Kann unser kleiner widerlicher Wauwau nicht mehr fein laufilaufi machen?«, frage ich und trete ihr mit der Spitze meines Stiefels mitten in den fetten Arsch. Sie quiekt wie eine Sau, reißt sich von der Leine los und galoppiert von dannen.

In der In & Out-Liste der *Bild*zeitung stand gestern, dass Pflaumenkuchen von Aldi hip ist. Ich also zu Aldi. Kloppe mich mit Hellmuth Karasek um die letzten drei Packungen. Zum Schluss drehe ich ihm mit dem Zeigefinger seine Kringellöckchen nach und sage: »Geh nach Hause zu Mama, Professorchen, oder ich muss dir sehr, sehr weh tun!« Da lässt er los, macht eine Schippe und tröstet sich mit einer Jumbo-Packung Weinbrandbohnen ohne Kruste.

Dann zu Wertheim. Weil es hunderttausend Apfelsorten, aber keinen Braeburn gibt, niese ich in die Obstauslagen. Von der Weingummitheke klaue ich eine Handvoll Colaschlangen und in der Haushaltswarenabteilung kaufe ich einen Staubsauger, nur, weil er »Dirty Devil« heißt, was mich an Valmont denken lässt. »Viel Spass beim Saugen«, sagt die Verkäuferin und ich denke wieder an Valmont. Mascara von Helena Rubinstein – von der Broiler-Verkäuferin simultan mit »Wimpernspirale« übersetzt – gibt's nicht. »Nur wat Sie hier sehen«, sagt sie, randvoll mit hauptstädtischer Sachkundigkeit. »Aba nächste Woche kriegen wir wieda wat rein. Imma mal nachfragen.« Ich würde ihre Zellulitis gern in die Moulinette stopfen. Noch rasch oben am Debitel-Stand vorbei. Kaufe für Dietrich und Robert jeweils ein Handy. So kann ich ihnen künftig SMSen schicken.

»Ieeh, rohet Fleisch! Wer isst'n sowat?« Die Fleischfachverkäuferin in der Feinkostabteilung schüttelt sich und wickelt mit spitzen Fingern mein Roastbeef ein. »Da wird mir ja janz schlecht!« Geh doch kotzen, Schlampe! Dass dich der Rinderfinnenbandwurm befalle! Drillinge sollst du kriegen! Siamesische! Die Hühnerbeinkadaver in der Glasvitrine sehen grauenerregend aus. Möchte wissen, wie viele Leute täglich daran sterben.

Bei den Dessous stehe ich wie immer an der falschen Schlange. Eine Kundin fängt in letzter Sekunde an, nach ihrem Portemonnaie zu wühlen. Kann ja keiner ahnen, dass man an der Kasse bezahlen muss. Sie murmelt: »Moment, ich hab's passend!« Dann schüttet sie kiloweise Münzen in die Geldschale, wühlt hektisch, verzählt sich, fängt wieder von vorn an.

Die Verkäuferin betrachtet ihre Fingernägel und pustet über der Stirn eine splissige Haarsträhne hoch. Dann entschließt sie sich, die Zeit mit einem Telefonat zu überbrücken: »Oooond? Hapter Spässken gehabt? Nöh? Nich? Das isja ächt supha-gemein!« Rheinländisches Frettchen! Mach Dampf! Zum Schluss reicht es doch nicht. Die Kundin ramscht alles Geld wieder rein und zieht einen Hunderter raus. Mir wird heiß. Ich muss mal. Ich werde wahnsinnig! So kann ich nicht arbeiten! Ich habe Kopfschmerzen und brauche Aspirin, möglichst intravenös. Die Verkäuferin ist phlegmatisch wie eine Sau nach einem Achtlingswurf. »'ne alte Frau is halt kain D-Zuch«, erklärt sie, als ich immer lauter murre. Ich schmeiße ihr die schwarzen Nylons mit Naht ins bräsige Gesicht: »Wissen Sie, was Sie sind? Das Schlusslicht in der Nahrungskette!«

Auf einem Schild an der Kasse steht: Es bediente Sie: Frau Sammelnummer.

»Ich kriech 'n Kürbiskernbrot«, sagt die Kundin vor mir am Brotstand. Es ist aber nur noch eins da und das brauche ich! Ich lasse sie bezahlen, schlage sie mit einer Baguettestange nieder und kralle mir ihr Brot. Muss nach Hause, schnell, bevor *Bärbel Schäfer* anfängt. Thema heute: »Deutsche Verkäufer sind doch wirklich das Letzte.«

Als *Bärbel* vorbei ist, setze ich mich hoch inspiriert an den Computer, boote ihn hoch und diktiere Hasstiraden. Keine Ahnung mehr, was. Weiß nur noch, dass die Überschrift hieß: An alle Verkäufer und Frau Sammelnummer!

An alle Golfer und Frau Simone!
Wenn er mich weiter so ärgert,
Dann weiß ich Euch die auch aus den Höhen
Und stecke Euch in den Barsch.
Fuß. Gesichter!
Arsch Gesichter!
Im Haus Gesichter!
Die unverdaulichen Idioten auch.

Seinfelds Dusche hat keinen Druck. Er kriegt das Shampoo nicht rausgewaschen und seine Haare, sonst nach oben gefönt, sind ganz angeklatscht. Kramer und Newman sehen genauso aus.

Das Telefon schweigt. Das Handy schweigt. Die *Bild*zeitung titelt: BETRUNKENER ELCH VERÄPPELT DIE POLIZEI. Ich durchsuche den Computer auf Spiele und bleibe bei »Get Saddam« hängen. Im Autokill-Modus wird Saddam Hussein selbstständig abgeschossen. Die wahre Herausforderung ist der Multi-Saddam-Hunting-Modus. Viele kleine Saddams in grauen Uniformen tippeln kreuz und quer über den Bildschirm. Manche halten Hetzreden, manche schieben stumm Einkaufswagen mit Bomben und Raketen vor sich her. Per Mausklick kann ich sie abschießen. Dann kommt eine Granate geflogen, es kracht gewaltig und von Saddam bleibt nur ein Aschehäufchen. Zwei Treffer, zwei Aschehäufchen und so weiter. Heute spiele ich superschlecht. Von 127 Saddams treffe ich nur 55, mit 100 abgefeuerten Schüssen. 64-mal entwischt er mir. Kill Percentage: 48 Prozent.

Warum ruft er nicht an? Warum? Ich diktiere einen Brief an Valmont.

Am Balkon!
Ich möchte Dir
ein Getreide Haus reißen
und sie mehr in die von zu stopfen.
Ich möchte Dich fressen
und vom Meer vergessen werden.
Ich möchte, dass Du mich an Bord von schlechter um die Dienst.

Es klingelt und ein Bote bringt mir das Tablett mit den weißen und braunen Trüffeln von Leysieffer. Ich esse gar keine Trüffel und erinnere mich auch nicht, sie bestellt zu haben. Verlust des Kurzzeitgedächtnisses durch übermäßigen Handygebrauch. Dafür fällt mir ein, wie der neue Assi vom Alten heißt: Pierre Sanoussi-Nochirgendwas oder so. Den Boten samt Trüffeln schicke ich zu Herrn Pastor von Philips und schreibe Fred per SMS, er soll einen Termin mit dem machen. Endlich habe ich eine Idee für den Werbespot. Wenigstens das.

41. Wie das Gemüse

»Fakt ist«, sagt Pastor und ich finde es überaus passend, dass er diese blöde Broiler-Floskel benutzt. Er hat irgendwas zwischen den Zähnen und seine Zunge wandert unter der Gesichtshaut hin und her. Mein Milchkaffee muss schon einen Drehwurm haben, so unablässig, wie ich ihn umrühre. Zwischen uns steht ein Aschenbecher, groß wie ein Hundenapf. Drin hängen im Yoko-Ono-Stil mindestens zwei brennende Kippen auf einmal. »Fakt ist«, sagt Pastor, »ich freu mich! Ich freu mich, dass es endlich geklappt hat.« Eins ist Fakt: gefickt wird nackt, denke ich und habe keine Ahnung, wie dieser blöde Reim plötzlich in meinen Kopf gekommen ist und woher ich ihn kenne. Ich öffne die Knie wie Sharon Stone in *Basic Instinct* und der Lufthauch, der mir in den nackten Schoß weht, erotisiert mich.

»Sie Schlimme ...«, sagt Pastor schelmisch und ich kriege einen Moment lang die Panik, dieser Langweiler mit dem Charme eines AOK-Bezirksleiters könne meine Gedanken lesen, mir etwa zwischen die Beine sehen oder meine Möse riechen.

»Sie Schlimme hatten ja monatelang keine Zeit für mich!« Er neigt den Eierkopf nach vorn, droht mit dem Spinnenfinger und riecht ohrenbetäubend nach kalter Asche und WICK VapoRub.

»Ach wissen Sie, ich bin Geschäftsfrau. Ich weiß gar nicht, wo mir der Kopf steht. Die Woche hat nun mal nur 168 Stunden. Sie müsste schon doppelt so lang sein, um alles erledigen zu können«, sage ich und male kleine nackte Männchen mit Riesenschwänzen in meinen leeren Terminkalender. Aus der Jukebox schmalzt Dean Martin »That's amore«. Pastor deutet ein Schunkeln an.

Noch fünf Minuten. Gestern Nacht hat Valmont mir ein SMS geschickt. Endlich! Ich soll um 20 Uhr in dieses Restaurant kommen, nackt unterm Rock, mit halterlosen Strümpfen. Ich verlegte sofort den Termin mit Pastor hierher. Seit 18 Uhr langweile ich mich mit diesem hässlichen Broiler rum. Pastor arbeitete früher für »Berlin-Chemie«, was ja auch nicht wirklich lecker klingt. Vor der Wende war er Schlussredakteur beim *Neuen Deutschland*, dem Kampfblatt der SED, das es fertig brachte, in einer Ausgabe 35 Fotos von Honecker unterzubringen. Wie hieß dieser Honecker noch mit Vornamen? Egon? Erwin? Erich?

»Ernst«, sagt Pastor und hebt sein Prosecco-Glas. »Ich heiße Ernst. Ich bin der Ältere und würde vorschlagen, wir nennen uns beim Vornamen.«

Hauptsache, ich werde dich eierköpfigen Blindfisch bald los!

»Und Sie? Fakt ist, dass auf Ihrer Visitenkarte P Punkt steht. Und an Ihrer Bürotür ehmt auch. Wofür steht das P? Paula? Petra? Pamela? Na, verraten Sie's schon! Schießen Sie los!«

Ich mustere ihn aufmerksam. Schießen Sie los. Wenn ich meine Walther dabei hätte, dann wären das unter Umständen seine letzten Worte gewesen. Pastor saugt so heftig an seiner ekligen Zigarette, dass aus seinen Wangen Krater werden – ein eingedelltes Osterei. Man sollte es dringend aus der Schale klopfen!

»Paprika.«

»Wie das Gemüse?«

Sehr originell. In unserer Branche heißt so was ENE. Erster Naheliegender Einfall. Das ist, als hätte ich zu seinem Namen den Kommentar gebracht: Spaß beiseite! Ernst kommt die Treppe hoch!

»Hahaha. Nein. Wie der Roman von Erich von Stroheim.«

»Aaah-ja! Paprika. Was für ein außergewöhnlich … ähm … schöner Name! Darf ich Ihnen ein Geheimnis verraten?«

»Habe ich eine Wahl?«

»Es geht mir ehmt gar nicht in erster Linie ums Geschäft. Das geht seinen sozialistischen Gang! Sie haben den Auftrag und ich finde Ihre Idee mit dem vergleichenden Spot sehr gut. Ein junger Mann diktiert ein Liebesgedicht und der Computer versteht nur Bahnhof, super! Dann stellt sich raus: Er hat ehmt nur das falsche Diktierprogramm. dann holt er sich das von Philips, *let's make things better* und so. Toll. Prima Idee. Nein, aber … ehmt … es geht mir um mehr!«

Auch das noch!

»Deswegen wollte ich den heutigen Abend dafür nutzen, dass wir uns etwas näher kennen lernen.«

Das fehlte noch! Dieser Affenkopp! Macht immer noch schrecklich unappetitliche Zahn-Säuberungs-Grimassen und kommt mir doch glatt mit dieser Lernen-wir-uns-kennen-Masche!

»Ist das eine Anmache?«

»Ist der Papst katholisch? Hihi!«

Glücklicherweise öffnet sich hier die Tür und mein König tritt ein, Valmont, mit geblähten Nüstern wie ein zorniger Hengst. Ein Pfeil, der sein Ziel sucht. Seine schwarzen halblangen Haare sind wild nach hinten getürmt und von grauen Strähnen durchzogen, der Kragen hochgeschlagen. »Nabennt!«, wirft er dynamisch in die Runde, blickvögelt mich kurz und durchdringend und geht mit wehenden Mantelschößen in Richtung Toilette. »Sie entschuldigen mich einen Moment, Erich. Ich muss mir nur mal rasch das Näschen pudern.«

»Ernst«, korrigiert Pastor mild, steht auf, weil ich aufstehe, und nimmt für die Endsäuberung der Zahnzwischenräume nun doch den Finger zu Hilfe. »Bleiben Sie nicht so lange weg, Paprika.«

42. Clever bluffen

»Bitte, Härrschafdn, das bringt doch jetzt nüscht! Das geht doch alles von Ihrer Zeit ab!«, sagt der Liftführer und schiebt zwei irritierte afrikanische Touristen aus der Kabine. Der Mitmensch ist für mich nichts, zwischen ihm und mir besteht nicht die geringste Beziehung, schreibt Marquis de Sade. Man steckt eben nicht drin. Meine mit Strass besetzte Handy-Tasche von Gucci kommt zu Schaden. Aber das ficht mich nicht an. Ich bin glücklich geschunden, randvoll mit Valmont.

Er war jetzt eine Weile krank, ob ich ihn vermisst habe, ruft mir der Liftführer zu. Herzbeutelentzündung. Als hätte Adam nach der Schöpfung zu Gott gesagt: Und 'ne kleine Tüte bitte!

Fred strahlt gleißend. Es ist sein Kai-Pflaume-Lächeln, ein Lächeln, mit dem er jederzeit Frühstücks-Cerealien verkaufen könnte. »Na, Chefin, schon wieder zurück?« Das ist ja nun wirklich eine völlig unnütze Formel, ähnlich wie Hast du jetzt einen Bart? oder Sieht man dich auch mal wieder? Ich runzle die Stirn, aber Fred lächelt immer noch. Er trägt neuerdings die Freiheit im Gebiss. Seine Front ist aufwendig überkront, wie verchromt, kratzerlos, perfekt und glänzend, viel zu viel Zahn für den Mund. Und was für ein ultraschwules 5-Kilo-Hochzeitsbesteck der hat! Es gibt nur zwei Möglichkeiten: Entweder Fred schrumpft, oder sein Schwanz wird immer größer. Ich werde die Sache im Auge behalten.

Fred will ja unheimlich gern cool sein und deswegen rennt er dauernd in diese gehobene Muckibude, wo er sein Trophy-Girl auch kennen gelernt hat. Trotzdem sieht er eher aus, als würde er die meiste Freizeit auf dem Ponyhof verbringen.

Eine der Schubladen seines Schreibtischs ist geöffnet und ich sehe aus der Reihe »Lustiges Taschenbuch« die Hefte Nr. 110 Gittas Zauberkünste, Nr. 106 Der Tüpfelwal, Nr. 252 Happy Birthday, Micky und Nr. 256 Die Vulkaninsel. Dann vier Broschüren aus der Reihe »Clever bluffen«: Philosophie, Golf, Marketing, Champagner. Und außerdem einen aufgeschlagenen Erotik-Versandkatalog, der auf Seite 31 eine Liebesschaukel mit Spezial-Stahlbügel und abwaschbaren Polstern anbietet. Dazu gibt's kostenlos eine »glitschige Gummi-Muschi, weit dehnbar und aus einem absolut erregenden Wabbelmaterial«. Auf dem Schreibtisch liegt eine Postkarte mit der Aufschrift: »Es gibt viel zu tun. Lassen wir uns krankschreiben.« Fred gehört zu der Gattung Mensch, die solche Postkarten verschickt. Daneben steht ein Bilderrahmen aus giftgrünem Plüsch mit dem Foto seiner »Süßen«.

Schon seit einigen Wochen hat die alte Schwuchtel nämlich jetzt eine Alibifreundin. 90–60–90. Ziemlich antiseptisch, aus Nordfriesland und »echt blond«. Sie heißt Wiebke oder Frauke oder Thordis oder wie die geäderten Rotbäckchen da oben so heißen. Ich habe ihr neulich den Blondinenwitz mit dem Kuheuter erzählt. Sie fand ihn nicht lustig. Fred aber schritt besorgt ein und lachte für zwei.

Pastor, dieser verknallte Idiot, beschenkt mich dauernd mit Paprika, kiloweise, rot, grün, gelb, mit Gewürzen und Rezeptbüchern. Nicht mal jener Abend im Restaurant hatte ihn abgeschreckt, als er eine Stunde warten musste, bis ich vom Klo zurückkam, mit verschmiertem Make-up und völlig zerrauft. Er hat mir sogar in einem dieser unsäglichen Karaoke-Automaten eine CD selbst besungen, irgend so 'n Scheiß von PUR oder MODERN TALKING oder BAP: »Komm mit ins Abenteuerland / der Eintritt kostet den Verstand.«

43. Speckgürtel

Die *Bild am Sonntag* titelt: ENDLICH! HUNDEKILLER GEFASST! Im Radio kommt er wenig später zu Wort: »Ick hab mir einen jerubbelt und ihm am Kopp jestreichelt. Denn hat die Töle uff mein Sofa jeschissen. Da haick sooo 'n Hals jekriegt und hab ihm eene vasetzt. Da war er endlich still, der Köta der.«

Plötzlich weiß ich wieder, was ich mit den Trüffeln von Leysieffer machen wollte. Ich stopfe mir schon die fünfzehnte Knax-Gewürzgurke in den Mund. Ich esse nur Gewürzgurken von Knax. Für den Verzehr einer Knax-Gewürzgurke brauche ich sieben Sekunden. Kaufe immer gleich die Riesengläser: Füllmenge 1550 Gramm, Abtropfgewicht 850 Gramm.

Bei *Seinfeld* hat George eine Freundin, aber die sitzt immer auf der falschen Seite und mit rechts kann er nicht fummeln. Das Wort zum Sonntag spricht Oda-Gebbine Holze-Stäblein. Ich löffle ein halbes Glas Nutella. RTL2 bringt die Reportage *Männer, Mädchen und Maschinen – Von Asphaltmiezen und Vollgasrittern.* Ich gehe aufs Klo und stecke mir den Finger in den Hals, aber es klappt nicht. Überflüssige Gedanken? Aspirin und Valium! Schalten Sie ab! Endgültig! Auf SAT. 1 läuft *Nathalie III – Babystrich online.* RTL behandelt *Schlimme Finger – warum sich Ärzte selbst verstümmeln.* Mir ist schlecht. Ich schlucke Aspirin und Valium, jeweils einen mäuseschissgroßen Haufen. Was für ein komplett überflüssiger Tag! Thema bei *Bärbel Schäfer*: »Wo ich bin, ist Krawall.«

In diesem Moment klingelt es plump. Verdammt, Robert! Wo ich bin, ist Krawollke. Robert, Dietrich und ich haben einen gemeinsamen Videoabend geplant. Ich verwünsche den Moment, in dem wir das getan haben. Muss ich wirklich mein geliebtes Zwei-mal-zwei-Meter-Bett teilen? Muss ich mir wirklich was anziehen? Es klingelt immer noch! Ich bin nicht da! Ich mach nicht auf! Bääääp! Roberts Daumen ist eine schlimme Folter. Er schafft mich. Ich behalte den Dickinson-Mantel an und öffne, was sich als gute Entscheidung erweist. Robert hat eine Art Igelfrisur. Meine Laune hebt sich schlagartig.

»Was muss ich sehen? War Happy Hour im Haardiscount?«

»Pass mal uff, die Sache ist ja wohl die, dass man ab und zu mal zum Friseur muss.«

»Ja, aber muss man sich die Haare in der DDR schneiden lassen?«

Robert prescht an mir vorbei, den Geigenkasten geschultert wie eine Kalaschnikow. Ein Fleisch gewordener Rammbock, der Kurs nimmt auf seinen Stammplatz. Und dann die Haare! Da war ja die Pelzmütze noch besser! Müßig zu erwähnen, dass sein Schalter auf »Reden« steht.

»Langsam! Langsam! Ich habe andere Sorgen, Paprika! Seit Tagen übe ich eine säuische Kadenz. Und das, obwohl unser Orchester 'n Bach runterschliddert.«

»Denkst du eigentlich noch an das Mädchen aus dem Fernsehen?«

»Pass mal uff, ein Musiker als solcher kann sich so was gar nicht leisten. In *Schwanensee* muss ich ein halbes Violinkonzert allein spielen und bin absolut im Zentrum der Aufmerksamkeit! Kapierst du das?«

»Jaja, das ist ganz toll, aber denkst du noch an sie?«

»Intendant und Chefdirigent, unsere beiden Witzfiguren als solche, die haben einen ständig in der Mache. Da muß ich mich mal in Schutz nehmen. Da kann man sich keine Gefühlsschlappe leisten. Da kann man nicht triebhaft sein wie ein Schimpanse. Das ist absoluter Luxus, hörst du?«

Es klingelt.

»Dietrich?«

»So heiß ich! 24 Stunden am Tag, sieben Tage in der Woche.«

»Kannst du bitte deine widerlich gute Laune vor der Tür lassen?«

»Würde ich gern, aber da steht deine schon!«

»Haha! Komm hoch, Schwätzer! Und du, Robert? Warst du überhaupt schon mal verliebt?«

Er sitzt auf meinem Stuhl wie festgetackert. Der Schal schnürt seinen Hals ab, die achselnahe Jacke hat er abgelegt. Darunter trägt er einen 149-Euro-Polyesteranzug von C&A. Er winkt wieder ab.

»Das lassen wir mal, ja? Das ist im Moment nicht mein Thema. Kannst du bitte aufhören, mir überraschende Fragen zu stellen?«

Dabei hat er wieder diesen Gesichtsausdruck, der sagt: »Ich heiße Robert Krawollke, und wenn ich komisch bin, dann unfreiwillig!«

Inzwischen ist auch Dietrich eingetroffen, mit angelaufenen Brillengläsern, Poposcheitel und so stark pomadisiertem Haar, dass ich um meine Tagesdecke fürchte.

»Also gut«, sagt Robert anstelle einer Begrüßung, seltsam erregt, in seinem Gesicht zucken Muskeln, von deren Existenz ich bis dahin gar nichts wusste. Ich mache ein Polaroid, als er sagt: »Ich habe mich entschlossen zu heiraten.« Er sieht mich an, als sei er über sich selbst zu Tode erschreckt. Ich sehe Dietrich an. Der, hinter Robert stehend, fuchtelt sich vor der Stirn hin und her.

»Ich möchte Kinder. Täglich kommt es auf der Welt über 100 Million Mal zum Geschlechtsverkehr. Es entstehen 910 000 Schwangerschaften. Neun Monate später werden 400 000 Babys geboren und da … und da …« Robert stammelt wie einer, der eine Erklärung schuldig ist, aber keine hat: »Also, die soziale Isolation als solche wird völlig unterschätzt. Völlig! Die Welt steuert ja auf eine Katastrophe zu. Riesenkatastrophe. Laut Nostradamus sollte schon 1999 Schluss sein mit lustig! Im August! Nun wird das Desaster vielleicht doch erst später kommen. Aber es kommt! Kommt bald! Das will man nicht allein erleben!«

»Typischer Fall von Millennium Madness«, sagt Dietrich und fischt nach der letzten Knax-Gewürzgurke. »Warum kratzen, wenn's gar nicht juckt?«

Ich muss mir Mühe geben, ernst zu bleiben: »Wieso? Ist doch 'ne gute Idee! Verheiratete sind seltener krank, zahlen weniger Steuern und leben auch länger!«

»So gesehen!«, sagt Dietrich. »Jetzt, wo Gott geheiratet hat ... sei's drum! Warum nicht Robert? Frei von der Leber weg! Ich meine, die biologische Uhr tickt!«

»Genau!«, sage ich. » Man steckt nicht drin!«

Dietrich steckt drin, mit dem Finger in meinem Nutellaglas. Er leckt ihn ab, dann wieder ins Glas, dann leckt er wieder. Das erinnert mich an die *Seinfeld*-Folge, in der George Ärger kriegt, weil er auf einer Feier seinen Chip nach dem Abbeißen noch mal in die Soße tunkt. Double dipping. Ich werde mein Nutella wegschmeißen müssen.

Robert ist es bitterernst. Er zieht einen mehrfach gefalteten Kontoauszug aus der Tasche. »Ich habe gespart ... wie sagt man dazu? Hundert Riesen! Hundert Riesen als solche, sozusagen ...«

»Houhouhou!«, bellt Dietrich anerkennend. »Dafür muss 'ne alte Frau lange ficken!«

»Die Sache is ja wohl die, dass ich damit durchaus eine Hochzeit ausrichten und ein Haus im Speckgürtel anzahlen kann.« Roberts Stimme klingt, als käme sie aus einem Abwasserkanal.

Speckgürtel. Linsen mit Bauchspeck. Schweineschwarte mit Borsten. Putensaftschinken. Formvorderfleisch.

Dietrich nickt unbewegten Gesichts: »Nur zu! Wer jetzt kein Haus baut, baut sich keines mehr. Wer jetzt allein ist, wird es lange bleiben ...«

Wir machen High Five.

Er greift nach meiner *TV Spielfilm*, bei der der aktuelle Tag mit einer großen Büroklammer markiert ist. Er zeigt auf die Büroklammer und schüttelt den pomadetriefenden Kopf. »Das sind Sekundärtugenden, mit denen man ein

KZ leiten könnte.« Dann fällt sein Blick auf einen meiner Texte, der ausgedruckt auf dem Esstisch liegt, auf demselben Esstisch, auf den mich gestern Valmont gefesselt hat, um mich zu den Klängen der gregorianischen Gesänge aus *Eyes Wide Shut* auf jede erdenkliche Art und Weise zu ficken. »Ist das von dir?«, fragt Dietrich und schüttelt entgeistert den Kopf. »Das ist groß! Das ist ... das ist ... experimentelle Lyrik! Also, wenn ich dichte, dann klingt das ungefähr so: Gib mir mal das Dressing, Lessing! Iss halt mehr Obst, Jobst! Sieben Mal Bingo, Ingo! Halt den Rand, Kant! Aber das ... Darf ich das haben?«

44. Kind kein Hindernis

Es dauert eine weitere halbe Stunde, ehe wir uns alle auf dem Bett installiert haben. Robert tauscht eher widerstrebend seinen Platz auf dem Stuhl gegen einen Platz auf der äußersten Bettkante ein. Dort sitzt er nun, den Aftermuskel aufmerksam gespannt, wie 'n Affe auf'm Schleifstein. Dietrich formt mit den Lippen hinter Roberts Rücken die Worte »latent homophob«. Dann wirft er die Schuhe von sich und fläzt sich mit aufgestütztem Kopf schräg aufs Bett. Ich stehe noch, weil ich ja der Videomeister bin. Was sind wir nur für ein Trio! Dietrich lasterhaft, ich lebenssatt, Robert weltfern wie ein Eremit. Uns verbindet keine Freundschaft. Kumpanei vielleicht, Komplizenschaft, entfernte geistige Verwandtschaft, eine gewisse Illusionslosigkeit und natürlich jede Menge Neurosen. Gemeinsam irrlichtern wir der Hölle entgegen.

»Was kucken wir denn nun, Jungs?«

»*Sans Soleil* von Chris Marker«, sagt Robert, der eine glatte Eins verdient hat in Wirbelsäulenstreckhaltung.

»Nö! Nich so 'n intellektuellen Scheiß! Lieber was Lustiges! Was Subversives! *Mann beißt Hund*«, sagt Dietrich.

Roberts Heiratswunsch hat mich auf eine Idee gebracht. Ich reiße drei gelbe Post-it-Zettel vom Block, schreibe auf jeden dasselbe und falte sie.

»Am besten, wir losen! Dietrich zieht.«

»Und du, was macht die Liebe?«, fragt Dietrich und nimmt ein Los.

»Du immer mit deiner Liebe!«

»Hm. Dann frag ich anders: Wie läuft deine kleine Brutalburleske?«

Ich bereue, ihm jemals von Valmont erzählt zu haben, und hülle mich demonstrativ in Schweigen. Robert summt. Ich habe eine Melodie im Kopf und pfeife gegen Roberts Summen an.

»Man erkennt dich nicht wieder«, sagt Dietrich. »Du sprichst nicht über deinen Lover, gehst mit dem Handy aufs Klo und pfeifst munter einen Trauermarsch nach dem anderen.«

»Und du? Wie läuft's mit Ulla?«

»Bestens. Wir sind ein Herz und eine Seele. Zwischen uns passt kein Blatt Papier. Leider jobbt sie ziemlich viel. Montags nacktputzen, dienstags babysitten, mittwochs verkauft sie Tennissocken vorm Wertheim, donnerstags Taxifahren, freitags Tabledance …«

»Hauptsache, kein Bratkartoffelverhältnis!«

»Nasagmal! Hör ich da Häme?«

»Worum geht's?«, fragt Robert, der eben aus seinem komatösen Dämmerzustand erwacht.

Dietrich kriegt Gesicht süßsauer. »Paprika sagt grade, wenn du arbeitslos wirst, dann kannst du immer noch mit deiner Frisur in Serie gehen.«

Ich mache das Time-out-Zeichen.

»Was is?«, sagt Robert und schüttelt den Kopf. »Du liebe Güte! Mit so 'm Humor kann ich nix anfangen!«

»Robert, wenn du nicht über dich selbst lachen kannst, dann könnte dir der Witz des Jahrhunderts entgehen!«, sagt Dietrich.

Robert stiert vor sich hin. »Haha.«

Dietrich starrt verwundert auf den Zettel: »Hä? Schütähm? Wer mit wäm?«

»Hör mal, das ist Kult!«, sage ich. »Eine Partnerschaftssendung. Ausländisches Fernsehen, genauer: Mitteldeutscher Rundfunk. Situationskomik, Realsatire, Fremdschämen, alles auf Sächsisch!«

»Gütiger Himmel!«, stöhnt Dietrich. »Nur Broiler-Frauen?«

»Ja. Und was für welche! Vielleicht ist ja eine für Robert dabei.«

»Und eine für mich!«, quengelt Dietrich. » Oder wollen wir lieber Muschis kucken im Internet?«

Ich bleibe hart. »Nein. Das Los hat entschieden!« Dietrich sagt: »Na denn! Ich gebe die anachronistische Verweigerungsattitüde auf die marginalen Anforderungen des medialen Alltags auf. Ich kucke MDR!« Und Robert macht sein kurzes Hm.

Ich lege die Kassette ein und dimme das Licht. Erst läuft »Love is in the air« in einer poppigen ostdeutschen Synthesizer-Version vor einer Himmelsgrafik, auf der sich aus rotem Geschenkband Herzen bilden. Dann tritt der Moderator auf, der einen alten Nasenbeinbruch, eine noch ältere Karies und ein Faible für sinnige Reime hat: Im Alter allein / so soll's nicht mehr sein! Seine erste Kandidatin ist Roswitha (41), Sekretärin aus Meißen. Sie entpuppt sich als lebenslustige Fische-Frau, die einen Mann sucht, der mit beiden Beinen irgendwo steht. Sie selbst steht, ihrer Frisur nach zu urteilen, mit einem Bein im Gefängnis. Ein Gläschen in Ehren darf niemand verwehren und »Sinn für alles Schöne« muss er haben. Roswitha möchte mit ihm »Freizeitgestaltung machen«, droht sogar mit einem gemütlichen Abend zu zweit. »Sou, meine Härren«, liest Roswitha vom Prompter, »neugierig?« Robert schüttelt verbiestert den Kopf. Dietrich kichert in mein Nutellaglas.

Jetzt kommt Mirko (29), Kraftfahrer aus Sömmerda. Der

war Mr. FKK 1988 und will eine Partnerin, die größenmäßig zu ihm passt, was auch immer das in diesem Zusammenhang heißt.

»Der deutschen Jugend kann keiner mehr den Schneid abkaufen!«, schnarrt Dietrich. Mirkos Zukünftige soll das »Herz auf dem rechten Fleck haben« und aus Ostdeutschland kommen. Kind kein Hindernis. Und sie soll durch dick und dünn gehen. Dick & dünn, kurz & klein, Black & Decker, schön & gut, Wisch & Weg … Valmont! Die Unterlippe nimmt Kontakt zu den oberen Schneidezähnen auf: V. Dann Mund weit auf für das A, Zunge an den Gaumen für das L, Mund schließen für das M, Lippen rund und hart, aber weiter werdend für das ONT …

Plötzlich fahre ich auf wie von der Tarantel gestochen. »Ich habe ein Geräusch gehört!«

»Paranoia ist ansteckender als Schnupfen«, sagt Dietrich und rückt demonstrativ von mir weg.

»Paranoia heißt noch lange nicht, dass einen keiner verfolgt«, knurre ich. Taube Nuss! Fünf Minuten später höre ich es ganz deutlich. Da bellt doch wer! Da bellt doch schon wieder wer! Dietrich und Robert haben nichts gemerkt. Robert, weil er summt und ohrenbetäubend an seinen Bartstoppeln schabt, Dietrich, weil er sich im Ohr pult.

Ilka (39), Angestellte aus Glauchau, hat für sich (Topf) schon mal einen Mann (Deckel) probiert, aber der war »nisch dor Rischtige«. Sie selbst ist »nisch ohne Eggen und Ganden«, wofür symbolisch die monströsen Schulterpolster ihrer Dederonbluse stehen. »Das kommt übrigens von DDR«, sagt Dietrich, der sich bei den Broilern auskennt. »DeDeRon!« Ilka wünscht sich indessen Gesprächsbereitschaft. Das Tanzbein schwingen will sie, wofür sie freilich Unterstützung braucht, denn es ist dick wie ein Baumstamm. Äußerlichkeiten sind Ilka nicht so wichtig.

Uns aber.

»Wenn so 'n Walross mal auf dich drauffällt …«, sagt Dietrich.

»Dann biste platt«, sage ich.
»Glaub ich auch«, sagt Dietrich.
»So sieht's aus«, sagt Robert.

Jürgen (43) aus Schwerin trägt einen verwegenen Vollbart und seine zukünftige Partnerin »sollte schon ein bisschen Niwou haben«. Damit ist er raus aus der Nummer. Jochen (35), ABM-Kraft aus Eilenburg, scheidet ebenfalls aus, denn er sucht eine Frau, die noch an die Liebe glaubt. Zu allem Überfluss ist er gegen Unmenschlichkeit und Gefühlskälte. Claudia (29), Hausfrau aus Eisenhüttenstadt, ist unkompliziert, lebensfroh, spontan und fett. Sie hat einen schwarzen Sack an, der um den Hals mit einem roten Tuch zugebunden ist, dessen Enden traurig an ihr runterlappen. Claudia sucht einen »lieben Vati für ihre fünf Racker«. Mein Gesicht ist wie betäubt vom Lachen. Auf Dietrich und Robert will der Funke nicht so richtig überspringen.

»Jetzt hör ich auch was«, sagt Dietrich, hebt den Zeigefinger und richtet sich auf.

Robert summt. Dietrich macht Pssst und legt den Kopf an die Wand. Dann bindet er umständlich mit seinem Schnürsenkel einen Handspiegel an meine Hermès-Reitgerte und schleicht sich auf den Balkon.

»Kuck dir das mal an«, flüstert er und winkt heftig. »Welch eine pyramidale Libertinage das!«

Im baumelnden Oval des Spiegels sehe ich Maik auf allen vieren, wie er winselnd zwischen Gummibäumen Männchen macht und nach einer über ihm baumelnden Bifi schnappt. Sein Doppelkinn suppt über das schwarze Stachelhalsband. »Bei Fuß«, sagt Mändy, die vor ihm steht und eine Korsage trägt, über deren Rand die Brüste baumeln wie Lämmerschwänze. In der einen Hand hält sie die Bifi, in der anderen ein aufgeschlagenes Buch, wahrscheinlich das *Clever bluffen: SM*. »So isses brav, mei Gleenor!«, sagt Mändy. »Heißer Feger«, zischt Dietrich, der es immer wieder schafft, mich zu enttäuschen. Maik und

Mändy enttäuschen mich nicht. Dacht ich's doch! Der Broiler neigt jenseits von Aquarium, Gummibaum und Wackeldackel zu Ausschweifungen banalster Art.

»Wie hieß die Sendung?«, fragt Robert, als wir kichernd wieder reinkommen.

»Schütähm Plemplem«, sagt Dietrich. »Du doch nich! Die doch nich! Paprika, du weißt das, die mit der Dame …« Er malt unter Zuhilfenahme beider Arme ein Michelin-Männchen in die Luft. Ich fürchte, er spricht von Kitty. »Ich werde sie finden«, ruft er und guckt wie ein Forscher, der jeden Zweifel an der Echtheit der Gebeine Schillers ausräumen will.

»Mach's nicht! Wenn du nicht willst, dass die Milch sauer wird, dann lass sie in der Kuh«, sagt Dietrich.

Ich halte Robert die Fernsehzeitung hin: »Die Sendung heißt *Bärbel* und läuft auf RTL.«

»Aha.« Roberts knotiger Musikerfinger rutscht über die Spalten. Beim Lesen bewegt er die Lippen. »*Bärbel* also. Ist das so eine … wie sagt man? … Torkschou?

»So ähnlich«, sagt Dietrich fast zärtlich. »Dort kann man Gedanken austauschen, die man doppelt hat.«

»Naja. Soso! Gut! Warum nicht? Eine Torkschou als solche. Passt ma uff, ich werde dort Erkundigungen einziehen. Und die betreffende Dame finden.«

»Robert, es muss reizend sein, mit dem Osterhasen und Peter Pan in deinem Kopf zu wohnen«, sagt Dietrich und hat es eilig, wieder auf den Balkon zu kommen.

45. Top Fifty Bärbel

Küss mich! Ich bin doch gar nicht widerlich! Doppelter Ehebruch hebt sich auf! Hilfe – meine Boygroup hat sich getrennt! Wie deutsch muss ein Ausländer sein? Du bist unerotisch – trag endlich einen Rock! Hilfe, ich habe meine Tage! Wie flippig dürfen Mütter sein? Erzieh doch deine Blagen endlich richtig! Pfui Teufel! Mit dir war ich mal im Bett! Heute muss es raus! Ich liebe Mamas Freund! Meine Mutter ist mir peinlich. Ich hab Bock auf Zoff! Dünne Frauen – hört endlich auf zu hungern! Dicke haben mehr Spass. Dein Schlankheitswahn ist doch krank! Ich habe abgenommen – heute verrate ich euch, wie es geht. Auch wir Dicken wollen auf den Arm! Bin ich doof, weil ich Volksmusik liebe? Hilfe, meine Freundin hat Zellulitis!

Hör endlich auf zu essen! Du wirst immer dicker! FKK – schämt ihr euch nicht? Hilfe – ich bin sooo hässlich! Ich bin schwanger, aber ich weiß nicht, von wem! Keine Arbeit, keine Freunde, und dann auch noch schwanger. Auch ein Knasti braucht mal Sex! Schäm Dich! Du lebst von Sozialhilfe und bist schon wieder schwanger! Geh endlich arbeiten, du Schmarotzer! Besoffen bin ich richtig gut. Nur beim Klauen krieg ich den Kick! Kapier's endlich! Deine Frau ist ein Flittchen! Finger weg von meinem Mann, sonst knallt's! Ich fordere die Todesstrafe! Schäm dich! Gerade Witwe und schon wieder verliebt! Du Affe: Rasier dich! Tussi – an dir ist doch alles künstlich! So wie du aussiehst, kriegst du keinen ab. Räum deine dreckigen Socken selber weg! Verona Feldbusch – ich bin schöner als das Original! Ich leg jede flach! Ich steh auf Hässliche. Ich bin dick und finde keinen Job. Mein Mann ist ein Weichei. Räum endlich auf, du Schlampe! Du liebst dein Haustier noch zu Tode! Asozial! Was heißt das schon! Drei Kinder und geschieden – mich nimmt doch keiner mehr! Komm mir ja nicht schwanger nach Hause! Mein Mann weiß nicht, dass ich ein Mann bin. Wer heutzutage noch arbeitet, ist zu dumm, Sozi zu kassieren!

46. Hallo, du kleine Mahnmaldebatte

»Überraschung«, ruft ein Eierkopf aus einem Porsche-Cabrio. Ich bin ungnädig. Dieser Knilch hat mir grade noch gefehlt!

»Ach, lauern Sie mir jetzt schon auf?«

Pastor lacht glucksend und biegt dabei den Kopf in den Nacken, als litte er an den Symptomen einer akuten Meningitis.

»Schön, Sie zu sehen!«

»Davon bin ich überzeugt.«

»Scharfe Paprika«, ruft er, vernachlässigend, dass ich schon sehr früh alle Wortspiele auf meinen Namen sowie Informationen über Paprika kennen und hassen gelernt habe. Paprika, Capsicum annum L. Capsicum blabla aus der Familie der Nachtschattengewächse blabla enthält Vitamin B und C, Karotin, scharfes Öl, nichtscharfes Öl, ätherische Öle blabla wird gern als Gewürz und Lebensmittelfarbe verwendet. Heilanzeigen: anregend, magensaftbildend, verdauungsfördernd et cetera p.p.

Wer weiß, wie lange dieser Blödwurm jetzt schon vor dem Fernsehturm rumlungert.

»Kann ich Sie irgendwo hinbringen, kleine süße Paprika?«

Ich komme mir bei dieser Art von Anrede vor wie Marika »die Schreckschraube« Röck.

»Heute ist der erste Tag vom Rest meines Lebens«, sagt Pastor. Er zeigt gen Himmel. »Die Sonne scheint. Man kann offen fahren. Und ich musste meinen Wagen ohnehin mal bewegen. Da dachte ich, ich schau mal vorbei! Motivation kommt chmt von Motiv.«

Motivation kommt von Motiv. Eifersucht kommt von Eifer. Leidenschaft kommt von Leiden. Humor ist, wenn man trotzdem lacht. Der Vertrag ist noch nicht unterschrieben und ich muss im Moment noch eine Art Sympathie heucheln. Wenn dieser Idiot mich also unbedingt rumkutschieren will, dann soll er sich frisch machen. »Sekündchen«, ruft Pastor, springt hastig keuchend aus dem Wagen und öffnet mir die Tür. Sein Arsch ist breiter als der von Mutter Beimer.

Und dann geht das Gefussel los. Bulthaup mache »wirklich schöne Küchen«. Berlin sei »viel sauberer« geworden. Die Autofahrer würden »ehmt wirklich immer rücksichtsloser«. Kurz: Pastor ist schrecklich bemüht, jetzt ja nicht in der Konversation zu versagen.

»Haben Sie schon das Titanic-Musical im TeDeWe gesehen?«, fragt er.

Ich hasse Musicals.

Ich hasse es, auch nur in der Nähe von Musicals zu sein!

Ich hasse es schon, wenn ich »Musical« sagen muß!

»TeDeWe? Ich kenn nur KaDeWe!«

»Haha. Nee, Theater des Westens!«

Und wie nah der rankommt! Leute wie Pastor nennt Seinfeld »Nahkampfredner«. Ihm haftet tagealter Rauch an, der aus jeder Pore zu kriechen scheint, aromatisiert mit WICK VapoRub.

»Nein.«

Pause.

»Waren Sie schon in der Gogäng-Ausstellung?«

»Nein.«

Pause.

»Was sagen Sie zu Lafontaines Rücktritt?«

»Who the fuck is Lafontaine?«

Pause.

Dann kichert er. »Sie haben Humor«, sagt er unsicher, aber beherzt.

Ich werde dich jetzt so lange zwischen die Beine peitschen, bis du mich anflehst, dich in den Arsch zu ficken, sagt Valmont in meinem Kopf. Ich mustere Pastor, der schon die vorgebeugt-verkrampfte Broiler-Fahrhaltung eingenommen hat. Dem geht bestimmt erst einer ab, wenn man ihn mit heißen Kartoffeln bewirft. Oder er sammelt getragene Schlüpfer. Aber von mir kriegt er keinen.

»Was sagen Sie denn zur Mahnmaldebatte?«, fragt Osterei Pastor tapfer weiter.

Hallo, du kleine Mahnmaldebatte, denke ich und grinse vor mich hin, weil ich an einen Witz denken muss. Zwei sitzen an der Bar. Fragt er: Was sagen Sie zu einem kleinen Bumserchen? Sagt sie: Hallo, du kleines Bumserchen!

»Haben Sie das neue Buch von Weizsäcker gelesen?«

»Nein.« Warum wachsen alten Männern eigentlich Schamhaare aus den Ohren? Warum wachsen Roger Willemsen eigentlich Schamhaare auf dem Kopf?

»Spielen Sie Golf?«

»Nein. Können Sie da drüben einparken? Da, genau vor Butter-Lindner, auf der anderen Straßenseite? Schnell, vitevitevite, so machen Sie doch!« Pastor tuckert wie ein spastischer Urwaldvogel in die Kurve. »Na los, Beeilung, sonst isser weg!«

»Aber … ähm … das ist ein Behindertenparkplatz!«

»Na, passt doch!«

»Ich spiele übrigens schon seit Jahren Golf. Mein Handicap ist zehn.« Leider nicht sein einziges. Pastor quasselt sich Fransen ans Maul und mir ein Loch ins Ohr.

Ich bin schrecklich desinteressiert. Mit Menschen, die schrecklich interessiert sind, habe ich ein Kommunikationsproblem. Schon gar, wenn einer die Ausstrahlung einer Dunstabzugshaube hat, wenn einer so aussieht und riecht und Auto fährt wie Bolle Pastor. Der versteht vom Porsche so viel wie die Kuh vom Sonntag! Jetzt habe ich schon wieder seinen Vornamen vergessen. Irgendwas mit E. Elvis? Ernie? Ekel? Oder einfach Ei?

Endlich hält er an. Mein Handy vibriert, mein Herz setzt aus. Ich greife so heftig in meine Jackentasche, dass ich mein Innenfutter zerreiße. HEUTE ABEND WERDEN SIE MIR GEHÖREN! Valmont! Ich wünsche mir seine Finger im Mund, seine Zunge, seinen steifen Schwanz.

»Wohnen Sie hier?«, fragt Pastor, reckt echsenartig den Kopf nach vorn und zeigt auf den Wittenbergplatz.

»Bitte? Ja. Genau«, sage ich zerstreut und: »Wir telefonieren, Egon!«

»Ernst! Wollen wir nicht heute Abend noch … Nicht, was Sie denken!«

Ich denke nichts. Ich drehe mich nicht mal mehr um. Am Tauentzien winke ich nach einem Taxi, fahre zu Meyer Beck, wo ich mir 300 Gramm gekochte Ochsenzunge in fingerdicke Scheiben schneiden lasse. Fresse im Taxi, im Lift, auf dem Korridor alles auf.

47. Ich war jung und brauchte das Geld

»Draußen gibt's nur Kännchen!«

»Och komm. Das ist zu leicht. Das beleidigt meine Intelligenz. Kellnerin.«

»Okay, mal sehen, hier ist noch einer: ›Ich komm ja eigentlich vom Theater.‹«

»Dietrich, wirklich! So 'n Hühnerkram. Schauspieler.«

»Manno, Paprika, dann bist du jetzt eben dran.«

»Okay! Eat this: ›Ich war jung und brauchte das Geld.‹«

»Verbrecher?«

»Falsch. Nutte. Zwei zu Null für mich.«

Dietrich lässt zähneknirschend die getönte Scheibe meiner Stretchlimo per Knopfdruck hoch- und runterfahren.

»Jetzt weiß ich!«, ruft er plötzlich wie Erwin Lindemann aus dem Lotto-Sketch von Loriot: »›Irgendwas ist immer im Programm.‹«

»Hausfrau«, ruft Fred von vorn unter seiner etwas zu großen Chauffeursmütze hervor, pfeift aus der Nase und versucht ein Elvis-Lächeln.

»Wer hat Sie denn gefragt?«, knurre ich und fahre die

Trennwand hoch. Dietrich schießt das erste Tor: »Arbeitsloser.«

Zu seinem Geburtstag habe ich Fred eine selbst entworfene und von Wong geschneiderte Uniform mit Mütze geschenkt. Seitdem fährt er mich bei Bedarf in einer geleasten Stretchlimo durch die Gegend. Die Degradierung vom Persönlichen Assistenten zum Chauffeur trüge er mit Fassung. Wie ein Kind macht er beneidenswert schnell seinen Frieden mit dem Ist-Zustand.

Dietrich benimmt sich auch wie ein Kind. Er fummelt am Display rum: Bar auf, Bar zu, Schiebedach auf, Schiebedach zu, Fernseher an. Er ist ganz heiß auf Limo fahren. Ersatzbefriedigung. Vor einigen Tagen hat er sich von Ulla getrennt. »Retrospektive Eifersucht. Sie wollte einfach alles von mir wissen. Und wenn ich was erzählt habe, dann gab's sofort Theater. Wenn ich gesagt habe: Das mit Lydia, das war rein sexuell! oder Das mit Annika war nur, weil sie so tolle Beine hatte, dann ist sie total ausgeflippt und hat Geschirr rumgeschmissen. Ich habe dann so Sachen gesagt wie: Verurteilst du mich dafür, dass ich bin, wie ich bin? Verurteilst du ein Blatt, weil es im Herbst abfällt? Den Hund, weil er den Mond anheult?«

»Und was hat sie gesagt?«

»Dass ich 'ne Knallschote bin. Voll gefloppt die Sache.«

»Versteh einer die Frauen. War sie dir treu?«

»Sie hat mich meines Wissens nicht betrogen.«

»Und du?«

»Ich hab sie ihres Wissens auch nie betrogen.«

»War sie gut im Bett?« Dietrich macht ein Angebergesicht: »Ich bin kein Mann, der seine eigenen Lorbeeren erntet, aber … am Anfang nicht!« Wir schweigen so lange, bis er abschließend seufzt. »Hach, das wird böse enden.«

Ich wünschte, mir würde was einfallen! Etwas Mitfühlendes, etwas Menschliches! Aber was? Gibt es so etwas wie einen Menschlichkeits-Workshop? Und warum überhaupt soll ich ihn trösten? Hat sich Dietrich nicht vorsätzlich auf die falsche Seite des Lebens geschlagen? Habe ich nicht genug eigenen Kummer? Valmont ist nicht gekommen! Vorgestern nicht. Gestern nicht. Heute nicht. Ich trage mein neues Panasonic-Handy im Hosenbund, jederzeit, Tag und Nacht, um das Vibrieren ja nicht zu verpassen. Für die Reparatur meines Festnetzes habe ich 500 Euro bezahlt. Aber nichts! Kein SMS, kein Anruf, keine Entschuldigung, kein neuer Termin.

»Lass uns einfach weitermachen«, sagt Dietrich. Ich ermahne mich dringend zur Heiterkeit. Zum ersten Mal seit langem spielen wir wieder eins unserer Spiele. Eine Art *Was bin ich?*.

»›Sie können das tragen.‹«

Dietrichs Zeigefinger kriechen seitlich hinter die Brille und säubern ausgiebig seine Augenwinkel.

»Verkäuferin?«

»Disco! Und: ›Ich glaube nicht, dass er heute noch mal reinkommt!‹«

»Sekretärin.«

»Okay, wer sagt: ›Was glauben Sie, was wir täglich für Geschichten hören!‹«

»Polizist? Journalist? Kaufhausdetektiv? Der ist schlecht, Paprika. Der ist enttäuschend unpräzise. Wenn er auf zu viele passt, dann isser nich gut.«

»Und was hältst du von dem? ›Mein Name tut nichts zur Sache.‹«

Dietrich furcht die Stirn: »African Concentration«, sagt er mit rollendem Pidgin-R. »Denunziant? Kidnapper?«

»Letzteres. Und wer sagt: ›So was erledigt der Chef gern selbst.‹«

»Handwerker. Und wer sagt: ›Also, im Prospekt sah das irgendwie anders aus.‹«

»Tourist. Und wer sagt: ›Dringeblieben ist noch keins!‹ Na? Nich? Geburtshelfer. Oh, Dietrich, jetzt fällt mir noch einer ein, ein ganz geiler: ›Ich kenn mich aus mit Vögeln!‹«

Dietrich grinst von einem Ohr zum anderen. »Ich weiß schon!«, sagt er. »Ornithologe!«

Wir machen High Five.

Durch das Schiebedach brennt uns die heiße Augustsonne auf den Pelz. Ich hasse Sonne und schließe das Dach. Dietrich nimmt seine Brille ab und rubbelt sie auf den Schenkeln sauber. Plötzlich wirkt er irgendwie verstimmt und hat das verschrumpelte Gesicht eines Affen.

»Warum scheint die Sonne nicht 24 Stunden täglich? Warum gibt es nicht Haare, die nie filzen, Kirschen ohne Kern, Rosen ohne Dornen? Mädchen ohne …«

»Mösen?«

»Nee. Ohne PMS. Als James Dean so alt war wie ich, da war er schon ein paar Jahre tot! Neulich hab ich was gelesen über Pulsadern aufschneiden: Nimm den besten Orgasmus, den du jemals hattest, multiplizier ihn mit 1000 und du bist noch nicht mal nah dran.«

»Wen interessiert's? Gedanken dieser Art habe ich entweder längst ausgeschaltet oder nie gehabt.«

»Nietzsche wurde 1888 endgültig verrückt und wählte Kapitelüberschriften wie Warum ich so klug bin oder Warum ich so gute Bücher schreibe …«

»Wie bist *du* denn plötzlich drauf? Typischer Fall von Problemverfilzung.«

»Diogenes, ja, der hat es richtig gemacht! Er lebte in der Tonne, um keine Steuern zahlen zu müssen. Er hat Alexander dem Großen gesagt, dass er ihm gefälligst aus der Sonne gehen soll …«

» Ja, und?«

»Er vögelte und wichste auf öffentlichen Plätzen.«

»Was für ein Held.«

»Er starb, weil er keine Lust mehr hatte zu atmen …«

»Hör auf mit dem Gefasel, sonst steigste nämlich aus!«

»Kennst du schon die traurige Geschichte von Elvis?«

»Herrschaft! Nein! Aber ich fürchte, du wirst sie mir gleich erzählen.«

»Es ist die traurigste Geschichte der Welt. Elvis ging in eine Kneipe. Dort fand zufällig gerade ein Elvis-Wettbewerb statt. Niemand erkannte ihn, und er nahm daran teil.«

»Und?«

»Dritter Platz. Er kam auf den dritten Platz.«

Dietrich, der ja rein theoretisch den Idealzustand erreicht hat, hochintelligent und hochgebildet, ist von allen Menschen, die ich kenne, am glücklosesten. Wie viel Leben hat ihn sein Verstand gekostet? Er hat sich auf ein so hohes Niveau gelesen, dass er darauf durchs Leben stöckelt wie ein Elefant auf Pfennigabsätzen. Ihm steht nichts. Ihm gefällt nichts. Ihm gelingt nichts. Seine Majestät Ihre Blasiertheit Frustbeule. Irgendwas ist da kaputt. Alles weitere kann nur noch eine Obduktion klären.

Wir sind am Stuttgarter Platz. Tagsüber ähneln die Sexkinos einer ausgedienten Pappkulisse. Ich fahre die Trennwand runter. »Warten Sie hier, Fred! Los, Dietrich, kuck mal, in der Lotusblüte spielen sie einen Porno von Kris Kramski!« Dietrich steigt aus, murrend, weil ihm Kramski-Pornos viel zu viel Handlung haben. So viel ist es dann doch nicht. Der Kinosaal ist leer, nur in der dritten Reihe sitzen zwei synchron wichsende Männer. »Uiuiu«, sagt Dietrich, kratzt sich am Kopf und gähnt. »Die gehn aber ganz schön ran, das muss ich schon sagen!« Ein Thai-Mädchen steuert forsch auf ihn zu wie eine Empfangsdame, die es sich nicht nehmen lässt, jeden Stammgast mit Handschlag zu begrüßen: »Wollen wir bisschen Bums machen?« Ihr Vorschlag wird von Dietrich lebhaft begrüßt, jedoch von mir abschlägig beschieden. Ich habe eine bessere Idee: »Lass uns lieber mal eine kleine Milieustudie in Broiler-Land machen!«

48. Trommelfeuer der Sinnlichkeit

Erst verfährt sich Fred tausendmal. Ich möchte wetten, dass er innerlich flucht – nach außen trägt er eine Art Guido-Westerwelle-Lächeln zu Grabe. Ein Lokal namens »Bumsschuppen« im abgefucktesten Neubaughetto Ost-Berlins zu suchen, das ist sogar ihm zu viel!

Wie vermutet handelt es sich bei M&Ms gut sortiertem Bärschnglubb um einen Plattenbau mit roten Plastik-Jalousien. Fred darf heimfahren und lässt sich das nicht zweimal sagen. An der Tür hängt ein Klodeckel mit dem Hinweis, dass drunter die Sexbombe des Abends zu sehen sei. Es ist aber ein Spiegel, wie Dietrich unnötigerweise recherchiert. Auf dem Schild steht: Bumsschuppen – der Treff für tolerante Damen und Herren ohne Mitgliedschaft. Als Klingel fungiert eine Gummititte, 29,90, Beate Uhse. Drinnen geht es zu wie auf einer gigantischen After-Show-Party von *Je t'aime – wer mit wem?*. Das Etablissement ist gut besucht. Ob gut sortiert, bleibt fraglich.

»Man sieht den Wald vor Bäumen nicht«, zischt Dietrich durch die Zähne und zeigt auf Kassenbrillen, Dauerwellen, Zellulitisgirlanden und Bierwänste. »Ein wahres Trommelfeuer der Sinnlichkeit.« Aus dem Radio dudelt ein Song von Bryan Adams: »I wanna be your T-Shirt when it's wet, I wanna be your shower when you sweat, I gotta be the tattoo on your skin, let me be your bed, baby, when you climb in.« Aber Stimmung kommt erst in den Laden, als im Anschluss ein Achim-Menzel-Potpourri erklingt. »Scheiß-Ossis«, murrt Dietrich, hält sich dann in gespieltem Erstaunen die Hand vor den Mund und entschuldigt sich in die nackt schunkelnde Runde.

Eintritt kostet 99 Euro für Männer, 69 Euro für Frauen.

»So 'n Mist«. Dietrich wendet die Hosentaschen seines teuren italienischen Anzugs nach außen. Ein Labello ohne Hülle fällt raus, ein Kuli von der Sparkasse und ein paar lose Fisherman's, an denen vermutlich Kekskrümel hängen. »Jetzt habe ich schon wieder mein Scheckheft beim Juwelier liegen gelassen!«

»Schon gut! Ich zahle!« In einer Schale liegen Cracker in Pimmelform, die streng riechen, vermischt mit halb geschmolzenen Schokonüssen. »Kann das jemand abräumen?«, frage ich die Kaugummi kauende Kellnerin. »Mir ist schlecht!«

In einem Winkel auf einem Barhocker sitzt Maik und pult mit einer Nagelschere den aufgestickten Namenszug »Parkhotel« aus einem Handtuch. Maik trägt oben eins dieser interessanten Broiler-Hemden in rosé / lachs / flieder / beige mit Ahornblattmotiven, 29,90 in Rudi's Resterampe, untenrum ist er zu meiner Bestürzung nackt. Er sieht mich und stürzt hocherfreut auf mich zu.

»Bobrigga«, ruft er und wischt die Grüßhand am Hemdensaum ab: »Dos dorf doch wohl nisch wohr sein!« Wir brauchen keinen Eintritt zahlen und Maik lässt die Stinke-Snacks entfernen: »Schnell, sonst wärisch krandsch!« – »Grantig«, übersetze ich Dietrich, denn ich spreche mittlerweile einige Brocken Broilerisch. Mändy schwirre auch irgendwo rum, sagt Maik zwinkernd. Dietrich erspäht sie im Halbdunkel des Nebenraums und lockert angriffslustig seine Gürtelschnalle.

Sie sehen aus wie die Jakob Sisters in Jung. Sie heißen Kathleen, Doreen, Nadine, Janine. Sie rauchen Karo, Cabinet, Club und Duett. Sie haben oben auf dem Kopf eine blonde Pudelkrause und unten hängen schwarze glatte Strähnen. Sie sagen immer: das fetzt, das poppt, urst, voll unklar, einwandfrei. Aber Dietrich ist schon wieder geil.

»Hey, Tarzan! Ich sprach von Milieustudie, nicht von einer überstürzten Fickaktion«, sage ich. »Kuck sie dir an! Sie haben waschbare Einkaufsbeutel aus Dederon. Sie essen Sättigungsbeilagen. Sie blockieren die linke Fahrspur. Sie benutzen Yvette-Intimspray. Sie rotzen in Zellstofftaschentücher. Sie essen Abendbrot ...«

»Macht nix.«

»Sie wohnen in Zweiraumwohnungen. Sie lesen zwischen den Zeilen. Sie fielen nach der Wende in Löcher. Sie kombinieren Oberlippenbärte mit pastellgemusterten Krawatten ...«

»Nobody is perfect.«

»Sie haben verkniffene Gesichter, falsche Zähne, Dauerwellen, Vokuhila-Frisuren und ein dramatisches Sockenproblem ...«

»Ein Loch ist ein Loch ist ein Loch«, sagt Dietrich.

»Die Mauer hieß bei ihnen ›antifaschistischer Schutzwall‹. Sie halten sich gern in überheizten Räumen auf. Sie sind Tag und Nacht auf Schnäppchenjagd.«

Dietrich zieht eine Augenbraue hoch. »Tel Aviv! Was ich brauche, hat jede Frau.« Er nähert sich den Broiler-Mädels. Die strecken ihre Ärsche raus, als trügen die das Gütesiegel der Metzger-Innung. Es dauert keine fünf Minuten, bis Dietrich seinen freirasierten Dödel aus dem Stall holt und den kreischenden Weibern übereignet. »Warum Zeit verlieren?«, ruft er mir über die Schulter zu. »Wie betete doch der alte Augustinus? Mach mich tugendhaft, aber noch nicht gleich!«

Ein Anblick, den man keinem wünscht! Ein Comic-strip, der in der Hölle spielt: Dietrich, nackt, befummelt von Dutzenden Broiler-Händen mit neongrell lackierten Nägeln. Ich gönn's ihm ja, aber er soll sich beeilen. Während sich ausgerechnet meine Nachbarin Mändy in Lewinsky-Pose an Dietrich zu schaffen macht, textet mich Maik zu. Er hat sich praktisch mit dem blanken After auf dem Barhocker angesaugt und erzählt, dass er ab und an »einen Schdripp im Voupou-Kostüm hinlegt – unn was füor einen!« Mit Maik plaudern oder mit Mändy ficken – eine Entscheidung zwischen Pest und Cholera.

Viel reden fördert Mundgeruch. Deswegen kommt derselbe häufig bei Politikern vor. Geruchsfördernde Bakterien werden nicht vom Speichelfluss entfernt. Die ständige Zungenbewegung fördert die Geruchsgase zusätzlich nach draußen. Hoffentlich kommt es Dietrich bald! Ich biete Maik ein Orbit blau an. Er nimmt es, will aber ärschtma seinen Witz zu Ende erzählen. »Was haben Nonnen unn Reißzwecken gemeinsam? Beide sinnse spitz, wennse aufm Boden liegen, höhöhö. Warum lässt der Ganagge sich sou buschige Gottletten wachsen? Weils dämnäschst Handys mit Glettvorschluss gibt! Höhöhö!«

49. Sex mit einem Alien

Den größten Teil meiner Zeit verbringe ich damit, sie zu verschwenden.
Ich war schon dreimal in der Küche, um mich zu vergewissern, dass die Kaffeemaschine aus ist. Irgendjemand hat mit dem Finger in die Staubschicht auf meinem Fernseher »Sau« geschrieben. Ich gerate in Panik und suche nach Spuren des Täters, aber ich finde keine. Die Jalousien sind zu, die Alarmanlage funktioniert und die Wohnungstür ist zweifach abgeschlossen. Es wird wohl Dietrich gewesen sein. Oder Valmont? M&M? Schörg-Oppowa? Ich unter Valium? Ich mache für alle Fälle ein Polaroid, hole mein Antistatikspray und schmiere alles lustlos mit dem Lappen breit.

Seinfeld und Kramer gucken bei einer Operation zu. Dabei fällt aus Versehen eins von Kramers Pfefferminzbonbons in die geöffnete Bauchhöhle des Patienten. Bis *Bärbel* anfängt, zappe ich. Wie heißt nur der blöde Pastor mit der Prinz-Eisenherz-Frisur? Es ist irgendein Insekt! Wanze? Schabe? Mücke? Silberfischchen? Stabheuschrecke? »Frau Qualanda …«, sagt er mild, setzt sich auf die Stufen seiner Deko und glotzt seinem afrikanischen Gast in den Schritt. »… wenn man aus Kenia stammt wie Sie, wie kommt man da zu so hervorragenden Deutschkenntnissen?« Frau Qualanda zieht gequält den Minirock übers Knie: »Iche nix verstähn!« Aufmacher *Bild*zeitung: TYSON – WIRD ER WIEDER BEISSEN? Die Kollegen Werbetexter haben gedichtet: Gnubbel sind ein Muss – für viel Milch und Haselnuss. Thema bei *Bärbel*: »Ich hatte Sex mit einem Alien.«

Aus irgendeinem Grund muss ich an Valmont denken. Ist er am Ende ein Marsmensch? Ist sein herrlicher Körper nur Tarnung für ein kleines fieses quakendes Monster wie in *Mars Attacks*? Er hat nie Hunger. Er muss nie aufs Klo. Er raucht nicht. Er trinkt nicht. Er erzählt nichts. Er fragt nichts. Er hat keinen Namen, keine Vergangenheit, weder Pläne noch Sorgen. Was verbindet uns jenseits unserer schweigsamen Dschungelkämpfe? Was bleibt, wenn er geht? Kaskaden ungeordneter Gefühle. Schwelbrand. Romantische Erregung. Mystische Ekstase. Eine gewisse Anzahl blauer Flecke und ein Übermaß an Fragen. Und ich? Ich beiße mir die Lippen blutig, um ihm nicht zu sagen, dass ich ihn anbete. Ein Bedürfnis, dringender als Durchfall. Er ist mein General, mein Kaiser, mein Zar. Dietrich hat natürlich Recht, wenn er mahnt: »Närrin! Du solltest das Gespräch mit ihm nicht suchen, sondern meiden!« Der hat gut reden!

Ob Valmont weiß, dass ich ihm zu Ehren vor Monaten das Colosseum gekauft habe? Ich zeige dort *Gefährliche Liebschaften* en suite und es ist trotz des strengen Popcornverbotes ständig ausverkauft. Ob Valmont weiß, dass ich nie zuvor einen Mann so gut riechen konnte? Ob es ihn interessiert? Alle Menschen kommunizieren über Lockdüfte. Es gibt mindestens 50 verschiedene davon. Ob er mich auch riechen kann? Ob er sich nach mir sehnt, wenn ich nicht da bin? Ob er über mich nachdenkt? Ob er mit anderen tut, was er mit mir tut? Meine Gefühlsskala ist nach oben und unten offen, eine Balance unmöglich. Ob er mich … »Hallo, ich bin Monique. Diesmal habe ich ganz besondere Früchte im Angebot … Geheimnisse des U-Boot-

Krieges zum Kennenlernpreis von nur 9 Euro 99 … Gay online. Gib mir deinen Schweiß!« Da ist wieder Prinz Eisenherz, der Fernsehpfarrer, diese Schmeißfliege. Ja genau! Jetzt hab ich's! Fliege! Jürgen Fliege! Ich sprühe Fliege eine volle Dröhnung Antistatikspray in sein vor Betroffenheit triefendes Gesicht.

50. Perpetuum urine

Die Oktoberabende kommen mir unanständig warm vor. Mein Lächeln ist heute so bezaubernd, dass ich mich gar nicht vom Spiegel losreißen kann. Der Biogut-Berater hat mir ein kleines kackbraunes Tönnchen vor der Tür stehen lassen, das ich kurzerhand aus dem Fenster schmeiße. Dann klingelt das Telefon.

»Hallo, Paprika! Ich bin's, MomphhMomphh.« Die schon wieder! Ich schlucke ein halbes Dutzend Aspirin und ebenso viel Valium. Eine Schriftstellerin, die in Berlin eine Mischung zwischen literarischem Salon und frivolem Kaffeekränzchen betreibt. Sie ist verheiratet mit einem Immobilienhai, der sie mit Klunkern behängt wie einen polnischen Weihnachtsbaum. Ich muss mal und versuche, während sie auf mich einfusselt, möglichst lautlos zu pinkeln. Der Mensch fabriziert 700 Liter Urin im Jahr. Für mich ein Klacks. Ich schaff das in einem Monat. Perpetuum urine.

Jedes Mal, wenn MomphhMomphh mich anruft, lädt sie mich ein. Nie gehe ich hin. Jedes Mal, wenn ich sie auf irgendeinem anderen Fest treffe, wirft sie mir zu, ich solle doch von C. G. Jung *Die Frau in Europa* lesen. C. G. Jung, das ist doch der Typ, von dem die schöne Phantasie ist, in der Gott auf seinem goldenen Thron sitzt und ein ungeheures Exkrement auf das bunte Kirchendach des Münsters fallen lässt. Aber *Die Frau in Europa*! Weiß auch nicht, warum ich das lesen soll. MomphhMomphhs richtigen Namen vergesse ich immer: Dörte oder Dorothea, Doris oder Dolores. Sie hat ihn grade gesagt, sie sagt ihn dauernd, aber sie nuschelt so, seit sie das große Lifting und die Zahnimplantate hat. Genau wie in der *Seinfeld*-Folge, in der Kramers Freundin, eine Designerin, was zu Seinfeld sagt, aber sie nuschelt so sehr, dass er sie nicht versteht. Er nickt trotzdem und verspricht damit, in der Jay-Leno-Show eine von ihr entworfene scheußliche weiße Rüschenbluse zu tragen.

Diesmal will MomphhMomphh einen Maskenball veranstalten, der »Gefährliche Liebschaften« heißt. So viel kriege ich mit. Mein lieber Scholli, die zieht ja alle Register! Damit kriegt sie mich natürlich! Ich sage zu und simuliere, um MomphhMomphhs Genuschel zu entkommen, ein Gespräch auf der anderen Leitung.

Dabei schweigt mein Handy seit Tagen. Kein Anruf, kein SMS. Die *Bild*zeitung meldet: GELIEBTE ERWÜRGT, GEKOCHT, GEGESSEN – MIT NUDELN UND PARMESAN. Ich reiße die Zeile raus und pinne sie an die Kaminzimmerwand unter: KUH FIEL VOM HIMMEL – KUTTER VERSENKT und: NACKTE NADDEL – VOM VATER VERSTOSSEN. Seinfeld knutscht im Kino rum, während *Schindlers Liste* läuft. Newman sieht das und petzt es Seinfelds Mutter. Das gibt natürlich Ärger. Knutschen! In *Schindlers Liste*!

Ich reiße eine Packung Geleebananen mit den Zähnen auf. Tüdelüt. Schon wieder Telefon. Dietrich ist dran. Er klingt schrecklich aufgeregt. »Kuckmabärbel«, sagt er atemlos und immer wieder. Ich fass es nicht! Ist das 'ne Hallu oder sitzt da …? Robert sitzt da! Robert bei *Bärbel*! Ja sind denn jetzt alle komplett verrückt geworden? Was ist denn das jetzt schon wieder – Aktion Sorgenkind? Zum ersten Mal fällt mir auf, dass Robert unterm Fünftagebart etwas im Gesicht hat, das man mit viel Wohlwollen einen maskulinen Kiefer nennen könnte. Wahrscheinlich vom vielen Kauen. Was wohl das Thema ist? Ich bin schon 40 und immer noch Jungfrau? Ich bin nekrophil und stehe dazu? Ich habe einen Mikropenis und spiele trotzdem die erste Geige? »Nein!«, sagt Dietrich, »Ganz falsch! Das Thema ist: ›Ich habe dich bei Bärbel gesehen und mich verliebt.‹«

»Nein!«

»Doch!«

»Der hat das wirklich gemacht?«

»Bedauerlicherweise! Jetzt bringt er Schande über uns, Paprika! Der macht sich doch zum Klops der Woche!«

»Muss ich mir das ankucken? Es wird gleich noch schlimmer, Dietrich! Das hab ich im Urin!«

Wie auf Stichwort sagt Bärbel Schäfer: »Robert! Beschreib doch mal! Wie sah das Mädchen aus, das du neulich bei mir gesehen hast?«

Robert ist wie immer 1:1 Krawollke: »Du liebe Güte! Gut! Sehr gut! Herausragend! Die Traumfrau als solche! Alles dran!« Er sitzt auf seinem Stuhl, wie immer weit unter seinen Möglichkeiten gekleidet: Cordjacke, karottenfarbene Karottenhose, fliederfarbenes Hemd. Wäre er doch lieber in die Vorher-Nachher-Show gegangen!

Bärbel strahlt. »Ob an Kitty wirklich alles dran ist und ob sie Roberts Zuneigung erwidert, das sehen wir jetzt!«

Beifall. Johlen. Grölen. Trampeln. Auftritt Kitty. Sie bleibt an der Tür stehen und leiert ihr Statement runter: »Seit ich Implantate habe, geh ich irgendwie weg wie warme Semmeln.«

Grölen. Trampeln. Johlen. Beifall.

51. Immer mit der Rute

»Ein Waldspaziergang? Bin ich ein Reh?«

»Na, ich dachte, ein bisschen Sauerstoff …?«

»Kommt nicht in Frage! Das sind meine Lungen nicht gewöhnt. Da krieg ich ja 'n Sauerstoffschock.«

»Fakt ist: Die Natur …«

»Ich bin gespannt, wie der Satz weitergeht, Emil!«

»Ernst. Die Natur ist … ehmt … schön! Die Bäume. Die Vögel.«

»Wo haben Sie das gelernt? In der Baumschule?«

»Nein, ähm …«

»Sehen Sie Pflanzen in meinem Büro?«

»Ähm. Nein.«

»Raten Sie mal, wie viele Pflanzen ich zu Hause habe?«

»Ähm. Keine?«

»Richtig! Und wie viele Haustiere?«

»Ähm. Keins?«

»Richtig. Was für ein blödes Ratespiel. Aber ich denke, es hilft Ihnen weiter.«

»Naja, ach so! Ich wollte Ihnen nur einen Gefallen tun!«

»Sie können mir einen anderen Gefallen tun: Tun Sie mir nie wieder einen Gefallen! Ich habe weiß Gott andere Sorgen! Ich habe ein Haar auf der Zunge und kriege es nicht weg. Wissen Sie, wie sehr ich das hasse?«

Pastor duckt sich wie ein Fleisch gewordener Wiesenchampignon.

Ich schicke Fred ein SMS ins Vorzimmer, dass er mich gleich an einen wichtigen unaufschiebbaren Termin erinnern soll. Auf Nichtraucher Rücksicht zu nehmen gilt für rund drei viertel aller Bundesbürger als Zeichen guten Benehmens. Nicht für Pastor. Der zündet sich eine an.

»Aber wir könnten ein Picknick im Grünen machen. Der Altweibersommer … die Septembersonne …«

»Wenn ich was abartig finde, dann ist es freie Natur.

Sonne, die blendet! Frische Luft!! Grillen, Mücken, tote Motten in Fliegengittern. Und dann diese Stille! Widerlich!«

»Ich habe einen langen Atem«, droht Pastor beharrlich.

Und einen schlechten dazu! Heute hat er ausgiebig mit Kölnisch Wasser gegurgelt. Er ist eine fatal aromatisierte Ode an das Nichts. Er langweilt mich. Er sieht aus wie ein Mettbrötchen. Er ist stillos, abgeschmackt und lästig. Und was das Schlimmste ist: Er hat ein Grübchen am Kinn. Ich weiß nicht, warum andere darauf abfahren. Ich hasse Grübchen. Besonders welche am Kinn wie bei Kirk Douglas oder Til Schweiger. Sieht aus wie 'ne Arschritze. Pastor stammelt verzweifelt, er wolle mir ja nur eine Freude machen, mit mir zusammen sein, ehmt den Tag verbringen …

»Immer mit der Rute«, sage ich und dann passiert etwas Seltsames. Noch ehe ich meinen Versprecher korrigieren kann, lodert in Pastors wimpernlosen Augen hündische Ergebenheit auf. Es ist, als hätte ich ein Zauberwort gesprochen, das Pastor auf ewig sklavisch an mich binden würde.

»Heute möchte ich Ihr Zögling sein«, hatte Valmont bei unserem letzten Treffen gesagt. Aber ich sah mich außerstande, zu gehorchen, die Rollen zu tauschen. Ich ihn foltern? Male auf seiner göttlichen Haut? Wird dabei nicht seine Autorität verletzt, meine Hingabe beschädigt? Valmont ist mein Herr, mein Hirte, meine Bestimmung. Und so soll es auch bleiben.

Wenn schon quälen, dann einen, der es verdient hat. Einen zum Knecht geborenen wie Pastor. Soll er einen Platz in meinem Zwinger haben? Kurz stelle ich mir vor, wie er auf Knien hinter mir herrobbt, um Strafe winselnd und um eine Bifi – wie Maik. Dann müsste er stundenlang in der Ecke stehen, gebückt, mit dem Gesicht nach unten, und vor sich hersagen: »Ich bin ein blöder Broiler. Ich bin ein blöder Broiler.« Ich sehe Pastors Augen anzüglich blitzen, als hätte er meine Gedanken verfolgt.

»Aber bitte gern«, sagt er. Von einem Moment auf den anderen ist die Stimmung gekippt, ist alles unmöglich geworden. Vergiss es, Mistpilz! Die Gewissheit, dass es dich muffigen Eierkopf glücklich machen könnte, von mir misshandelt zu werden, widert mich an. Einen wie Pastor will man nicht mal zum Sklaven haben.

»Wissen Sie, wer sich neulich nach Ihnen erkundigt hat?«, frage ich.

»Nein!« Pastors Haltung strafft sich, er beugt sich interessiert nach vorn. »Wer denn?«

»Keine Sau!«

Er lacht gequält.

Fred klopft und schiebt sich gut gelaunt zur Tür hinein. Zuerst gucke ich auf seinen Schwanz. Er ist schon wieder gewachsen. Dann sehe ich in seinem Gesicht, dass er gelauscht hat. Er hofft nun, dass ich einen anderen Prügelknaben gefunden habe. Das lässt ihn sich ebenbürtig fühlen. Es stärkt seine Position und macht ihn quasi zu meinem Verbündeten. »Ich wollte Sie nur an die Telefonkonferenz erinnern«, sagt er, pfeift aus der Nase und zwinkert mir verschwörerisch zu, während seine Lippen vorsichtig ein Peter-Hahne-Lächeln probieren. Dann legt er ein Jiffi-Bag auf den Tisch. »Kam per Express von TNT. Von einem gewissen Herrn ... äh ... Vallmong.« Meine Knie werden weich. Ich fetze den braunen Umschlag auf. Durch meine Hände gleiten an Nylonfäden aufgereihte schwarze Kugeln. »Die Arbeit ruft«, sage ich und zeige unmissverständlich gen Tür. »Zu Ihren Diensten«, sagt Pastor vieldeutig, macht eine tiefe antiquierte Verbeugung und geht rückwärts aus meinem Büro, als verließe er einen Thronsaal.

52. Vertane Schangse, irgendwie

Robert lädt mich zu sich nach Hause ein. Ein unglaublicher Vorfall! Über das Warum hält er sich bedeckt. Eine kleine Feier als solche, sagt er. Aus gegebenem Anlass. Feier. In Roberts Wohnung, um die sich schon so viele Mythen ranken? Du liebe Güte! Wird er am Ende 40? Ich unterstütze grundsätzlich keine Geburtstage. Aber hier will ich eine Ausnahme machen. Erteile also Fred den Auftrag, ein exklusives erotisches Geschenk zu besorgen. Wir fahren mit der Limo vor. Fast bin ich enttäuscht von Roberts Wohnung. In meiner Phantasie war sie irgendwie aufregender. In der Phantasie ist alles aufregender. Außer Valmont. Ich werfe einen verstohlenen Blick auf mein Handy. Aus gegebenem Anlass.

Sollte Robert nach Feierabend tatsächlich morden, dann hat er gut aufgeräumt. Enttäuscht sehe ich mich um. Scheibengardinen. Ein Furnierschrank aus den 60ern. Ein Schreibtisch, auf dem sich Videokassetten, Noten und Filmrezensionen stapeln. Ein Notenständer. Ein Poster von Louise Brooks aus dem Film *Tagebuch einer Verlorenen*. Bildbände über Romy Schneider, Rita Hayworth, Lauren Bacall. Geschirr mit Zwiebelmuster – Muttis Erbe. Der mir bekannte Blinddarm. Im Glas. Im Bücherregal.

An einer billigen Korkpinnwand hängen rätselhafte Codes: Orwell Elisabeth. Film Skrjabin Paprika. Psycho Ford WC-Frisch-Sprühpulver Titanic. Robert hat eine akkurate Jungenschrift und ein numerisches Gedächtnis. Pythagoras war der Meinung, dass die Welt aus Zahlen besteht. Robert ist der Meinung, dass man den Zahlen einen Sinn zuordnen sollte. Das Prinzip ist ganz klar. Orwell Elisabeth bedeutet 84 52. Der bekannteste Roman und die Krönung. Wahrscheinlich die PIN-Nummer einer Kreditkarte. Darunter steht Film Skrjabin Paprika. »Meine Telefonnummer«, erklärt er: »Einführung des Tonfilmes: 27,

Tod des spätromantischen russischen Komponisten Skrjabin 15, und dein Geburtsjahr als solches.« Nach dem vorgegebenen Muster identifiziere ich selbstständig meine eigene Telefonnummer: Psycho wurde 60 gedreht, Ford 95 geboren, dann 00, »die Hygiene fürs WC«, und die Titanic sank 12.

Robert steht ein wenig verloren da und summt. Er ist heute wieder mal so vorsichtig, dass er Gürtel und Hosenträger gleichzeitig trägt. Es klingelt. »Das Geschenk«, flüstert Fred erklärend. »Was schenke ich?«, raune ich in sein parfümiertes Ohr. »Eine Thai-Frau, die nackt aus einem Kuchen springt«, flüstert er zurück und setzt ein Andreas-Türck-Lächeln auf, brandneu eingeübt, zum ersten Mal vor Publikum im Einsatz. Für den Bruchteil einer Sekunde finde ich die Idee gar nicht so schlecht. Aber dann stampft mit einem fatal hintersinnigen »Überraschung!« auf den dünnen Lippen tatsächlich Kitty aus dem Nebenzimmer. »Sie hat nämlich heute Geburtstag«, sagt Robert und wischt die Handflächen an der Bundfaltenhose ab. »Es hat zwar in der Talkshow bei uns nicht gleich gefunkt, aber wir haben beschlossen, uns heute noch eine …« Kitty ergänzt: »Schangse zu geben, irgendwie.«

»Zum Wiegenfeste nur das Beste! Ich wünsche Intelligenz und Schönheit«, sage ich und schüttle ihr im Affekt sogar die Hand. »Gesund bist du ja!« Dann mache ich Fred verstohlen ein Zeichen, aber er winkt nur vorfreudig zurück. Zwei Muskelmänner, die sonst wahrscheinlich beim Bestattungsinstitut Pietät-Meyer arbeiten, tragen die Torte rein. »Paprika«, sagt Kitty und strahlt übers ganze Gesicht, Länge mal Höhe mal Breite. »Das ist aber lieb von dir!« Dann springt die Thai-Frau.

Kitty steht starr. Robert steht starr. Ich mache ein Polaroid. Fred sagt Olala und schüttelt peinlich berührt seine Hand. Man steckt nicht drin! Die Thai-Frau sieht sich fragend um. Fred zögert einen Moment, zeigt dann auf Robert und startet einen Prince-Song auf dem mitgebrachten

Ghettoblaster. Dann beginnt sie zu tanzen, vornehmlich an Robert rauf und runter. Sie stippt den winzigen Thai-Finger in die Schlagsahne, netzt sich damit ihre winzigen braunen Thai-Nippel und fordert Robert hartnäckig auf, daran zu lecken. Kitty schlägt die Hände vors Gesicht, Fred klatscht im Takt, ich bekämpfe ein nervöses Lachen, Robert wohl eher eine Art Brechreiz.

Schade, dass Dietrich nicht hier ist! Der wüsste diese aus dem prallen Leben gegriffene Szene zu würdigen! Der würde einen Kommentar abgeben: Andere Länder, andere Titten oder: Man fickt sich so durch! Aber er zieht es ja vor, Stammkunde im Bärschnglubb zu sein und seinen blöden Schwanz in Mändy Schlunz zu stecken. Also hat er bei mir vorübergehend Hausverbot. Es geht da einfach ums Prinzip. Ich bin ästhetisch enttäuscht. Aus mindestens drei Gründen: Dietrich findet Mändy nicht dämlich, sondern »erfrischend«. Er findet sie nicht fett, sondern »reizvoll an der Kippe zum Übergewicht stehend«. Er, der nach Moni schwor: Nie wieder eine Broiler-Frau!, redet sich nun raus mit: »Es ist der Eros, der verbindet, wo der Logos scheidet und klärt.« Soll er sich eben die Haxen abkratzen!

Kitty scheint auch ästhetisch enttäuscht. Nach der Thai-Einlage will keine rechte Stimmung mehr aufkommen. Robert holt ächzend einen großen Karton aus dem Nebenzimmer und stellt ihn vor Kitty auf die Glasplatte des Couchtisches. »Es ist ein Lexikon«, sagt er und räuspert sich. »Ich hoffe, du hast es noch nicht.« – »Keine Sorge«, sage ich. »Wenn es ein Buch ist, dann hat sie es garantiert noch nicht!« Robert sagt »Du liebe Güte!« Kitty schiebt den Kiefer vor und sieht missmutig auf den Karton. Es ist das zehnbändige rororo-Lexikon des Internationalen Films. Kitty flattert mit den blau gemalten Lidern. »Oh! Ein Filmlexikon!« Sie schnauft vernehmlich. »Das ist … irgendwie so … groß! Wo soll ich 'n das hinstellen?« Sie schiebt den Karton beiseite und gibt erneut den Blick auf ihre furiosen Silikontitten frei. Fred starrt unverwandt dorthin und legt ein Al-Bundy-Lächeln auf. Ich klebe mein ausgekautes Orbit blau an den Lexikon-Karton. Robert furcht die Stirn und beginnt zu summen.

53. Pärchen knacken

Weihnachten steht vor der Tür. Das Polaroid von Kittys entsetztem Gesicht pinne ich an die Kaminzimmerwand. Daneben kommt eine passende *Bild*-Zeile: PATIENTIN ERSCHIESST SCHÖNHEITSCHIRURGEN – ER HATTE IHRE BRÜSTE VERPFUSCHT. Ich löffle hastig einen 500-Gramm-Becher Majonäse aus. Thema bei *Bärbel Schäfer*: »Auch wir Behinderten haben ein Recht auf Sex.« Wortfindungsstörungen. Manische Legasthenie. Wird Sex wirklich mit x geschrieben? Und Klavier wirklich hinten wie Vier? Sieht irgendwie komisch aus! Das Gehirn hat 100 Milliarden Zellen. Ab dem 35. Lebensjahr baut es Zellen ab, jährlich 2,5 Millionen, die nie ersetzt werden. Ich blättere in einem Prospekt der Zeugen Jehovas. Die sind auf den Fotos alle sehr schön und stellen super Fragen: Kümmert sich Gott wirklich um uns? Wenn ja, warum lässt er Leiden zu? Werden sie je enden?

Dietrich stellt keine Fragen. Er steht vor meinem Badspiegel, drückt sich einen Pickel aus und formuliert seine Vorsätze fürs neue Jahr. Bei mir im Kaminzimmer kommen nur Fetzen an: »Sterben wollen ... Leben wollen ... Askese ... Ficken ... fressen ... ganz doll scheißen müssen ... und dann schrecklich heulen müssen ... Gierig nach Leben sein. Und wenn das nicht klappt, wahnsinnig werden.«

Zwischen uns ist es wieder wie früher. Mändy hat er abgetrieben. Aber sie war längst nicht das Ende der Fahnenstange. Dietrich gerät immer mehr auf Abwege. Sein Sexfutter holt er sich inzwischen öfter auf dem Männerstrich. Er hält es nun endgültig mit Sade und Fassbinder, sagt er. Lieber drin haben als drin sein. Abends am Kamin liest er mir mit dem entsprechenden Pathos aus den Briefen des Göttlichen Marquis vor: »Ach, Therese, wenn du wüsstest, wie köstlich dieses Spiel ist, wenn du verstehen könntest, was man bei der wonnigen Einbildung, nur mehr eine Frau zu sein, empfindet! Unglaubliche Verirrung des Geistes! Man verabscheut dieses Geschlecht und will es nachahmen! Ach, welche Wonne, wenn man dahin gelangt, Therese, wie köstlich, die Hure eines jeden, der einen begehrt, zu sein, und dies zuletzt zu vollenden, den abschließenden Höhepunkt des Deliriums und der Prostitution zu erreichen, an ein und demselben Tage die Mätresse eines Tagediebs, eines Marquis, eines Lakaien, eines Mönchs zu sein, von all diesen nacheinander liebkost, gestreichelt, begehrt, bedroht, geschlagen zu werden, bald in ihren siegreichen Armen, bald als Opfer zu ihren Füßen, sie mit Zärtlichkeiten erweichend, mit Ausschweifungen belebend … Oh, nein, nein, Therese, du verstehst nicht, was die Lust für jemanden ist, der denkt wie ich … Aber abgesehen von diesen Gefühlen, wenn du dir vorstellen würdest, was die körperlichen Empfindungen dieser göttlichen Neigung sind! Es ist unmöglich, das auszuhalten: Es sind so heftige Kitzel, so reizvolle Erregungen der Wollust … man verliert den Verstand … man redet Unsinn; tausend Küsse, einer zärtlicher als der andere, können nicht feurig genug den Rausch feiern, in den uns der Tätige versetzt; in seine Arme geschlungen, die Münder aneinander gepresst, möchten wir nur noch eins sein mit ihm; wenn wir uns zu beklagen wagen, dann darüber, dass wir vernachlässigt werden; wir möchten, dass er mit Herkuleskräften uns weitet, in uns eindringt …«

Je oller je doller, sage ich. Desto, sagt Dietrich. Je – desto! Ein dünner Einwand. Vorbei die Zeiten unserer Jugend, als wir in aller Unschuld den Traum von Buñuel erfüllen wollten. Eine Bar, sollte »Zum Kanonenschuss« heißen und die teuerste Bar der Welt sein. Die Drinks wären sehr exquisit, die Einrichtung von erlesenem Geschmack. Vor der Tür sollte eine Kanone stehen, und immer, wenn ein Kunde 1000 Euro ausgegeben hat, ob bei Tag oder bei Nacht, sollte daraus ein Schuss abgefeuert werden. Dann dreht sich irgendwo in einem Wohnsilo ein Arbeitsloser im Bett um und sagt: Hat schon wieder ein reicher Schnösel 1000 Eier ausgegeben! Oder als wir durch die einschlägigen Etablissements zogen, um Pärchen zu knacken. Dietrich schnappte sich die Frau, ich den Mann. Jeden Dienstag gab's »Pärchenknacken paradox«. Da nahm er den Mann aufs Korn und ich die Frau.

Aber das war vorm Mauerfall und damit vor der Broilerisierung. Damals, als die Welt noch in Ordnung war. »Erzähl mir aus meiner Jugend«, sage ich oft, wenn ich melancholisch werde, denn meine eigenen Erinnerungen sind verloren. Was ich weiß, weiß ich von ihm. Und er schmückt unsere kleinen Orgien jedes Mal mehr aus, macht sie verwegener und verdorbener, verlegt sie an skurrile Plätze, baut ein gefährliches Moment ein und vergisst natürlich nie, sich selbst als ultrapotenten Helden dastehen zu lassen.

Ich hole aus der Küche zehn Weihnachtskalender von Butter-Lindner, reiße erst viele Türchen auf, dann die ganzen Vorderwände ab, schütte alles aufs Parkett, auf dem die Wollmäuse tanzen, setze mich daneben und stopfe unablässig kleine schmutzige Schokozapfen in mich rein.

»Fressen ist der Sex des Alters«, sagt Dietrich. »Apropos Alter. Wie geht es denn mit Roberts Entjungferung voran?« Die Frage wird begleitet von einem donnergleichen Furz. »Keine fäkalen Details! Mach gefälligst die Tür zu!« – »Nasagmal! Nur ein kleiner Tritonus aus meiner Fagotttrompete! Wird doch wohl erlaubt sein!« Warte, Freundchen! Dir niese ich nachher ins Kokain! Oder, besser, ich mach Scheuerpulver rein und es fetzt dir die Nasenscheidewand weg! Ich schütte mir die restlichen Valium aus der Dose direkt in den Mund.

Zur Strafe für die Pupserei erzähle ich Dietrich nicht, dass Robert immer noch Jungfrau ist. Das wird wohl auch so bleiben. Der Gute ist verloren für die Welt. Das Ende war vorherprogrammiert. Kitty beschrieb es mir schluchzend am Telefon. Kurz vor dem ersten Zungenkuss – nach dem Thai-Abend hatte es wider Erwarten doch noch einen kurzen Aufschwung gegeben – hatte Kitty Robert ihre von ihm hartnäckig geforderten Top-Ten-Kinofilme überreicht. Er warf einen Blick darauf und ging kommentarlos kotzen.

Seitdem ward nichts von ihm gehört. Das wäre ja noch zu verkraften, aber auch Valmont spielt toter Mann. Sein Blick beim letzten Mal, als er mich mit aller Kraft würgte, weil ich ihn darum bat. Was sagt der Film-Valmont, als er mit Michelle Pfeiffer Schluss macht? »Ich fühle mich so unendlich gelangweilt. Dagegen bin ich machtlos!« Das muss ja so kommen! Das wird auch unser Ende sein! Warum sonst hätte er sich den Namen Valmont gegeben? Wo bleibt er nur? Ist es etwa schon so weit? Ist das böse Ende da? Dietrich sagt, ich grüble zu viel. Ich neige zu obsessionsbedingter Detailüberinterpretation. Ich soll lieber dichten, jetzt, wo ich den *Aspekte*-Literaturpreis abgeräumt habe. Seit er meine Gedichte aus einer Laune heraus an irgendeinen Verlag geschickt hat, entwickelt dieser Zeitvertreib eine atemberaubende Eigendynamik. Dietrich hat natürlich keine Ahnung, wie meine Werke entstehen. Würde ich es ihm erzählen, dann ginge ein Großteil seiner Bewunderung schlagartig gegen null. Und das kann ich unmöglich wollen. Das kann keiner wollen! Nachdem ich alle mir bekannten Schimpfwörter, Abzählreime und Tischgebete durch den Sprachcomputer gejagt habe, lese ich inzwischen wahllos alles ein, was so rumliegt: *Penthesilea* von Kleist, Einkaufszettel, Steuererklärungen, Kuchenrezepte, Kalendersprüche, die Programmierungsanleitung für den Videorecorder, die Speisekarte von Call a Pizza und sogar die Tampon-Einführ-Gebrauchsanweisung. Das Spracherkennungsprogramm versteht mich so zuverlässig miss, dass es nur noch eine Frage von Interpunktion und Versmaß ist, daraus eine Art Gedicht zu machen.

54. Tom »das Pupgesicht« Hanks

Wenig später, auf MomphhMomphhs Maskenball im Wintergarten, bin ich schon ein Popstar. Ich halte Lesungen, gehe in Talkshows, gebe Lesetips. Auf Partys erscheine ich nicht mehr unter einer Abendgage von zwanzigtausend Mark. Die Feuilletonisten nennen meine Gedichte »zum Niederknien schön«, finden darin »Worte von enormer Ätzkraft« und preisen mich als »Lyrikerin des dritten Jahrtausends«. *FAZ, Zeit* und *Süddeutsche* haben ganzseitige Analysen erbrochen. Der *Spiegel* brüstet sich, mein Entdecker zu sein. Alexander Kluge interviewte mich in seiner Küche für *News & Stories*. Die *Bild*zeitung brachte eine Homestory mit Bildunterschriften wie: »Die kinderlose Berlinerin lebt in einem Luxusapartment mit Kamin in der Nähe des Potsdamer Platzes«. Seit Puff Daddy mit der englischen Übersetzung meiner Texte auf Platz 1 der Viva-Charts ist, bin ich auch für die *Bravo* interessant. Seit ich für die *Bravo* interessant bin, kreischen die Teenager, wenn sie mich sehen. Mein zweiter Gedichtband enthält ein Vorwort von Reich-Ranicki. Ich war im *Playboy* abgebildet. Starfotografen, hippe Maler und berühmte Fernsehjournalisten betteln darum, mich porträtieren zu dürfen.

Dietrich ist mein Manager, Robert mein Sekretär, Fred kommissarischer Chef meiner Firma, Pastor mein Chauffeur. Ich trage den Grimme-Preis in Gold, Scorsese will ein Drehbuch von mir, Christoph Schlingensief ein Kind und Iris Berben hat sich die Haare blondieren lassen, um nicht dauernd für mich gehalten zu werden.

Ironie des Schicksals, dass ein so extrem massenfeindlicher Mensch wie ich so extrem massenwirksam ist.

Heute wird ohnehin jeder für jemand anders gehalten. Verkleiden ist Pflicht. Es gibt weder Haute Couture noch Maßanzüge. Ich trage eine gepuderte Rokoko-Perücke, ein Kleid mit Reifrock, tiefem Dekolleté und eng geschnürter Taille. Ein Filmproduzent belagert mich. Er prahlt damit, der Entdecker von Tom Hanks zu sein. Ich nicke huldvoll. Ich beherrsche das Reden über Nichts in allen Varianten. »Was für eine Ehre! Der Entdecker von Tom »dem Pupgesicht« Hanks! Toll! Dass ich das noch mal erleben darf!«

Wie geht's, Frau Kramer? Was macht die Kunst? Hach ja, geht so, mussja, ich bin eine gefährliche Irre und sollte nicht frei herumlaufen. Schöntachnoch! Herumstreunende Kamerateams fragen mich ständig dasselbe: Was sind Ihre Pläne für Silvester 2000? Stelle mich jedem als jemand anders vor. Damit es nicht allzu eintönig wird, mache ich es mir zum Ehrgeiz, jedes Mal was Neues anzubieten: Früh ins Bett gehen, Käfer tottreten, in ein frisch bezogenes Hotelbett pissen, Broiler schlachten, mich selbst vorm Brandenburger Tor verbrennen, die Lätta klauen …

Dietrich tanzt zu Rondo Veneziano wie ein Zeitlupen-Bobo. Energisch ziehe ich ihn hinter mir her und kämpfe mich durch einen üblen Gesprächsmüllhaufen. Rilke hatte Recht. Da werden Reste veräußert zu unglaublichen Preisen. Es ist ein Ausverkauf aller Bestände.

»Wer braucht Cavallo Reitstiefel, Schaftgröße 47/35?«

»Mir geht's gut. Du weißt ja, schlechten Leuten geht's immer gut!«

»Karl-Heinz will seinen Rotkohl nicht essen, solange keine Zahnseide auf dem Tisch liegt.«

»Der vierte Finger ist der schwächste, schaun Sie, da gehen die Sehnen überkreuz.«

»Du hast Lippenstift am Zahn.«

»Man muss den Braten alle fünf Minuten begießen.«

»Wie heißt gleich noch der mit dem Hut? Joseph Beuys? Udo Lindenberg?«

»Die Barhocker vom Onassis waren mit Walfischvorhaut überzogen.«

»Neinnein, also da würde ich mir gar keine Hoffnung machen!«

»An der Riviera? Oder in London?«

»Ich habe eben ein Händchen für Rosen!«

Jetzt bittet MomphhMomphh zum Höhepunkt des Abends. »Gefährliche Liebschaften« wird als Theaterstück aufgeführt und ich bekomme einen prominenten Logenplatz, ganz wie Glenn Glose als Marquise de Merteuil. Ich bin allein in der Loge, lehne gähnend über der Brüstung und spucke auf die Damenhüte im Parkett. Die Spucke zieht Fäden. Die Inszenierung ist sterbenslangweilig. Schlimmer kann die Lektüre der *Frau in Europa* von C.G. Jung auch nicht sein. Ich ziehe es vor, auf mein Handy zu starren, als ich plötzlich eine wohl bekannte Stimme an meinem linken Ohr spüre. »Eugénie! Drehen Sie sich nicht um und heben Sie Ihren Rock!«

Valmont! Hier! In aller Öffentlichkeit! Er kann doch nicht! Er wird doch nicht! Das Theater ist gerammelt voll! Gerammelt! Mir steigt das Blut in Gesicht, Nippel und Möse. Valmont trägt eine dunkle Perücke. Ein Lächeln umspielt seinen sonst so strengen Mund. Aber sein Blick aus tief umschatteten Augen ist ernsthaft, andächtig, feierlich. Über dem gestärkten Rüschenkragen ragt seine Nase wie eine Harpune gen Bühne. Gerammelt! Er reißt mir das knielange Rüschenhöschen vom Kostümverleih Wagensonner mit einer Handbewegung vom Arsch wie eine alte Tapete. Ich kralle mich am Geländer fest:

»Wir können doch nicht …«

»Halt's Maul, Schlampe! Dreckfotze!«

Seine Hände greifen an meiner Taille vorbei von oben um die Innenseiten meiner Schenkel und biegen sie auseinander, als wollten sie eine Keule aus der Martinsgans brechen. Ich stehe für einen Augenblick wie eine Barrenturnerin nur auf den Händen. Meine Armmuskulatur zittert vor Anspannung. Wie kann er nur! Wenn das die Leute sehen. Wenn sich ein 3-Meter-Teleobjektiv auf uns richtet! Mit Infrarotlicht! Wenn irgendwo im Schummerlicht des Saales eine Kamera läuft. Wenn man mich erkennt! Scheiß drauf! Was kann mich nach dieser Nummer noch umhauen! Valmont ist fürchterlich, unverfroren, unwiderstehlich. Genüsslich und unerbittlich zelebriert er den Tabubruch. Die Gefahr ist erregend, der Sex erreicht den letzten Zipfel meines Körpers. Mein sichtbarer Teil bewahrt weitestgehend Haltung, der Rest ist in Aufruhr, in Auflösung, fest in Valmonts Händen. Innen, unten, drinnen.

Das beste Versteck ist die Öffentlichkeit. Durch tränende Augenschlitze sehe ich in der Loge gegenüber Momphh-Momphh ihr Lorgnon heben und mir zunicken. Ich grinse ächzend zurück. Auf meiner Stirn stehen kleine Schweißperlen. Meine Mundwinkel zittern. So muss sich diese Nachrichtensprecherin gefühlt haben, als sie während der Livesendung eine Nierenkolik hatte. Wie hieß die noch? Aaaah! Wie! Hieß! …

55. Nostradamus hatte Recht

Vor meinem Haus hinter Büschen hocken Paparazzi. Auf dem Balkon unter mir malträtiert mich ein Scheißnachbar mit Niesanfällen. Hatschi! Hatschi! Ha-atschi! Hatschi! Wie sadistisch muss jemand sein, um zum Niesen auf den Balkon zu gehen? Kann dieser Widerling seine Niesanfälle nicht unter der Bettdecke absolvieren? Oder wenigstens auf den späten Nachmittag verlegen? Ein Rouladenschwaden zieht vorbei. Wenn ich was hasse, dann ist es Rouladengeruch, wenn ich grade aufgestanden bin! Was für eine Welt! Gutes und Böses prallen vernichtend aufeinander – und ich mittendrin! Ich kaue eine Handvoll Aspirin und eine Handvoll Valium. Man bewegt sich ein Leben lang blindlings auf den einen Tag zu, an dem alles schief geht. Ich bin dann weg, hat Valmont leise gesagt, als er Momphh-Momphhs Party verließ, als er meine Loge verließ, als er meine Möse verließ. Und nichts ist da, wenn er weg ist. Nichts tröstet. Nichts in der Art wie zum Beispiel Religion. Dietrich sagt, das Universum sei entstanden, als Gott gewichst hat. Die Wichse ist ausgeflockt und so entstand die Welt. Sagten die alten Ägypter. Sagt Dietrich. Die *Bild*zeitung titelt: FLEISSIGER PAPST – SCHON 276 NEUE HEILIGE.

Ich habe mich immer für Religion interessiert. So, wie man sich für Insekten interessieren kann oder für Briefmarken. Wenn ich Menschen beim Beten beobachte, fühlte ich mich wie ein Voyeur, wie jemand, der etwas Verbotenes tut. Manchmal, selten, beneide ich diese Menschen um ihren kleinen Glauben. Der beantwortet ihre Fragen, löst ihre Probleme, verbindet sie weltweit mit anderen Menschen. Ein atmungsaktives Ganzkörperkondom. Innerhalb kann man sich geschützt bewegen. Eine Welt in der Welt. Es wimmelt von Verboten. Wer sie einhält, kommt in den Himmel. Wer sie bricht, wird bestraft. Und draußen ist es kalt. Draußen bin ich.

Auch Valmont ist draußen. Und der Teufel. Wir drei. Der Teufel redet den Menschen ein, dass Geld und fleischliche Begierde sie glücklich machen. Anzeichen für Teufelsbesessenheit sind unbekannte Sprachen und unerwartete körperliche Beschwerden. Der Teufel spricht Latein. Ich spreche gar keine Fremdsprachen. Ich bin monoglott. Telefoniere trotzdem die halbe Nacht mit amerikanischen Geschäftsfreunden, weil ich gehört habe, dass Seinfeld demnächst heiratet. Keiner weiß was. Vielleicht versteht mich auch keiner. Ein unglaubliches Gerücht! Seinfeld hat im letzten Jahr 267 Millionen Dollar verdient. Warum verdammt sollte er die teilen? Wenn Seinfeld heiratet, jetzt, wo Robert heiraten will, jetzt, Gott geheiratet hat, dann stehen wir tatsächlich kurz vor der Apokalypse. Nostradamus hatte Recht, er hat sich nur im Datum vertan.

Der Ton macht die Musik.

Der Vorteil liegt auf der Hand.

Der Zweck heiligt die Mittel.

Ich bin dann weg.

Zappen, bis mir schwindelig wird. Geile Mädchen. Heiße Würstchen. Saure Gurken. Probiotisch. Mit lebenden Kulturen. Heute ein König. Sex pur – keine Zensur. Mit o.b. ist alles okay. Sie werden geplagt von Gewichtsproblemen? Jetzt hat er Blubb gemacht! Bist du ein Voyeur und stehst total auf Lauschen? Ultrabequem. Supersaugfähig. Ich bin randvoll mit Schokolade. Ich werde niemals wieder essen! Thema bei *Seinfeld*: George wird von seiner Mutter beim Wichsen erwischt. Sie fällt vor Schreck um und kommt ins Krankenhaus, ins Streckbett.

Es klingelt. Draußen steht, dumpf grinsend, Mändy. Ich will schnell wieder zumachen, aber sie hat ihre feiste Hand schon durch den Türspalt gesteckt: »Hallo, Bobrigga«, sagt sie. Ich hake flink die Türkette zu und klemme ihr die Pfote ein. Sie zappelt wie eine frisch geköpfte Plötze. Als sie müde wird, lackiere ich ihre falschen Fingernägel. Rouge Noir von Chanel einfach rauf auf das Manhattan-Pink. Gepflegte Fingernägel sind die Eintrittskarte zum befriedigenden Sozialkontakt. Von der fertigen Broiler-Hand mache ich ein Polaroid und pinne es an meine Kaminzimmerwand. Dann lasse ich Mändy frei. »Du bist ja ne lusdsche Nudel«, sagt sie gutmütig, betrachtet ihre Nägel und will gleich rüber zu Maik, den tollen Nagellack zeigen. Dazu wird sie wahrscheinlich stolz broilern: »'s gahm nüscht«, was sinngemäß bedeutet: Es hat nichts gekostet.

56. Rettich im Rektum?

Ich bin dann weg, hat Valmont gesagt. Das waren seine letzten Worte: Ich bin dann weg. Finde meinen Wohnungsschlüssel nicht und breche in Tränen aus. Burn-out-Syndrom. Schütte weinend den Inhalt meiner Handtasche auf die Fußmatte. Valium rollt über den Fußboden. Ich klaube es auf, kaue es und schlucke den bitteren Saft. Schlucken! Kommt er heute? Kommt er heute Abend? Sex von Satans Gnaden. Fingernägel will er rot. Nicht zu dunkel, nicht zu hell. Hier ist er ja, der Scheißschlüssel! Für Vergehen gibt es Strafpunkte. Der größte Feind der Freiheit ist der glückliche Sklave. Pumps. Hohe Pumps. Gnadenlos hohe Pumps. Oder die Lackdinger mit Fesselriemchen. Wo sind die bloß? Baden! Rasieren! Beine rasieren! Ein dünner schwarzer Blutfaden läuft über mein Schienbein. So weiß wie Schnee, so rot wie Blut, so schwarz wie Ebenholz. Das Blut lässt sich schwer stillen. Verdammt, ich habe keine Zeit! Verwechsele in der Hast Gesichtswasser und Nagellackentferner – brennt wie Feuer! Fluchend Gesicht abspülen, tränende Augen. Strapse oder halterlose Strümpfe? Schwarz oder weiß? Bustier oder BH? Lieber ein Kleid mit nichts drunter? »Machen Sie Ihren Reißverschluss auf« wird er sagen und »Ich möchte, dass Ihnen der Träger von der Schulter rutscht!« Haare hoch? Dass er mein Gesicht sehen kann? Lieber offen? Damit er sie besser packen kann? Nur keinen Fehler machen. Oder absichtlich einen machen? Reue, Strafe, tausend Tode sterben, kämpfen, um besiegt zu werden.

Sex mit Valmont in der Stretchlimo. Sex in der Kranführerkabine. Sex in der Riesenradgondel. Sex in der Umkleidekabine. Sex auf dem Dixi-Klo. Er ist der Spieß und ich die Hühnerleber. Sex im Spiegelkabinett, unsere vögelnden Körper 1000fach reflektiert. Valmonts große Nase, wie sie zärtlich meine Rosette umschnüffelt. Valmonts heiße

Zunge, wie sie Rosenblätter darum zaubert. Valmont, wie er mich mehrfach unter erniedrigenden Umständen vergewaltigt und dann auf übelste Art und Weise beleidigt, beschimpft, verprügelt. Mein Lieblings-Tagtraum: Ich klaue im Kaufhaus, Valmont ist Detektiv und erwischt mich. Ich biete mich ihm an, um zu entkommen. Er verschmäht mich.

Seit Tagen klötern die Liebeskugeln in mir. Ich sitze schon wie Biolek, ein weißer Kunststoff-Faden hängt aus mir heraus wie aus einer 70er-Jahre-Stehlampe. Ich weite mich und weite mich. Ein Rettich hätte Platz in meinem Rektum. Ein BVG-Bus könnte bequem in meiner Möse parken. Come in and find out. Ich bin innen groß, weit, hohl. Ein Kugellager, eine weltweit gesuchte Sextoy-Schmugglerin, ein waghalsiges Experiment an meiner Umwelt, eine Zeitbombe.

Ich spüre meine Eingeweide. Wer seinen Kopf gegen die Wand donnert, verbraucht 150 Kalorien in der Stunde. Ich spüre meinen Herzschlag. Das menschliche Herz schlägt im Jahr 42 Millionen Mal. Mein Herz baumelt lose im Rippenkäfig. Bei jeder klappenden Wagentür stürze ich zum Fenster. Bei jeder Bewegung vibrieren die Kugeln. Zwischen 19 und 21 Uhr halten acht Taxis vor meinem Haus. Valmont, meine Pracht, meine Herrlichkeit, ist nicht dabei. Er verbirgt sich auch nicht hinter jenen wehenden Mantelschößen dort hinten. Ich erschieße den Typ mit dem Mantel. Er ist auch nicht der große Mann mit Hut drüben auf der anderen Straßenseite. Ich erschieße den Mann mit dem Hut. Heroisch! Todesmutig! Tollkühn! Kriegerisch! Kämpferisch! Ein Flintenweib randvoll mit Liebeskugeln. Ich schlucke noch sechs Valium. Bin unfähig, mich abzulenken, Zeitung zu lesen, fernzusehen. Ich sehe die Schrift, ich sehe die Bilder, aber kann nichts verstehen, nichts erkennen, nicht mal meine Breitling Kosmonaut.

Wieso sehen wir uns gezwungen, immer nur die zu jagen, die uns entfliehen wollen? Warum verdammt hat Pro-

Sieben *Seinfeld* abgesetzt? Den Sonnenschein meiner freudlosen Tage, meinen einzigen wahren Freund? Wenn Jerry Seinfeld wüsste, dass jemand um ihn heult! Es wäre ihm wurscht. Er wäre nicht Jerry Seinfeld, wenn es ihm nicht wurscht wäre.

Zwischen 21 und 2 Uhr halten siebzehn Taxis vor meiner Tür. Ich sauge am Lauf meiner Walther. Ich schmeiße mein Handy ins Klo. Ich reiße mein Telefonkabel aus der Wand. Ich trinke Llaphroig aus der Flasche. Auf meinem Körper hockt eine bleierne Schwere. Angst schnürt mir den Hals zu. Der Schweiß gefriert. Er liegt wie Reif auf dem Rücken. Das Gefühl, unter Wasser zu laufen. Ich habe einen Heidenrespekt vorm Unterbewusstsein. Das Leben ist wie ein endloser Schal, den eine alte Oma strickt. Sie strickt und strickt. Er wird nie jemandem passen oder jemandem gefallen. Keiner braucht ihn. Und er wird immer länger.

Zwischen 2 und 6 Uhr halten drei Taxis vor meiner Tür. Im Radio jault Tom Waits. Wahnsinnig, besoffen, verzweifelt, kaputt. Ich drehe laut. Es klopft gegen die Wand. Ich drehe noch lauter. Dann klingelt es. Valmont? Nein, nicht Valmont! Du liebe Güte! Es ist Maik im Jersey-Schlafanzug. Ich leere mein Magazin in seinen Wanst. Er winselt ein letztes Mal. »Dos dorf doch wohl nisch wohr sein«, lallt er blutsprudelnd, als er verendet. Ich schleife seinen schwabbeligen toten Broiler-Körper auf den schlunzschen Fußabtreter. Haxen abkratzen! Ausbluten! Leipziger Allerlei! Man steckt nicht drin! Unten Polizeisirenen. Oben wehklagt Mändy. Das wird böse enden. Ich bin eine Partisanin gegen die Broilerisierung der Welt! Fassbinder hatte zum Schluss eine Tagesdosis von fünf Gramm Kokain. Mick Jagger hat sieben mal *Triumph des Willens* gesehen. Von Gen-Kartoffeln schrumpft das Gehirn. Auf Hitchcocks Grabstein steht: »Das passiert mit frechen kleinen Jungs«. Der Dünndarm ist 4–5 Meter lang. Ich schütte mir die letzten Valium-Krümel in den Mund. Val-ium. Val-mont. Habe beide in Lungen, Lymphbahnen, Lenden. Ich kratze mit meinen rot lackierten Fingernägeln die Tapete von der Kaminzimmerwand. Ich fetze die *Bild*-Schlagzeilen und die Polaroids runter. Ich würde jetzt gern mit jemandem reden. Aber mit wem? Und worüber?

Top Ten Paprika

1. Gefährliche Liebschaften
2. Im Reich der Sinne
3. Tokyo Decadence
4. Der Stadtneurotiker
5. Warum läuft Herr R. Amok?
6. Das deutsche Kettensägenmassaker
7. Die Frau mit der 45er Magnum
8. Rio Bravo
9. Spiel mir das Lied vom Tod
10. Eyes Wide Shut

Top Ten Dietrich

1. Im tiefen Tal der Superhexen
2. Zur Sache, Schätzchen
3. Deep Throat
4. Grimms Märchen vom lüsternen Pärchen
5. Der Teufel in Mrs. Jones
6. Käptn Arsch und seine geilen Piraten
7. Schneewittchen und die sieben Neger
8. Hinter der grünen Tür
9. Der Sextherapeut – viele Schwänze für Fräulein Fötzchen
10. The Best of Anal total

Top Ten Robert

1. Panzerkreuzer Potemkin
2. Iwan, der Schreckliche
3. Citizen Kane
4. Andrej Rubljow
5. Kagemusha
6. L'Atalante
7. Letztes Jahr in Marienbad
8. Das Fest
9. Ugetsu monogatari
10. La Jetée

Top Ten Fred

1. Austin Powers – Spion in geheimer Missionarsstellung
2. Werner – Beinhart!
3. Werner – Das muss kesseln!!!
4. Das kleine Arschloch
5. Die nackte Kanone 1
6. Die nackte Kanone 2
7. Hot Shots
8. Mr. Bean
9. Das Leben des Brian
10. Die Ritter der Kokosnuss

Top Ten Pastor

1. Die drei von der Tankstelle
2. Die Feuerzangenbowle
3. Wir machen Musik
4. Der Diener
5. Quax der Bruchpilot
6. Venus im Pelz
7. Sein oder Nichtsein
8. Eins, zwei, drei
9. Victor / Victoria
10. Der Zauberer von Oz

Top Ten Kitty

1. Schindlers Liste
2. Die Braut, die sich nicht traut
3. Lola rennt
4. Der Englische Patient
5. Titanic
6. Forrest Gump
7. Jenseits der Stille
8. Das Piano
9. Dirty Dancing
10. Das Superweib

Top Ten M&M

1. Die Legende von Paul und Paula
2. Go Trabi Go
3. Solo Sunny
4. Einer trage des anderen Last
5. Die Verlobte
6. Nikolaikirche, Teil I+II
7. Spur der Steine
8. Ich war 19
9. Drei Haselnüsse für Aschenbrödel
10. Der geteilte Himmel